ars vivendi

HELWIG ARENZ

NACHTS DIE SCHATTEN

ROMAN

ars vivendi

Originalausgabe

1. Auflage Oktober 2016

www.arsvivendi.com

Lektorat: Dr. Felicitas Igel
Druck: CPI books GmbH, Leck
Gedruckt auf holzfreiem Werkdruckpapier der Papierfabrik Schleipen. Das eingesetzte
Material stammt aus ökologisch und sozial verantwortungsvoller Forstwirtschaft.
Printed in Germany

ISBN 978-3-86913-720-9

Nachts die Schatten

I

Der Junge aus Stein

Auf dem Marktplatz bei uns in der Altstadt gibt es einen Brunnen. Auf dem Sockel steht eine Steinfigur. Das ist einfach ein Junge mit einem Korb voller Essen. Es sieht fast so aus, als sei er eben aus der Bäckerei am Platz vom Einkaufen gekommen.

Wenn man ihn sich genauer ansieht, was kaum jemand macht, kann man erkennen, dass sein Gesicht traurig ist. Anrührend traurig. Fast, als sehnte er sich danach, lebendig zu sein und nicht aus Stein.

Dieser Junge erwacht eines Nachts zum Leben, die Rathausglocke hat eben zwölf Uhr geschlagen, er steigt von seinem Sockel.

Der Junge mit dem Korb ahnt aber nicht, dass ein einziger Mensch noch wach ist und ihm zusieht: ein kleines Mädchen, das eben von zu Hause ausgerissen ist.

Die beiden werden für eine Zeit lang Freunde und treffen sich jede Nacht. Ihre kleinen Absätze klappern verstohlen auf dem mittelalterlichen Pflaster, und ihre kleinen, kalten Händchen fassen einander.

Eines Tages, als das Mädchen schon lange nicht mehr von zu Hause weglaufen will, weil es in ihm endlich einen Freund gefunden hat, geschieht etwas Schlimmes. Die beiden haben sich in ihrer kindlichen Freude lachend und spielend bis hinunter zum Flussufer gewagt, und da schlafen sie später müde Arm in Arm ein. Als sie erwachen, ist die Nacht vorbei, und die Sonne brennt auf ihr Gesicht. Sie rennen angstvoll zum Brunnen, der leer ist. Die Leute stehen herum und wundern sich und rufen aufgeregt. Der Junge sieht das Mädchen an, in seinen Augen sind Tränen. Er sagt ihr, dass er heute Nacht zum letzten Mal von seinem Sockel gestiegen sei und dass ihre Zeit nun vorbei sei. Nachts um drei Uhr muss er hinaufklettern, wird sie noch einmal ansehen und dann beim Schlag der Glocke für immer zu Stein werden.

Das Mädchen erschrickt fürchterlich. Hätte sie ihn damals doch nicht heimlich beobachtet! Nun hat er nicht mal mehr jene drei Stunden Leben in der Nacht.

Sie reißt ihre Hand aus seiner und rennt fort. Nachts, ehe die Glocke dreimal schlägt, geht der Junge traurig zum Markt. Den ganzen Tag hat er sich aus Angst vor den Leuten versteckt und ist bei Einbruch der Dämmerung noch einmal überallhin geschlichen, wo er zusammen mit ihr gewesen ist.

Als er in der Dunkelheit auf den Platz tritt, sieht er auf die Uhr. Er ist spät dran, noch eine letzte Minute. Die Glocke fängt schon an zu schlagen. Vor ihm huscht plötzlich eine graue Gestalt über das Pflaster. Sie ist so grau wie aus Stein gemacht. Der Junge erschrickt, weil die Gestalt auf den Sockel klettert und zur Uhr sieht. Er rennt über den Platz, es ist ihm ganz egal, wie viel Lärm er macht. Die Glocke schlägt wieder. Das Mädchen auf dem Sockel, die langen Zöpfe unter eine Mütze geschoben, den Korb mit den Broten und dem leuchtenden Obst in der Hand, blickt noch einmal lächelnd zu dem Jungen, es schlägt zum dritten Mal, und ihr Blick ruht friedlich und unendlich fern auf seinem Gesicht.

Die verlorene Erinnerung

Wenn der Vater nicht heimkam und die Mutter nach der Hausarbeit noch etwas Zeit hatte, kniete sie sich auf den blanken Boden und zog die Polsternägel aus dem Kanapee.

Sie brauchte dazu nichts als ihre langen falschen Fingernägel. Mit einer Wut, die sonst keiner bei ihr sah, griff sie in den geblümten Stoff und spannte ihn mit aller Macht über die Polster, bis er so straff war wie ein prall gefüllter Ballon.

Wenn man etwas sauber macht, nimmt man etwas weg. So denke ich jedenfalls. Man nimmt Schmutz weg. Krümel und eingetrocknete Flüssigkeiten. Bei meiner Mutter war es anders. Wenn sie sauber machte, tat sie zu allem etwas dazu. Etwas, das unerbittlich strahlte wie die Wäsche in der Werbung mit dem weißen Riesen. Etwas, das das Gegenteil von uns Kindern war. Meine Brüder und ich hielten uns von der Reinheit unserer Mutter fern, wenn wir konnten.

Wir schlichen dann durch die Wohnung und trauten uns nicht, etwas anzufassen. Wir wagten es nicht, die aufgeschüttelten Kissen plattzudrücken, niemand legte sich in die frisch gemachten Betten. Mein Bruder Kai sagte zu mir: »Wenn du dich auf das Sofa wirfst, platzt es, und du fliegst aus dem Fenster.« Es klang halb wie eine Lüge, halb wie ein Locken.

Ich wusste nicht, ob das *Fliegen* in seinem Satz etwas Schlimmes oder Schönes war.

Und ich wusste auch noch nicht, dass es später einmal einen Moment geben würde, in dem ich mir nichts sehnlicher wünschen würde, als mich mit aller Last, mit allem Gewicht in dieses pralle Kissen fallen zu lassen. In dem ich mir nichts sehnlicher wünschen würde, als zu fliegen. Egal, wohin. Hinter mir das Knallen, wenn die weit überspannte Blase der Schuld und der Wut zerplatzen würde.

Der Ballon platzte damals nicht. Denn der Vater lümmelte an den Wochenenden Kuhlen in die Couch, und der Stoff leierte wieder aus wie alte Haut über schwindenden Knochen.

Mit kerzengeradem Rücken saß meine Mutter auf einem Stuhl vor ihm. Über die Kante ihrer Zeitschrift sah sie ihn scharf an.

»Hast du ein Wort für mich?«, fragte der Vater sie. Verwirrt sah die Mutter von ihm weg in ihr Rätsel. Dann buchstabierte sie vorsichtig: »S-o-u-t-e-r-r-a-i-n.«

»Keller«, antwortete der Vater, ohne zu zögern.

Der Keller

Früher schwamm unter dem Haus unserer Eltern ein Keller.

Das Haus roch nach Essig im Frühling, der Keller aber nach Dingen, über die man nicht spricht. Wir Kinder waren dafür zuständig, das Stiegenhaus einmal in der Woche zu putzen. Oben war die Kellertreppe noch passabel. Aber je dunkler es weiter unten wurde, desto schmutziger wurde es, denn wir fegten den Dreck einfach mit Karacho in das dunkle Loch.

In meiner Erinnerung ist die Treppe keine Treppe, sondern eine Leiter, eine schiefe, rostige, die durch eine Luke in eine andere Welt führt, einen Schiffsbauch voller seltsamer Kreaturen. Wenn mir die Mutter auftrug, Kartoffeln zu holen, oder mich losschickte, um die Kohlenschütte aufzufüllen, hatte ich oft Angst.

Wenn es besonders schlimm war, ging ich zu meinem ältesten Bruder Torsten.

»Torsten, ich muss dir etwas zeigen!«, rief ich aufgeregt, den Korb oder die Schütte hinter meinem Rücken versteckt.

»Was denn?«, fragte er und blickte von seinem Buch oder Schulheft auf. Er sah dann immer ein wenig mürrisch aus.

»Komm mit!«, forderte ich ihn auf.

»Wohin denn?«, wollte er wissen.

»In den Keller«, antwortete ich. Er verzog den Mund und sah mich kopfschüttelnd an, dann stand er seufzend auf und sagte mit einem schiefen Lächeln: »Also gut, gehen wir.«

Manchmal, wenn er mich an der Kellertür stehen sah, unschlüssig, zögernd, die eine Hand auf der Klinke, kam er zu mir, nahm mir den Eimer aus der Hand und ging selbst für mich Briketts holen oder Kartoffeln.

Mein Bruder Kai war anders. Wenn er mich furchtsam in den Keller schleichen sah, kam er mir leise nach. Leise wie ein Windhauch strich er die Treppen hinunter. Dann stellte er sich in einen dunklen Winkel und wartete auf mich. Er musste nicht hervorspringen oder schreien, er stand einfach nur da und starrte mich an.

Wenn meine Brüder nicht da waren und ich in den Keller musste, band ich mir manchmal eine unsichtbare Pistole um.

Bettgeschichten

Ich habe geweint. Meine Mutter sitzt am Bett und sieht mich hilflos an.

»Was soll ich denn machen, kleiner Stopf?«, fragt sie mich und streicht mir über den Kopf. Ihre Nägel machen ein singendes Geräusch in meinen Haaren. »Ich komm doch bald wieder.«

Ich bitte sie, mir ein Märchen zu erzählen. »Das von dem Jungen aus Stein.«

»Von dem Jungen aus Stein? Das kenn ich doch gar nicht!«, sagt sie fast verzweifelt.

»Aber das hast du mir doch erzählt!«, beharre ich. Sie erinnert sich nicht, da erzähle ich ihr das halbe Märchen selbst, bis sie ruft: »Ach ja, das Buch! Das ist ein Buch!« Glücklich springt sie zum Regal, sucht, rennt zur Tür und macht das große Licht an, sucht wieder.

»Hier ist es! Das ist es!« Sie wirft es mir auf die Bettdecke und lächelt ganz erleichtert. »Das ist es. Sieh dir die Bilder an, ja? Du darfst das kleine Licht anlassen. Ich bin bald zurück!«, sagt sie.

Aber ich verlange, dass sie es mir vorliest. Sie sieht verstohlen auf die Uhr. Dann seufzt sie und setzt sich an die äußerste Kante des Bettes.

»Der Junge aus Stein«, beginnt sie zu lesen. Während sie die erste Seite liest, blättert sie ein bisschen vor und schaut, wie lang das erste Kapitel ist. Die Seiten gleiten durch ihre Finger wie ein endloser Wasserstrahl. Sie seufzt noch mal, dann lässt sie das Buch sinken. Sie dreht es um und überfliegt den Text auf der Rückseite. Runzelt die Stirn. Endlich schließt sie die Augen und fängt an zu erzählen.

Aber in ihrer Version ist das Märchen viel kürzer, als ich es kenne.

»Aber was ist mit den Elfen? Der Junge und das Mädchen treffen auch einmal die Elfen!«, erinnere ich sie. Meine Mutter schüttelt den Kopf und sieht auf die Uhr.

»Heute nicht«, sagt sie.

Als sie geendet hat, löscht sie das Licht und will gehen.

»Warte!«, rufe ich. In der offenen Tür dreht sie sich noch einmal zu mir um.

»Gibt es wirklich Elfen?«, frage ich sie. Sie nickt: »Natürlich.« Dann will sie die Tür schließen.

»Warte!«, rufe ich noch mal. Sie schiebt ihren Kopf durch den Spalt in der Tür.

»Was ist denn noch, du kleiner Plagegeist?«, fragt sie mit gespieltem Tadel.

»Gibt es auch Geister?«, frage ich sie hastig.

»Nein, es gibt keine Geister, schlaf jetzt!«, antwortet sie.

Ein letztes Mal rufe ich nach ihr und sage: »Aber wenn es Elfen gibt, dann gibt es doch auch Geister!«

»Das stimmt«, antwortet sie ein wenig überrascht, »aber nicht hier. Jetzt schlaf endlich.«

Ich will noch etwas sagen, aber in diesem Moment schallt die Stimme meines Vaters herauf, laut und ungeduldig: »Bist du fertig?«

»Ich komme!«, ruft sie hinunter. Ein fahriges Lächeln erscheint auf ihrem Gesicht, sie wirft mir noch einen Kuss zu und geht.

Als die Eltern fort sind, schleiche ich aus dem Bett. Ich spiele ein Spiel. Solange ich den Boden nur mit den Zehen berühre, darf ich überallhin gehen. Komme ich aber mit den Fersen auf, muss ich sofort zurück ins Bett. Denn die Abdrücke der Fersen sind für die Erwachsenen sichtbar. Mit wackeligen Schritten bewege ich mich durch den Flur. Lange verharre ich vor der Tür, ehe ich leise klopfe.

»Nein!«, schreit es sofort von drinnen.

Wenn ich den Griff nur mit dem Ellbogen berühre, ist es so, als hätte ich ihn gar nicht berührt. Ich öffne und schlüpfe ins Zimmer meiner Brüder. Kai und Torsten springen auf. Sie haben auf dem Teppich gesessen und sich gemeinsam etwas angesehen. Schnell versteckt Torsten es unter dem Bett. Was es ist, sehe ich nicht.

»Du sollst nicht einfach reinkommen!«, sagt Kai böse.

»Kann ich bei euch schlafen?«, frage ich Torsten.

»Nein«, sagt Torsten. »Komm, geh wieder ins Bett.«

Aber ich stehe einfach nur da und rühre mich nicht. Wenn ich ganz still bin, wenn man mich nicht hört, ist es vielleicht so, als wäre ich gar nicht da.

Torsten kommt zu mir, legt mir die Hand auf die Schulter und führt mich zurück in mein Zimmer. Weil er so schnell geht, berühren meine Fersen den Boden. Nun habe ich das Spiel verloren.

Ich bin wach und warte, so lange, bis ich draußen etwas höre. Ein Auto. Ich stürze zum Fenster und sehe, wie das Auto in unsere Einfahrt holpert. Die Türen werden aufgerissen, und schon sind meine Eltern herausgesprungen. Meine Mutter geht viel zu schnell, sodass sie in ihren hohen Schuhen schwankt. Sie schwankt, als wären ihre Beine aus Gummi und die Füße am Boden befestigt.

An der Tür sucht sie den Schlüssel, aber sie findet ihn nicht, weil ihre Hände sich so komisch bewegen. Als würde man einen Videofilm vorspulen. Aber nur die Hände werden vorgespult, alles andere ist normal schnell. Mein Vater tritt hinter sie und umfasst sie. Ich sehe die beiden nicht, weil sie sich nun ganz eng in die Tür drücken. Es dauert eine Weile. Warum gehen sie nicht rein? Warum kommen sie nicht?, frage ich mich.

Endlich sind sie im Haus. Ich bin erleichtert, weil ich hoffe, dass ich mich später heimlich zu meiner Mutter schleichen kann.

Bei meinem Vater habe ich noch nie geschlafen, Kai und Torsten lassen mich nur ganz selten zu sich ins Zimmer, meine Mutter öfter.

Gehe ich lieber gleich hinüber und stelle mich schlafend, denke ich, dann kann sie mich nicht wieder wegschicken! Also schleiche ich ein weiteres Mal durch den Flur. Ich lege mich in das kalte, sauber gemachte Bett meiner Mutter, schließe die Augen und versuche, ganz ruhig zu atmen.

Auf einmal fliegt die Tür auf.

Zwei Gestalten stehen in der Tür. Fremde Gestalten, die zackige Schatten werfen, ihre Hände fliegen in die Luft, ihr heißer Atem fährt durch die Stille des kühlen Raums, als zerrisse jemand dicke Pappe. Durch die Schlitze meiner Augen versuche ich etwas zu erkennen. Die Gestalten drängen beide ins Zimmer hinein – jetzt merke ich, dass sie miteinander kämpfen. Sie packen sich an den Handgelenken. Sie zappeln mit den Ellbogen. Sie wehren sich und treiben einander vor- und rückwärts.

Durch das Fenster scheint plötzlich ein grelles Licht. Es ist der Vollmond. Er greift in den Raum und reißt die Schatten heraus wie Fetzen einer Tapete. In seinem scharfen Strahl erkenne ich auf einmal die Fratzen der beiden Ringenden. Es sind ein Werwolf und eine Hexe. Die Hexe hat schillernd umrandete Augen und lange Wimpern und blutrote Lippen und viele, viele Haare. Der Werwolf hat ein rotes, verzerrtes Gesicht, und seine Haare stehen zu Berge. Er greift die Hexe an und treibt sie ins Zimmer. Sie weicht zurück.

»Nein!«, kreischt sie.

»Komm schon!«, zischt er böse.

Er packt sie an den Handgelenken und drängt sie mit dem Körper gegen die Wand.

An diesem Abend habe ich gesehen, wie ein Werwolf im Zimmer meiner Mutter mit einer Hexe gekämpft hat. Der Wolf versuchte immer abwechselnd, die Hexe zu beißen, und dann versuchte er, sie mit seinem Körper in die Wand hineinzudrücken.

Plötzlich hörte der Werwolf auf zu kämpfen. Beide waren auf einmal still. Meine Augen waren vor Furcht wie zugenäht, und trotzdem spürte ich, wie die beiden Wesen mich ansahen. Ich spürte es an ihrem heißen Atem, der in meine Richtung schlug.

»Hör auf!«, flüsterte die Hexe erschrocken. »Siehst du nicht, wer da liegt?«

»Ach nein! Nicht schon wieder!«, sagte der Werwolf leise und böse.

»Geh jetzt!«, zischte die Hexe ihn an.

»Du kommst mit!«, befahl der Werwolf kalt.

»Ich will nicht!«, sagte die Hexe, und sie spuckte jedes Wort langsam und überdeutlich aus dem blutigen Mund.

»Das kotzt mich so an!«, fluchte der Werwolf, aber er ging. Die Hexe stand noch lange da, ihr Atem wurde ruhiger und ruhiger, und schließlich spürte ich etwas Seltsames. Die Hexe kam zu mir. Sie beugte sich herunter, und ich fühlte ihre Hände auf meinem Haar, sirrend und zart fuhren ihre Krallen über meinen Kopf. Dann schlief ich ein.

Es ist Samstag, und deswegen kann ich den ganzen Tag spielen.

Ich spiele Wüste. Das rote Auto lasse ich den schwierigen Weg über die Teppichfransen fahren, obwohl es kein Jeep ist. Die Fransen sind wie Sand, der unter den Rädern weggleitet.

»Setz dich auf mich!«, höre ich plötzlich ein Flüstern und richte mich auf. Das Flüstern kommt aus der Couch. Irgendetwas stimmt nicht. Die Stimme hat weinerlich geklungen, aber auch falsch.

»Setz dich auf mich«, bittet sie wieder. Ich sehe mich um, ob irgendetwas Böses in der Nähe ist. Aber es ist Tag, und die Mutter ist nicht weit weg. Also habe ich keine Angst.

Ich lege das Auto beiseite und klettere auf die dicken Polster des Sofas. Sie sind so prall gefüllt wie ein Ball, sodass ich aufpassen muss, nicht hinunterzugleiten.

Ich sitze da und lächle, weil ich mir vorkomme wie ein König auf seinem Thron. Durch das geöffnete Fenster weht der Wind herein und wirbelt meine Haare auf.

»Torsten!«, rufe ich. »Kai!« Meine Brüder kommen und sehen mich neugierig an.

»Ich will euch etwas erzählen.«

»Na, da bin ich aber mal gespannt«, sagt Torsten.

»Wenn die Geschichte scheiße ist, kriegst du auf die Fresse«, sagt Kai.

»Gestern habe ich einen Werwolf gesehen, der mit einer Hexe gekämpft hat«, beginne ich meine Geschichte.

Sie gefällt meinen Brüdern, aber als ich fertig erzählt habe, grinsen sie nur.

»Ich glaube, der Werwolf hat den Kampf verloren, weil du da warst«, sagt Torsten lachend. Kai lacht auch. Sie lachen auf eine bestimmte Weise, die ich mit der Zeit von ihrem anderen Lachen unterscheiden lerne.

Der Schlaf der Vögel

Eines Tages wollte ich hinaussehen.

»Torsten, hebst du mich hoch?«, bat ich. Torsten stand vom Küchentisch auf, wo er und Kai gerade Landkarten zeichneten. Er hob mich auf das Fensterbrett, wo ich nun hocken durfte, seine Hand um meinen Gürtel.

»Wo schlafen die Vögel eigentlich?«, fragte ich ihn.

»In ihren Nestern.«

Stück für Stück rutschte ich auf den Abgrund zu, immer gegen den Zug seiner Hand arbeitend. Er ließ mich gewähren. »Fall nicht, Stöpsel«, sagte er schmunzelnd.

Ich schaute über die Dächer des Ortes, die sich den Hang hinaufzogen.

»Aber der Vogel da?«, fragte ich und wies auf einen dunklen Fleck auf dem Turmkreuz. »Was passiert, wenn der einschläft?«

»Dann fällt er herunter und ist tot«, erklärte mir Torsten.

»Dann darf er nicht einschlafen!«, rief ich besorgt.

»Das ist ja nur ein Vogel«, versuchte er mich zu trösten. »Nur einer von ganz vielen. Wenn der runterfällt, merkst du es wahrscheinlich gar nicht.«

»Aber das soll er nicht!«, sagte ich.

»Jeden Tag fallen Hunderte Vögel vom Himmel, und ihre Körper platzen auf dem Beton, weil sie im Flug eingeschlafen sind«, hörte ich da Kais Stimme. Ich wollte es nicht glauben, aber Torsten lachte und nickte und sagte, dass es so ist.

Noch lange saß ich am geschlossenen Fenster und sah zu dem Vogel auf dem Turmkreuz.

»Schlaf nicht ein!«, flüsterte ich ihm stumm zu und hoffte, dass er meine Gedanken hörte, so wie wir immer die Glocken hörten. Ich dachte, es ist gut, wenn die Glocken schlagen, dann kann der Vogel gar nicht einschlafen.

Meine Knie wurden steif, und ich ging wieder meinen kleinen Angelegenheiten nach, die damals so wichtig gewesen sind, die ich aber heute vergessen habe.

Als wir einige Wochen später einmal in den Wiesen spazierten, die Eltern und wir drei Kinder, da blieb ich plötzlich stehen.

»Was ist denn, kleiner Stopf?«, fragte die Mutter.

»Komm weiter!«, drängte der Vater. »Bleib nicht immer stehen!«

Aber ich stand da, auf dem Weg lag eine Taube. Sie war tot. Seltsame Körner quollen aus ihrem aufgerissenen Hals. Meine Mutter zog mich hastig ein Stück fort und kniete sich dann hin, um mir ins Gesicht sehen zu können.

»Sie ist eingeschlafen«, sagte ich. Und meine Mutter erwiderte nach einem Seufzen: »Ja, sie ist eingeschlafen.«

Rote Gesichter

In dieser Nacht wünsche ich mir, einzuschlafen. Aber es geht nicht. Noch hat mich die fremde Hand nicht losgelassen. Noch falle ich nicht in die beruhigende Tiefe.

Der Lärm, der heraufdringt, ist grell und scharfkantig. Besucher sind gekommen und haben die Gläser gekriegt, die wir nicht nehmen dürfen. Die Eltern haben den Schrank mit dem Licht aufgeschlossen. Wenn man die Klappe aufmacht, geht innen ein Licht an, das auf die Glasplatten scheint. Sie holen die Flaschen hervor, die man nicht anfassen darf. Die Flüssigkeit darin macht Kinder angeblich dumm. Aber Kai hat einmal davon getrunken und ist nicht dumm geworden. Er hat danach eine Eins in Mathe geschrieben, das hat er uns stolz gezeigt. Die Erwachsenen trinken sie alle gemeinsam leer. Sie werden lauter und lustiger dabei. Nur einer nicht. Mein Vater sitzt in seinem Sessel und sieht über alle hinweg ins Gesicht meiner Mutter. Sie beachtet ihn nicht. Sie kann so reden, dass ihr alle zuhören. Alle Männer, die zu Besuch gekommen sind, sehen sie an. Mein Vater denkt einen Gedanken in den offenen Mund meiner Mutter hinein. Sie verschluckt sich daran. Aber sie merkt es nicht, erzählt Geschichten, in denen kleine lustige Figuren vorkommen, die unsere Namen tragen. Der liebe Kai – zum Glück haben wir eine Haftpflicht. Wieder so einen Ärger gegeben und die Kinder wollen einen Hund haben. Der brave Torsten wieder nichts gesagt. Aber in der Schule immerhin, meine Mutter auch nie was gesagt. Dass er schon längst im Bett sein sollte, Georg, die kleine Nachteule immer. Manchmal im Flur, bis wir ins Bett gehen, dann hockt er da und wartet. Und der grimmige Bär da hinten aus seiner Sesselhöhle, lach doch mal, immer so launisch, noch einen Wein, Schatz, Bernhard?

Das Lachen frisst sich die Stufen hoch und bohrt Löcher in den brüchigen Frieden, die papierdünnen Burgmauern meiner Sicherheit. Denn es ist kein normales Lachen mehr, wie sie es am Tag lachen. Sind Menschengesichter nicht gelb? Diese Gesichter sind rot; sind es Teufelsgesichter? Die Münder müssen viel Platz machen, um das Lachen herauszulassen, es schrammt an den Zähnen vorbei. Wenn dieses Lachen ein Kuchen wäre, dann wäre Gift darin.

Unten tanzen die Teufel. Kai und Torsten sind nicht da, sie dürfen noch aufbleiben, deswegen bin ich allein hier oben.

Ich schließe die Augen und stelle mir vor, meine nackten Füße würden sich um eine kalte Eisenstange klammern. Ich sitze auf dem Turmkreuz, ich bin ein Vogel. Der Wind hier oben ist stark und reißt an meinem Pyjama, sodass er knattert. Wie eine Fahne. Ich sehne mich danach, einzuschlafen. Dann lösen sich meine Krallen, und ich falle schlafend hinab. Aber ich finde keine Ruhe. Der Abend ist eine fremde Hand, die mich hält. Über einem unbekannten Raum. Ich sehe durch die geschlossenen Finger in den tiefen Abgrund Schlaf hinunter. Ich muss immer eine bestimmte Zeit lang Angst haben, ehe ich einschlafen darf. Wenn das Maß voll ist, öffnen sich die Finger, und ich stürze hinab. Wer macht das Maß?, ich weiß es nicht.

Irgendwann kommen Kai und Torsten die Treppe herauf und gehen in ihr Zimmer. Es beruhigt mich zu wissen, dass sie nebenan sind. Unten wird nicht mehr gelacht und nicht mehr laut geredet. Schuhe klappern auf dem blanken Dielenboden. Die Tür geht auf und zu, auf und zu, auf und zu. Jetzt sind nur noch meine Eltern da.

Bald müsste meine Mutter nach oben kommen, bald würde man aus dem Bad Geräusche hören, vertrautes Licht würde unter der Badezimmertür durchscheinen. Es würde ganz ruhig werden im Haus. Erst würde meine Mutter und viel später mein Vater ins Bett gehen, unten in seinem Zimmer. »Gute Nacht«, würde meine Mutter sagen, dann würde endlich alles friedlich sein, und ich könnte einschlafen.

Morgen werde ich –, denke ich gerade, da höre ich ihre Stimmen: »Das lass ich mir nicht bieten!«, schreit er plötzlich. Und sie: »Ich hab ganz normal ›Gute Nacht‹ gesagt!«

Was dann folgt, verstehe ich nicht. Aber ich höre heftiges Reden und aufgebrachte Laute. Es ist wie ein Memoryspiel. Was sie sagen, der Klang ihrer Stimmen, deckt ein Bildchen nach dem anderen in mir auf. Und wieder zu. Es sind nie die richtigen, sie passen nie zusammen: mein Vater in seinem Sessel. Er blickt stur geradeaus. Er schickt ihr etwas nach, etwas Bitteres. Gerade so laut, dass es sie noch erreicht. Oder: meine Mutter, die in der Tür steht. Flämmchen schießen aus ihrer Haut. Ihre Nägel krallen sich in den Türrahmen. Sie spuckt Worte zurück. Oder dieses: Mein Vater schimpft in einem höhnischen, dünnen Singsang. »Ich rackere mich ab für dich, und ich kriege nichts zurück. Nichts!« Dabei wippt er mit dem Oberkörper immer vor und zurück. Jetzt eines, auf dem meine Mutter lacht. Auf dem nächsten Bildchen ist mein Vater ein ganz kleiner Mann in einem riesigen Sessel. Er kämpft sich wackelig aus dem Kissen in den Stand und stapft nach vorne bis zu den Quasten, wo die Sitzfläche aufhört. Ganz vorne an der Sesselkante steht er, hält sich mit einer Hand an der Lehne fest und schreit böse. Ich decke meine Mutter auf: Sie ist groß und blickt auf ihn herab.

»Gute Nacht!«, sagt sie beißend und dreht ihm den Rücken zu.

Als meine Mutter die Treppe nach oben geht, höre ich, wie er hinter ihr herkommt.

»Du kannst mich nicht immer abweisen!«, sagt er.

»Lass mich!«, droht sie.

Eine Tür knallt. Ich höre die beiden auf einmal schwer atmen. Dann ein Getrappel.

»Wag es nicht!«, flüstert meine Mutter keuchend.

Plötzlich ist überall grelles Licht. Ich muss blinzeln. Meine Mutter kniet an meinem Bett. Sie versucht, ihre Arme unter meinen Körper zu schieben.

»Au!«, rufe ich, weil ich das nicht will.

Meine Mutter flüstert auf mich ein. Ihr Atem riecht sauer und scharf.

Sie blickt zu meinem Vater hin, der im hell erleuchteten Flur ein Stückchen hinter der offenen Tür steht. Er sieht wütend aus.

»Wir haben etwas ausgemacht damals!«, sagt er. »Komm!«

Aber sie kommt nicht. Sie schiebt ihre harten Finger einen nach dem anderen unter meiner Haut durch. Als er wieder etwas sagt, das ich nicht verstehe, drückt sie den Kopf in meinen Bauch – es klingt, als würde sie lachen oder weinen.

Mein Vater steht da und blickt sie kalt an. Er wird nicht weichen, das sehe ich ihm an.

»Komm, du darfst bei mir schlafen heute«, flüstert meine Mutter mir zu. Aber ihre Worte sind undeutlich und machen mir Angst.

»Nein, ich will nicht«, antworte ich. »Heute schlafe ich bei mir!« Aber sie schüttelt den Kopf.

Ich sehe zu meinem Vater hin, aber der ist nicht mehr da. Der Flur ist leer, die Tür zum Schlafzimmer meiner Mutter ist offen. Dahinter ist es schwarz.

»Heute sind die Geister wieder stark!«, flüstert meine Mutter nun und setzt einen beruhigenden, stahlharten Ton auf.

Ich erstarre. Ich lasse mich auf ihre knochigen Arme heben und hinübertragen.

»Komm, komm!«, säuselt sie. Die Lampe im Flur sticht mir unter die Lider. Meine Beine sind zu lang für die enge Türöffnung, aber meine Mutter dreht sich und schiebt mich den Kopf voran in die Schwärze wie in einen Ofen. Dort bleibt sie stehen. Ich sehe in ihr Gesicht und erschrecke, denn es ist ein Steingesicht. Eine höhnische, graue Büste.

»Raus!«, sagt sie.

Mein Vater sitzt in ihrem Bett, die Arme verschränkt, die Decke über den Beinen.

Er sieht sie entsetzt an. Die Zeit bleibt stehen. Dann – gerade, bevor er wieder klein wird – fängt er ganz langsam an, sich zu bewegen. Nachdrücklich und absichtsvoll sind seine Bewegungen, als er aus dem Bett klettert. Sein Blick haftet unablässig am Gesicht meiner Mutter, als er das Zimmer verlässt. Seine Augen sind kleine, getrocknete Klebstoffpunkte. Sie lösen sich nur zäh von uns. Die Tür zerschneidet sie, als meine Mutter sie mit einem harschen Tritt verschließt.

Sie ist wie verwandelt. Sanft legt sie mich auf das Bett und deckt mich zu. Es ist noch warm von meinem Vater. Sie lächelt mich an. Ein wenig verschämt sieht sie zu Boden. Dann schüttelt sie den Kopf, als wäre etwas geschehen, über das sie sich wundert.

Als das Licht aus ist und wir nebeneinander liegen, der Atem noch nicht ganz ruhig, die Luft noch verwirbelt von seltsamen Dingen, die ich nicht verstehe, knallt unten die Haustür.

Meine Mutter bläst Luft durch die Nase. Dann zieht sie umständlich ihren Arm unter den Daunen hervor. Ihre Fingerspitzen erreichen mein Gesicht. Ich zucke zusammen. Sie streichelt mir über die Wange. Aber ich scheine gar nicht da zu sein. Es ist, als wedele sie nur einen Gedanken fort.

Geheimwissen über Türen

Der Wind pfiff um das Haus, was er selten tat. Er will mir etwas sagen!, dachte ich sofort und sprang vom Boden auf, wo ich lange stumm gehockt und gezählt hatte. Ich huschte auf Zehenspitzen durchs Haus und suchte die Löcher, die der Wind nahm. Ich fand eins und starrte verwundert hinein. »Der Wind ist im Ofen?«, flüsterte ich.

Ich öffnete das kleine Glasfenster und hielt mein Gesicht hinein, aber da sauste es schon wieder irgendwo hinter mir um die Mauern. Ich wollte hören, was er redete, also rannte ich los, jagte ihn über den Flur und um die Ecke. Er hat die Antwort!, dachte ich. Ich hatte nämlich schon seit einiger Zeit eine Frage.

Ich flitzte um die Ecke und musste bremsen, denn da am Küchentisch vor mir saß Torsten. Doch meine Füße wollten noch weiter, sie glitten über den Küchenboden und machten erst halt, als meine Nase fast genau an Torstens Ohr stieß.

Leise!, befahl ich mir selbst und senkte den Kopf. Torsten beachtete mich nicht.

»Torsten?«, zupfte ich meinen großen Bruder am Ärmel.

»Hau ab, ich muss Hausaufgaben machen!«, antwortete der mit gerunzelter Stirn und führte seinen Stift langsam über ein kariertes Papier.

»Torsten!«, rief ich ihn noch mal.

Da fuhr er auf, gab einen lustigen, unwilligen Laut von sich und starrte mich an. Sein Gesicht machte eine wütende Grimasse, aber seine Augen waren freundlich. Auf einmal nahm er das Buch, über dem er gebrütet hatte, und warf es hinter sich. Sein grimmiger Blick ließ mich nicht los. Das Buch segelte durch die Luft, verfing sich in einem Vorhang und glitt dann flatternd herunter.

»Bumm!«, machte Torsten.

Einen Moment lang standen wir nur da, Auge in Auge, dann sprang mein Bruder fort. Er machte dabei die Beine krumm und warf die Arme in die Luft. Ich nahm Anlauf, ließ mich auf die Knie fallen und rutschte hinter ihm her. So tanzten wir einmal um den Tisch und machten alberne Geräusche.

»Wie sieht denn der Boden aus!«, rief er nun mit verstellter Stimme und streckte seine Zungenspitze hervor, genau wie unsere Mutter. Er packte mich an den Armen und wirbelte mich wie einen Wischlappen hin und her über die spiegelglatten Fliesen. Am Ende der zweiten oder dritten Runde aber hielt Torsten inne und ließ mich los. Seine Schultern fielen nach vorne, und gebückt schob er nun einen Fuß vor den anderen wie ein trauriger Mann, bis er vor seinem Buch stand, das immer noch mit zerknickten Seiten unter dem Fenster lag. Als er sich danach bückte, sah er aus wie ein Clown, der sich nach seinem Auftritt verbeugt. Dann wurde er wieder Torsten. Er schüttelte den Kopf, ging zum Tisch, seufzte laut, setzte sich und sagte: »Hausaufgabenzeit. Scheißzeit.« Damit wandte er sich wieder seiner Arbeit zu.

»Gibt es ein Buch, in dem etwas über Geister steht?«, fragte ich. Torsten konnte es wissen, er ging ja immerhin schon in die sechste Klasse. Dann konnte mir der blöde Wind mit seiner Geheimniskrämerei gestohlen bleiben.

»Schau ich nachher mal«, versprach er und schickte mich mit einem Klaps fort aus der Küche.

Am Abend kamen zwei alte Männer in mein Zimmer. Sie gingen gebückt und langsam, und einer trug Vaters Brille.

»Komm mit!«, sagten sie mit ihren tiefen Stimmen. Ich sprang aus dem Bett und folgte ihnen.

Die Stufen hinunter taten sie sich schwer. Sie hielten sich die Rücken und ächzten und waren ganz steif. Ich sprang um sie herum und half ihnen, stützte sie hier und leitete sie dort.

»In die Bibliothek«, sagte der Kleinere der beiden mit hohler Stimme und legte mir seinen zitternden Arm um die Schultern.

Ich erschrak ein wenig, denn in unserem Haus gab es keine Bibliothek. Die meinen das Zimmer meines Vaters!, fiel mir ein. Aber da war eigentlich *kein Zutritt.* Und was würde mein Vater sagen, wenn er uns dort fände? Nicht auszudenken.

Dennoch legte ich vorsichtig meine Hand auf die Klinke und ließ die Tür aufschwingen.

Das verbotene Reich breitete sich dämmerig und groß vor uns aus. Wir lugten hinein. Wir sahen, dass das Zimmer gar keinen normalen Zimmerboden hatte, sondern der Boden bestand aus unzähligen Bücherstapeln von unterschiedlicher Höhe, die sich dicht an dicht auftürmten. Sie waren von einer sanften Staubschicht bedeckt, wie Neuschnee. Das Sonnenlicht fiel in Streifen durch die Rollläden. Darin erkannte man, dass es auch von oben unablässig und fast unmerklich Staub schneite.

Sofort kletterten die beiden Alten hinauf und begannen, mit wackeligen Schritten das Zimmer von Bücherstapel zu Bücherstapel zu durchqueren.

Wenn jetzt mein Vater käme! Er könnte mir doch nie verzeihen, zwei fremden Gelehrten die Türen geöffnet zu haben! Auch wenn er mir sonst fast alles verzieh.

Der kleine Gelehrte erstieg nun eine niedrige Anhöhe mit medizinischen und theologischen Werken, die unter seinen Tritten gefährlich kippelten. Oben auf dem Plateau des Schreibtisches fand sein rechter Fuß auf einem Buch über den Weltkrieg Halt, der linke auf einem Wälzer, auf dem *Sophokles* stand.

Der andere Gelehrte war in den Sumpf vorgedrungen, der sich rechteckig aus den Bücherbergen erhob. Tief versanken seine Knöchel in der Tagesdecke, die sich über Daunen und Kissen breitete. Auf der braunen Oberfläche schwammen nur vereinzelte Nachschlagewerke, ein Notizbuch balancierte auf der hölzernen Kante. Der Alte hatte ein Buch in der Hand.

»Das ist das *Animarium*«, erklärte er gewichtig.

»Was ist ein *Animarium*?«, fragte ich staunend.

»In diesem Buch steht alles über die geheimnisvolle Welt der Geister.«

Obwohl ich ein wenig erschrak und mir der Verdacht kam, dass Kai und Torsten sich vielleicht einen Spaß mit mir machen wollten, zweifelte ich doch keine Sekunde, dass mein Vater ein solches Buch besitzen könnte.

»Nenne drei Mittel, um Geister fernzuhalten!«, forderte mich der Kleinere von der Bergspitze aus auf.

»Licht anlassen?«, versuchte ich es. »Tür offen lassen?«

Der Ältere las vor: »Wenn du vor dem Schlafengehen die Tür schließt und ein Geist ist schon im Zimmer, hat er dich die Nacht über.«

»Du musst also immer nachgucken!«, riet mir der Kleine.

»Was kann er dann mit einem machen?«, wollte ich wissen.

»Geister versuchen mit allen Tricks, dich aus deinem Körper zu locken, während du schläfst«, erklärte der Gelehrte. »Wenn du darauf hereinfällst und ihnen folgst, können sie mit dir machen, was sie wollen. Dann musst du unbedingt versuchen, aufzuwachen.«

»Aber man kann sich aus einem Traum doch nicht selbst aufwecken«, wandte ich ein.

»Doch, man kann vor Schreck aufwachen!«, sagte der Kleinere und fing gleich wieder an, mich auszufragen: »Woran erkennst du, dass du nicht träumst, sondern mit deinem Traumkörper herumläufst?«

Ich zuckte nur die Schultern. Da hob der Ältere das Buch und las wieder: »Indem du auf einen Lichtschalter drückst. Gleiten deine Finger hindurch, bist du im Geisterbereich.«

»Aber wie kann man sich absichern?«, fragte ich nun leicht verzweifelt.

»Tja«, sagte der kleine Gelehrte und tat allwissend, »Geister haben ein hohes Level. Du lernst schon noch, wie du sie besiegst.«

Der andere fuhr fort: »Jede Tür, die einen Spaltbreit offen steht, ist eine Einladung für Geister.«

»Aber jede Tür, die ganz offen steht, ist zu mächtig für Geister«, unterbrach der Kleine. »Sie fürchten die Offenheit.«

»Was ist, wenn die Eltern vorher im Zimmer waren?«, wollte ich wissen. »Können die Geister dann auch hinein?«

»Nein«, sagte der ältere Gelehrte. »Wenn die Eltern im Zimmer waren, hast du eine Stunde Zeit, um einzuschlafen. So lange kann kein Geist hinein.«

»Quatsch!«, unterbrach der jüngere Gelehrte. »Er hat nur dreißig Minuten Zeit, um einzuschlafen!«

»Wie lange jetzt?«, rief ich ängstlich.

Der Ältere und der Jüngere sahen sich kurz ratlos an, dann antwortete der Ältere weise: »Darüber sind sich die Gelehrten nicht einig«, und klappte das Buch zu.

»Kann ich das Buch mal sehen?«, bat ich.

»Nein«, rief der ältere Gelehrte und schob es ganz oben auf ein Wandbord über dem Bettsumpf.

»Denn da sind schreckliche Bilder drin«, erklärte der andere.

»Was macht ihr hier?«, fragte mein Vater.

Der Feuersturm

Unsere Mutter war nicht da.

»Ich halte es nicht mehr aus!«, hatte sie plötzlich beim Abendbrot gesagt und war hinausgegangen. Wir Übrigen sahen uns alle verwundert an. Es war ja vorher nichts vorgefallen. Sie hatte sich nicht mit unserem Vater gestritten, und auch wir Kinder hatten nichts angestellt.

»Ich will Ski fahren«, sagte sie später im Wohnzimmer zu unserem Vater.

»Du kannst doch gar nicht Ski fahren!«, antwortete er verständnislos.

»Dann lerne ich es eben!«, blaffte sie ihn an und schlug die Tür zu.

»Nimm dir nur allen Freiraum, den du brauchst«, rief er ihr bissig nach. »Nimm dir nur allen Freiraum, den du brauchst.«

In den Tagen danach breitete sich zu Hause eine geradezu heitere Stimmung aus. Meine Mutter verteilte sie singend in den Räumen, hängte lächelnd Wäsche auf und schrieb mit geschwungener Schrift Rezepte und Anweisungen für uns und unseren Vater.

Die Zettel sahen aus wie Briefe, unsere Mutter hatte ihren Füllfederhalter benutzt; sie waren sehr ordentlich und einladend. Sie hingen an allen Schränken, an der Waschmaschine, am Schlüsselkästchen, am Herd und am Apothekenschrank. Den am Apothekenschrank las mein Vater mit gerunzelter Stirn und missbilligender Miene, ehe er sich verstohlen umsah, ihn abriss und zusammengeknüllt in der Tasche verschwinden ließ.

Mein Vater hielt es nicht lange in seinem Sessel aus, wenn Mutter durchs Haus ging und Vorbereitungen traf. Er ging ihr hinterher, behutsam, um sie nicht aufzubringen, und fragte ganz bemüht nach diesem oder jenem.

»Müssen die Kinder irgendwann ins Bett?«, wollte er einmal wissen.

»Die fallen schon um, wenn sie nicht mehr können«, antwortete sie.

Dann aber kniete sie sich zu mir und flüsterte: »Wenn du Angst hast, gehst du hierhin«, und sie führte mich zu dem Familienfoto, das hinter Glas im Flur hing. »Da bin ich, siehst du?«, fragte sie und tätschelte mir die Backe.

Mir aber wurde es ganz eng ums Herz: »Kann ich nicht mitkommen?«, flüsterte ich leise.

Sie lächelte: »Nein, du musst doch in die Schule.«

»Ich muss nicht immer in die Schule. Du kannst mich doch befreien«, schlug ich hoffnungsvoll vor.

Sie aber schüttelte den Kopf, erhob sich wieder und eilte zum nächsten Schrank.

»Aber was soll ich ihnen kochen?«, fragte mein Vater ein anderes Mal verzweifelt.

»Erbswurst. Wie früher«, rief sie übermütig und lachte ihn an.

»Lass mir wenigstens ein Kochbuch da!«, bat er. Wir Kinder sahen uns entsetzt an: Wollte er für uns kochen?

»Oder du gibst uns ein bisschen Haushaltsgeld«, schlug Kai ganz beiläufig vor.

Meine Mutter hielt inne und sah ihm ins Gesicht.

»Haha, Geld! Das klingt verdammt nach Videothek und Pizzeria«, entgegnete sie und brach in ein herzhaft böses Lachen aus.

»Was machst du da?«, fragte ich verwundert, als ich meine Mutter einen großen, alten Koffer die Dachbodenleiter hinunterhieven sah.

»Hilf mir mal!«, forderte sie mich auf. Ich packte zu, aber der Koffer war zu schwer und die Leiter zu steil.

»Huch! Huch!«, schrie meine Mutter, ließ den Koffer fallen und konnte sich gerade noch an die Sprossen klammern.

Das große Ding polterte herunter, klappte auf dem Boden auf und spie einen bunten Haufen Kleider über den Flur.

»Faschingskostüme!«, rief ich begeistert. Eine Tür schwang auf, Kai und Torsten standen darin. Sie stürmten sofort los und warfen sich neben mir auf die Knie.

»Ein Harlekin.«

»Schau mal, das ist mit Perücke dran!«

»Die hab ich früher mal angehabt als Zauberer!«, schallten die Rufe durchs Haus.

Während meine Mutter still und zufrieden Kleider faltete und sorgfältig einpackte, hatten wir einen Nachmittag lang Karneval.

Bald aber kam der Abschied. Ihr Koffer war schwer, das wussten wir, denn wir hatten es uns nicht nehmen lassen, ihn zu dritt vor die Haustür zu schleppen. Für sie aber schien er nichts zu wiegen. Sie tänzelte damit die Einfahrt hinunter und legte ihn in den wartenden Wagen an der Straße.

Mein Vater trat schüchtern zu ihr und umarmte sie lange. Er flüsterte ihr etwas ins Ohr, dann aber zog er sich zurück bis ganz hinten an die Tür, verzog den Mund und winkte nur noch zaghaft.

Kai und Torsten hielten sich nicht lange mit Zärtlichkeiten auf, ich aber fing an zu weinen.

»Sei stark!«, flüsterte sie mir zu und sah mir in die Augen.

»Okay!«, versprach ich.

Als sie weg war, war das Haus seltsam leer und ohne Leben.

Kai und Torsten machten zwar den üblichen Lärm, aber er stieß nirgendwo an, lief aus, schwand.

Mein Vater zog sich zurück und überließ uns das Wohnzimmer.

Das Schlimmste war für mich, in die Schule gehen zu müssen. Ich fühlte mich in dieser Woche so fremd und verloren wie nie zuvor. Als wäre ich unsichtbar und aus Glas, ging ich durch die Tage. Versuchte, der Zeit auszuweichen, versuchte, nicht zu warten.

Aber abends hatte ich Angst und war einsam.

»Du darfst bei mir schlafen«, bot mir mein Vater an, als er mich eines Nachts vor der Wohnzimmertür kauernd fand. Also zog ich das erste Mal in meinem Leben für eine Nacht in das Bett meines Vaters.

»Denk dir nichts, wenn ich nachts komische Geräusche mache!«, warnte er mich vor. Ich dachte an die Geräusche, die Kai und Torsten meistens im Bett machten und kicherte. Aber in der Nacht erwachte ich von einem seltsamen Wimmern und Stöhnen.

Die Umrisse des Zimmers stachen fremd und geheimnisvoll in die Dunkelheit.

Nichts fühlte sich vertraut an. Mein Vater schlief. Ich lag da, zwischen uns war keine Wärme. Als wären wir zwei Fremde, die sich nebeneinandergelegt hatten, weil sie vielleicht nur eine Decke gehabt hatten. Es war eine Absprache. Das Wimmern und Murmeln – es war mir nicht unheimlich, es war mir peinlich.

Wovon träumte mein Vater? Woher wusste er davon, dass er diese Geräusche machte? Hatte unsere Mutter es ihm gesagt? Schlief er deshalb nicht bei ihr oben?

Mein Vater ist nachts ein Kind, das durch ein leeres Haus gehen muss, dachte ich. Genau so klang es.

Ich zögerte, aber nach einer Weile stand ich ganz leise auf und verließ das Zimmer. Im Flur stellte ich mich vor das Bild, das mir meine Mutter gezeigt hatte. Lange traute ich mich nicht, es abzunehmen; traute mich nicht, mich aus dem dunklen Winkel des Flurs zu bewegen, in dem ich stand. Dann aber tat ich es doch. Ich schlich damit in mein Zimmer und legte meinen Kopf auf das kühle Glas. Tränen rannen mir über die Wangen, aber das machte nichts, denn ich war ja allein, und da durfte ich weinen.

Als ich meinen Kopf einmal drehte, zerbrach das Glas. Erschrocken sah ich auf das Bild. Der Sprung hatte die Familie zerrissen. Meine Mutter lächelte, mein Vater stand hinter uns und sah in die Ferne. Kai und Torsten hielten sich an den Händen. Mein Gesicht sah ich nicht. Es war unter einem stumpf gewordenen Wirbel in der Mitte des Bruchs verborgen.

Die Nacht war schlimm, aber am nächsten Tag war es besser, denn das war ein Samstag, und ich musste nicht in die Schule.

Mittags kam der Hunger, aber wir hatten viel zu viel mit Drecksohle-Spielen zu tun.

Kai erklärte das Spiel so: »Schau mal: Türgriffe, Polster, die Brotmaschine – darf man doch alles auf keinen Fall mit den Füßen berühren?«

»Genau«, nickte ich.

»Aber das machen wir jetzt. Das ist das Spiel. Immer nacheinander. Wer am coolsten ist, hat gewonnen.«

»Oder am ekligsten«, ergänzte Torsten die Regeln. Also gingen wir alle unsere Schuhe anziehen und legten los.

Nachdem Tischtuch, Betten und Klinken berührt worden waren, ging das Spiel in die zweite Runde. Torsten wuchtete mich hoch und drehte mich um. Ich strampelte los, um die Lampe zu treffen. Es regnete Glassplitter, und das Licht ging aus. Wir kugelten uns auf dem Boden, bis Kai das Spiel gewann: Er streifte mir seine Schuhsohle über die Backe und schrie immer: »Hundescheiße, Hundescheiße!«

»Schuhe aus im Haus!«, donnerte die Stimme meines Vater aus seinem Zimmer.

Nachmittags machte sich der Hunger wieder bemerkbar. Wir versuchten, ihn zu ignorieren, aber er war wie ein Telefon, das einfach immer weiterklingelte.

Abends lagen wir erschöpft im Wohnzimmer und ließen unsere Mägen knurren. Kai bekam schon so ein unzufriedenes Gesicht, da war uns allen klar, dass bald die Notversorgung einsetzen musste.

Wir berieten uns, was am einfachsten zuzubereiten wäre, und entschieden uns für Pfannkuchen. Aber keiner von uns hatte je welche gemacht. Also riefen wir den verantwortlichen Erwachsenen. Unser Vater öffnete alle Schränke in der Küche und starrte hilflos hinein.

»Alles blitzsauber – aber nirgends ein Kochbuch!«, rief er.

»Pfannkuchen macht man nicht mit einem Kochbuch«, behauptete Kai. Mein Vater sah ihn unwillig an.

Er schob Kai beiseite und inspizierte entschlossen den Kühlschrank. Als er aber all die Packungen, Tüten und Tuben sah, zögerte er.

»Man braucht Milch, oder?«, fragte er unsicher in die Runde.

Kai und Torsten wechselten vielsagende Blicke. Aber wir schwiegen, und wir ahnten, dass es nicht einfach sein würde mit dem Erbswurstmann zusammen in der Küche.

Da ich aber in Kai und Torsten mehr Vertrauen setzte und mein Hunger immer größer wurde, versuchte ich ein Ablenkungsmanöver.

»Die vielen Bücher bei dir im Zimmer – da ist kein Kochbuch dabei? Vielleicht eins … aus dem Mittelalter?«, fragte ich.

Kai und Torsten schmunzelten, mein Vater zog die Augenbrauen zusammen.

»Wollen wir nachsehen?«, schlug ich vor, nahm die Hand meines Vaters und führte ihn aus der Küche.

»Also gut«, murmelte er und ging ein wenig unentschlossen zu seinem Zimmer.

»Pst!«, machte Kai und hielt mich zurück. »Gib uns eine halbe Stunde!«

Dann schob er mich in den Flur.

»Ich habe nur ein Buch über essbare Pflanzen«, sagte mein Vater, als er ein paar Minuten später wieder aus dem Dämmerlicht seines Zimmers trat.

»Egal«, tröstete ich ihn. »Die kriegen das schon hin. Komm, wir setzen uns ins Wohnzimmer.«

Mein Vater setzte sich in seinen Sessel, sah aber rastlos aus, als wollte er jeden Moment aufstehen und nach Kai und Torsten sehen, dass sie die Pfannen nicht zerkratzten oder das Fett verbrennen ließen.

»Erzähl mir doch was!«, schlug ich vor, denn ich wusste, dass Kai und Torsten heute Abend meine letzte Hoffnung auf ein warmes Essen waren.

»Was soll ich dir denn erzählen?«, seufzte mein Vater.

»Was von früher. Wie war das, als du klein warst?«, wollte ich wissen.

»Nein, nein«, wollte er meine Bitte abtun.

»Doch!«, rief ich ermunternd und setzte mich artig hin, um ihm zu lauschen.

Während die Küche sich mit dem Duft nach Gebratenem füllte, mit Wärme und Dunst, erzählte mir mein Vater aus seinem Leben.

Ich sehe ihn, wie er zwischen seinen Eltern auf einem Hügel steht. Seine älteren Geschwister sind nicht bei der Familie. Die sind irgendwo anders untergebracht.

Seine Schwester Theresa ist schon so alt, dass sie arbeiten muss. Sein Bruder Michael hat sogar einmal einen Panzer fahren dürfen, aber natürlich nicht im Krieg, sondern zu Hause.

»Tja, ich hatte lange Zeit ganz vergessen, dass ich überhaupt Geschwister habe«, sagte mein Vater schulterzuckend.

Die kleine Familie hält sich an den Händen, sie sehen zum Horizont. Sie starren hinüber in das Abendrot.

»Aber das ist ja gar nicht die untergehende Sonne«, erklärt mein Großvater meinem Vater, »das ist Würzburg!«

»Das fühlte sich an wie ein Erdbeben!«, berichtete mein Vater nun mir. Und dann: »Weißt du, was ein Feuersturm ist?«

Ich schüttelte den Kopf.

»Das ist, wenn man so viele Brandbomben auf eine Stadt wirft, dass man das Feuer nicht mehr löschen kann. Dann wird die Luft so heiß – dass sie brennt. Das Feuer ist dann so stark, dass es Töpfe, Tische, Nähmaschinen, ja sogar Hunde und Katzen, Kinder und Erwachsene in die Luft heben und forttragen kann.«

Ich staunte. Mein Vater wurde still. Aus der Küche hörte ich Pfannen, die auf die Flammen gesetzt wurden, Tellerklappern, die Ofenklappe und gedämpfte, fröhliche Stimmen.

»Und dann?«, fragte ich leise nach, denn ich wollte mehr hören von diesen seltsamen Geschehnissen, von diesen komischen Geschichten aus einer Welt, die es nicht mehr gab.

Mein Vater erzählte von der Zeit nach dem großen Krieg. Als seine Schwester eines Tages mit einem amerikanischen Mann heimgekommen war. Weil sie nicht mit ihm verheiratet gewesen war, hörte die Mutter auf, mit ihr zu reden, und warf sie aus dem Haus.

»War deine Mama streng?«, fragte ich ihn vorsichtig. Er dachte nach, legte den Kopf schief, dann nickte er.

»Ja, wahrscheinlich. Aber ich war ihr Liebling«, sagte er leichthin. »Mir ließ sie alles durchgehen.«

»Warst du denn nicht brav?«, fragte ich.

Er überlegte. »Doch«, antwortete er. »Sehr brav. Das ging damals gar nicht anders.«

»Hat deine Mutter dich immer alles machen lassen, was du wolltest?«, fragte ich.

»Nein«, sagte er und lachte. »Das nicht! Ich wollte zum Beispiel etwas ganz anderes studieren, stell dir das mal vor.«

»Was wolltest du denn werden?«

»Jedenfalls nicht Apotheker«, sagte er nüchtern. Dann schüttelte er nachdenklich den Kopf.

»Essen ist fertig!«, unterbrach uns Kais Stimme. Meine Brüder stießen die Tür auf und trugen stolz eine Platte ins Zimmer, auf der sich die Pfannkuchen türmten.

»Die sind ja alle zerrissen!«, rief ich enttäuscht, aber mein Vater begann zu lächeln und griff nach einem Teller.

Die Pfannkuchenfetzen von Kai und Torsten waren fast ebenso gut wie die heilen von unserer Mutter.

Wenn die Liebe anfängt zu brennen

Ich bin elf Jahre alt. Wir stehen an der Brücke. Der Kanal fließt hier mit all seiner Mächtigkeit durch ein Stahlbett, das hoch über einer einsamen Straße schwebt. Wie sehr mich diese Konstruktion aus Stahl und Beton damals beeindruckt hat – eine Brücke trägt einen ganzen Fluss, die Menschen gehen untendrunter durch. Sonst ist es immer andersherum.

Neben der Brücke ist der Müllberg. Auf ihm darf man nicht rauchen, weil man sonst explodiert. Meine Brüder aber haben eine seltsame Gabe, nicht zu explodieren. Vor allem Kai, er zündet seine Zigarette immer erst auf dem Weg hinter dem Warnschild an. Er wirft die glühenden Enden extra in die unheilvollen Gruben und Winkel des Berges.

Torsten hat das Geländer umklammert und beugt sich weit vor. Er spuckt aus und sieht seiner Spucke nach, bis sie unten auf die Straße klatscht.

»Der Robbic ist verrückt geworden«, erzählt er den Freunden, die dabeistehen. Die schweigen eine Weile. Einer nickt bedächtig.

Kai sagt: »Das stimmt. Sein Bruder Marco hat es erzählt.«

Wieder nicken die anderen nur, aber sie sagen nichts. Einer zündet sich eine Zigarette an.

»Der Robbie hatte was mit einer Merle«, berichtet Torsten weiter, dreht sich um und sieht ihnen in die Gesichter.

»Die war aber mit ihm verwandt«, ergänzt Kai.

Über dem Wasser liegt ein leichter Dunst, so kalt ist es noch. Torsten lehnt lässig am Geländer, Kai sieht die anderen an, als wollte er, dass sie was sagen. Aber sie stoßen nur weiße Wölkchen in die klare Luft.

»Das hat ihn fertiggemacht«, fährt Torsten fort, »weil der Robbie so ein Familienmensch war.«

»Marco meint, seine Eltern haben ihn fertiggemacht«, erklärt Kai.

Die Freunde treten von einem Fuß auf den anderen und gucken neugierig. Torsten erzählt weiter: »Der Robbie hat abends den Ofen geheizt, hieß es. Er hat lauter Kuchenformen aus Blech sorgfältig eingefettet und sie, als der Ofen die richtige Temperatur hatte, alle leer hineingestellt. Dann ist er in sein Auto gestiegen und hat sich totgefahren. Er ist in seinem Auto verbrannt.«

Keiner von den Zuhörern guckt zu Boden. Sie kneifen nur die Augen zusammen.

»Erzählt weiter!«, fordert einer von ihnen meine Brüder leise auf.

Kai beendet die Geschichte: »Am Morgen hat die Mutter den rauchenden Ofen geöffnet. Das Fett hat ganz grässlich gestunken. Dann haben sie schon bei ihr geklingelt, um es ihr zu sagen.«

Eine Weile spricht niemand.

Dann sagt einer von den Großen: »Wie alt war der Typ?«

»Robbie? Achtzehn«, antwortet Kai.

Torsten dreht sich wieder um und stiert in die Tiefe. »Und sie ist fünfzehn. Merle heißt sie. Komischer Name.«

»Marco hat gesagt, sie ist geil«, beendet Kai die Geschichte. Die anderen drehen sich wieder weg, sehen in die Ferne oder wechseln ein paar knappe Worte. Kai winkt mich zu sich. Er zieht an seiner Zigarette und legt seine Lippen an meinen Mund. Dann bläst er den Rauch in mich hinein.

»Lass ihn«, sagt Torsten, »das kommt noch früh genug.«

Das angehängte Kind oder warum einer stirbt

Zu Hause ist es warm, ich zerre mir den Schal vom Hals und werfe ihn in eine Ecke. Meine Mutter steht in der Tür. Sie begrüßt mich lächelnd, dann wandert ihr Blick zu dem Schal auf dem Boden. Mein Arm gleitet wie von selbst hinunter und greift danach. Ich werfe ihn auf die Ablage.

Meine Mutter nickt mir lobend zu. In der Küche stehen drei Tassen mit Kakao. Mit vorsichtigen Händen umschließe ich eine und balanciere sie schlürfend durch den Flur. Auf dem Weg nach oben halte ich inne. Meine Mutter und mein Vater haben ihre Unterhaltung wieder aufgenommen.

Seltsam, auch sie wissen von der Geschichte, die Kai und Torsten auf der Brücke erzählt haben, denn ich höre meinen Vater sagen: »Aber würdest du eines deiner Kinder so unter Druck setzen, dass es sich totfährt?«

Zum ersten Mal merke ich, dass es zwischen der Erwachsenenwelt und der geheimen Welt meiner großen Brüder Überschneidungen gibt. Dass es eine einzige Welt ist.

Wo stehe ich denn darin?, frage ich mich und gebe mir selbst die Antwort: außerhalb.

Aber das ist nicht schlimm, denke ich, denn ich habe ja auch eine Welt, in der ich mich bewege, von der die anderen alle nichts wissen. Eine Welt voller Gestalten, die die anderen nicht sehen, und voller Gedanken, die sie nicht verstehen, wenn ich versuche, sie zu sagen.

Ich denke an den brennenden Jungen, wie er in seinem Auto sitzt, die Hände am Lenkrad. Das Auto ist gegen einen Baum gefahren, die Straße ist weit und leer und schlängelt sich zwischen den Hügeln hindurch. Hinter einer hohen Pappel auf einer Kuppe tritt plötzlich eine Gestalt hervor. Es ist seine Freundin. Sie hat ein weißes Kleid an, über das die Schatten zucken, die das Feuer wirft.

»Ich verstehe *ihre* Eltern nicht«, unterbricht meine Mutter meine Gedanken. »Denen war es ja offenbar egal. Ein fünfzehnjähriges Mädchen – das ist doch verantwortungslos!«

»Das weiß ich nicht!«, erwidert mein Vater mit Nachdruck. »Das weiß ich nicht!«

»Natürlich weißt du es nicht!«, ruft meine Mutter voller Spott. »Aber stell dir mal vor, was wäre, wenn er ihr ein Kind angehängt hätte! Stell dir das mal vor!«

»Dazu gehören immer zwei«, antwortet mein Vater.

»Cousin und Cousine!«, ruft sie. »Das ist doch – nicht in Ordnung!«

Der Ton meines Vaters wird heftiger, und er sieht meiner Mutter direkt in die Augen: »Du kannst einem Menschen nicht seine Gefühle verbieten! Das geht nicht.«

Sie sehen sich an.

»Wo soll er denn hin damit?«, fährt mein Vater fort. »Soll er sie sich abklemmen oder was? Da schneidest du ihm das Leben ab. Davon kriegt man Krebs. Krebs! Das sag ich dir. Es geht nicht, seine Gefühle zu verleugnen. Das würde ich nie tun. Ich nicht!«, ruft er am Ende.

Die Erwiderung meiner Mutter ist ungewohnt scharf: »Du nicht. Das ist klar. Aber man muss überlegen, wo die Gefühle herkommen! Wenn sie nämlich aus etwas erwachsen, das nicht in Ordnung ist oder das für andere schlimm ist, dann –« Sie stockt.

»Lassen wir das Thema«, bietet mein Vater müde an.

Meine Mutter nickt.

Am Abend sitzen wir zu dritt auf dem Teppich.

»Was heißt das genau: *Er hat ihr ein Kind angehängt?*«, frage ich Kai und Torsten. Kai sieht Torsten an, der schaut zurück. Torsten ergreift das Wort wie etwas, das er noch nie angefasst hat: »Er hat der Frau ein Kind angehängt«, erklärt er langsam, »das ist, wenn eine Frau nicht verheiratet ist und dann ein Mann kommt und –« Er stockt. Dann grinst er vor sich hin und weiß nicht weiter.

»Das geht so«, ergreift Kai energisch das Wort: »Sie liegt auf dem Bett, und er schläft mit ihr und hält mit einer Hand hinter seinem Rücken ein Baby. Wenn sie einen Orgasmus hat und die Augen schließt, dann wirft er es ihr blitzschnell zwischen die Beine.«

Wir lachen alle drei.

»Warum willst du das wissen?«, fragt Kai mich mit einem bösen Grinsen, aber ich möchte nichts sagen. Ich schweige, bis er mich anstößt und ich meinen Blick nicht länger in den Boden bohren kann.

»Hat der Junge, von dem ihr erzählt habt – ich meine, was ist mit diesem Mädchen?«, stammle ich, aber meine Brüder verstehen, was ich sagen will. Sie haben Erfahrung mit solchen Dingen.

»Das wäre ja krass«, sagt Torsten erstaunt. Aber Kai schüttelt nur den Kopf. Er scheint an das Mädchen zu denken, denn er erzählt: »Marco hat mir gesagt, dass sie durchgedreht ist. Sie hat mit einem Gewehr auf seine Eltern geschossen. Auf Robbies und Marcos Eltern.«

Er macht eine Pause und denkt nach.

»Woher soll sie ein Gewehr haben?«, erkundigt sich Torsten.

»Die wohnen im hinterletzten Dorf, da hat jeder ein Gewehr!«, tut Kai die Frage ab.

»Warum hat sie auf Robbies Eltern geschossen?«, will ich wissen.

»Weil Robbies Mutter den beiden verboten hat, sich zu treffen. Das hat ihn so fertiggemacht, dass er in das Auto gestiegen ist.«

»Das ist krass«, wiederhole ich Torstens Worte.

»Meint ihr, die ist jetzt in der Klapse?«, fragt Kai. »Die Merle, meine ich.«

»Wenn sie durchgedreht ist, schon, oder?«, sage ich.

»Ne, warum?«, fragt Torsten und zuckt die Schultern. »Sie ist doch nicht verrückt in dem Sinne.«

Kais Augen leuchten. »Ich versuche mal, Marco anzuhauen. Ob er mir die zeigen kann«, sagt er.

»Aber warte, bis es ihm besser geht«, rät Torsten.

»Wenn du sie triffst«, bitte ich ihn vorsichtig, »können wir dann das Gewehr sehen?«

Es ist Schlafenszeit, aber die Türen unserer beiden Zimmer sind noch offen.

»Wie lange, meinst du, muss ich warten, ehe ich Marco wegen Merle anhauen kann?«, fragt Kai.

Torsten überlegt. »Du musst dich in ihn hineinversetzen«, rät er dann. »Wenn ich tot wäre, wie lange würde es dann dauern, bis es dir wieder gut geht?«, fragt er.

Kai kratzt sich am Kopf. »Zehn Minuten?«, sagt er.

Ich höre, wie drüben die Kissen fliegen.

Ein neuer Spielkamerad

Am nächsten Tag sind Kai und Torsten weg. Ich will spielen, ich will ein Pirat sein. Doch ich habe keine Piratenpistole, sondern nur einen Colt, wie John Wayne ihn benutzt. Aber ich will keinen Western! Als ich vorhin nach draußen gesehen habe, haben graue Wellen mit weißer Gischt die Terrasse überspült.

Das Wasser leckt den Hang hinauf, die Wogen wachsen hoch und schlagen mit brutaler Kraft sogar bis gegen den Kirchturm. Die Glocke scheppert.

Der Pirat nimmt eine unsichtbare Pistole. Eine unsichtbare Waffe ist doch genauso gut – oder schlecht – wie eine Spielzeugpistole.

Der Pirat öffnet die Luke und steigt die Leiter hinab. Unten sind Feinde, die sich versteckt haben, um ihm aufzulauern. Während oben ein Kampf tobt, sind Böse in den Schiffsbauch eingedrungen, um ein Leck zu schlagen und das Pulver anzuzünden.

Der Pirat schiebt sich um die Ecken und schießt, sobald sich etwas bewegt. Tödlich getroffen kippen die Bösen auf den Boden. Plötzlich sehe ich einen Schatten weiter hinten. Ich mache zwei vorsichtige Schritte, stocke auf einmal. Ich weiß nicht, wieso, aber diese Dunkelheit ist anders als die restliche hier unten. Ich schleiche näher und kriege Angst. Was, wenn dort ein böses Wesen wartet. Ein echtes?

Ich mache alle Lichter an. Die Dunkelheit kriecht zurück. Sie schimmert rot. Sie wabert, oder es wabert in meinen Augen. Ich kann mich nicht umdrehen und nach oben laufen, sonst packt mich die Panik, und die gewinnt jedes Wettrennen. Den Piraten gibt es nicht mehr. Die unsichtbare Waffe ist wertlos. Ich atme tief durch. Es gibt einen Trick: Man atmet heftig und erzeugt eine Art Rauschen in sich. Das macht, dass man weniger hört. Außerdem macht man sehr schnelle Schritte. Dann kriegt man nicht alles mit. Man sieht stur geradeaus. Dann sieht man nichts aus den Augenwinkeln, denn dort bewegt sich das Böse. Was man nicht sieht, hört und spürt, das kann einen nicht packen.

Das stimmt meiner Erfahrung nach. Zumindest, was das auf Kinder spezialisierte Böse in dunklen Kellern betrifft.

Ich stürzte also voran, aber es geschah etwas ganz Unerwartetes. Es entstand etwas Neues, das von nun an immer geschehen würde, wenn ich im Keller Feinde jagte. In dem düsteren Winkel stand eine Frau.

Sie war weiß und sah mich an.

Natürlich wechselte sie von Mal zu Mal ihre Gestalt. Aber lange Zeit blieb eines gleich: Sie war eine Gequälte. Eine, die mich stolz ansah, eine Feindin, mit der ich in ein Ringen verfallen würde, das zwischen Anziehung und Hass lag.

Am Anfang war die Piratenfrau nur schön. Später manchmal war ihre Bluse zerrissen, und die weiße Fantasie eines Busens schimmerte durch. Es waren Risse darauf. Schnitte und Risse und Wunden, unter denen die Frau litt und die mich anzogen. Damals erschreckte mich das noch nicht. Ich erlebte es einfach nur wie etwas, das mir geschah und dem ich nichts entgegensetzen konnte.

Das Buch der Weisheit

Irgendwann merkte ich, dass es etwas in meinem Leben gab, das anders war als bei allen anderen. Mir fiel auf, dass meine Klassenkameraden anders über jene Themen redeten, die man hinter vorgehaltener Hand und ohne Erwachsene bespricht.

Sie waren unbekümmert. Mehr als ich zumindest. Ich ging ins Gymnasium, dieselbe Schule, die auch meine Brüder besuchten, aber Kai und Torsten lebten inzwischen in anderen Welten als ich. Mit Befremden sah ich sie mit jenen Leuten in der Raucherecke stehen, vor denen alle anderen Angst hatten.

Einmal kam ein Mädchen zu diesem Grüppchen. Sie blieb bei den Mülltonnen stehen und starrte erst nur zu den Jungs hinüber. Sie atmete heftig, dann fand ihr Zorn endlich Worte, und sie schrie: »Du Arschloch! Schau mich wenigstens an, wenn ich mit dir rede!« Sie meinte Kai. Kai versuchte erst, sie zu ignorieren, aber das ging nicht. Sie schrie zu laut, also trat er vor und baute sich breitbeinig vor ihr auf. »Ich weiß, dass du das warst. Du und Marco. Ich hab euch gesehen!«, rief sie. Tränen stiegen ihr in die Augen.

»Was willst du eigentlich?«, fragte Kai ganz ruhig. Dann fügte er hinzu: »Brauchst du einen Fick?«

Da hörte sie auf und wurde kalt. Sie beugte sich zurück und spuckte Kai vor die Füße.

»Ich zeig dich an!«, drohte sie, als sie sich umdrehte und wegging. »Ich zeig dich an!«

Kai sah ihr noch eine Weile nach, dann schlüpfte er wieder in das Grüppchen, das sich öffnete und ihn einließ. Das heisere Lachen der Jungen erschütterte ein wenig zu laut die Stille.

Kai war also böse geworden, dachte ich. Torsten war zwar immer noch der Alte, aber auf dem Schulhof war ich trotzdem allein. Ich traute mich einfach nicht, vor seinen neuen Freunden zu ihm zu gehen und ihn um Hilfe zu bitten.

Immer wieder, wenn ein neuer Lehrer kam, hörte ich dasselbe. Sie stutzten bei meinem Nachnamen und fragten mich, ob ich Kais Bruder sei. Ich nickte dann nur.

Nachts musste ich manchmal an das Mädchen denken, das vor Kais Füße gespuckt hatte. Irgendwie ließ mich ihr Gesicht nicht los, die Wut, die Verletzung darin, die Hilflosigkeit. Ich stupste meinen Geist an, und er brauchte nicht viel, um ihre Tränen fließen zu lassen und mir lustvolle Ahnungen von dem zu geben, was sie so verletzt hatte.

Was ist los mit mir?, fragte ich mich eines Morgens. Ernüchtert vom schrillen Piepen des Weckers, von der kalten Morgenluft und dem grauen Licht.

»Du bist eben etwas Besonderes«, hatte mir meine Mutter einmal gesagt und mir über den Kopf gestreichelt.

Aber ich dachte immer, etwas »Besonderes«, das sei etwas Gutes. Was ich meinte, was mir Sorgen machte, war aber nicht gut.

Ich rührte lustlos in meiner großen Tasse herum. Die Milch schwappte heraus und hinterließ Ränder auf dem Tisch. Kai war nicht da. Er war in dieser Nacht nicht nach Hause gekommen. Irgendwas war mit ihm. Ich bezweifelte, dass ich ihm heute in der Schule begegnen würde. Hatte man ihm nicht sogar Attestpflicht angedroht? Ich würde es nie so weit kommen lassen. Torsten war schon angezogen und verließ eben das Haus.

»Ciao, Kleiner!«, rief er. Die Tür fiel ins Schloss. Nur einen kurzen Moment später hörte ich erneut die Tür gehen. »Hast du etwas vergessen?«, rief ich. Aber es war nicht Torsten. Es war Kai. Er stand müde grinsend in der Tür. Als er mich sah, legte er den Finger auf die Lippen und bedeutete mir, still zu sein.

Er ließ sich neben mir auf einen Stuhl fallen und sagte: »Du hast mich nicht gesehen, sonst gibt's Ärger, klar?« Ich nickte. Er zog meine unberührte Tasse zu sich und fischte sich die aufgeweichten Cornflakes mit den Fingern heraus, ehe er die Tasse in einem Zug austrank.

»Wo warst du?«, fragte ich ihn.

»Was geht dich das an?«, antwortete er.

»Warst du mit diesem Marco unterwegs?«, hakte ich nach.

Er nickte: »So ungefähr.«

Dann stand er auf, seufzte und sagte: »Du wartest auf mich. Ich bin in fünf Minuten fertig. Keine Lust, allein in die Schule zu gehen.«

Also wartete ich. Kai brauchte wirklich nicht mehr als fünf Minuten, und bald standen wir draußen an der Bushaltestelle.

»Wo hast du diesen Marco eigentlich kennengelernt?«, fragte ich.

»So halt«, antwortete er knapp.

»Versuchst du immer noch, an diese Merle heranzukommen?«, fragte ich neugierig.

»Marco sagt, sie kommt vielleicht auf unsere Schule«, erzählte er. »Ihre Eltern wollen sie irgendwie loswerden. Oder irgendwo unterbringen, wo sie keiner kennt.«

Ich zuckte mit den Schultern.

»Du guckst nicht nach Mädchen, was?«, zog Kai mich da auf.

»Doch!«, rief ich empört.

Kai legte den Kopf schief und sah mich seltsam an. »Scheiß drauf«, sagte er. »Wenn der Bus in drei Minuten nicht da ist, geh ich wieder heim.«

Aber der Bus kam. Kai stieß mich auf den einzigen Platz, der frei war. Er stand vor mir, krallte sich an der Haltestange fest und wankte in jeder Kurve von links nach rechts, ohne sich darum zu kümmern, ob er jemandem im Weg war oder nicht.

Er sieht zufrieden aus, dachte ich. Ob er in diese Merle verliebt ist?

Ich kam allein zu Hause an. Meine Eltern waren nicht da, Torsten hatte Nachmittagsunterricht, und Kai hatte sich in der vierten Stunde befreien lassen.

Ich ließ mich auf einen Stuhl sinken. Aber ich hörte nicht auf zu sinken, meine Schultern fielen mehr und mehr zusammen, bis mein Scheitel fast meinen Schoß berührte.

Was machte mich bloß so schwach? Ich dachte an die Nacht. Wie sich die Tür aufgeschoben hatte, wie lautlos eine körperlose Gestalt durch den Spalt geschlüpft war.

War ich der einzige Mensch, der Dinge sah, die es nicht gab?

Ich richtete mich abrupt auf. Da hatte es doch mal so ein Buch gegeben, dachte ich. Das *Animarium* fiel mir ein. Obwohl ich vermutete, dass meine Brüder damals alles nur erfunden hatten, war mir doch das vage Gefühl geblieben, dass es etwas geben müsse, ein Buch, das alles erklärte, was mir auf der Seele lastete. *Animarium* oder nicht – so ein Buch musste es geben. Und wenn es irgendwo war, dann im Zimmer meines Vaters.

Aufgeregt lief ich hin. »Papa?«, rief ich zweimal laut ins leere Haus. Mein Herz klopfte, und ich wollte sichergehen, dass ich alleine war.

Niemand antwortete, alles war still. Also legte ich die Hand auf die Klinke und öffnete das verbotene Reich. Wann war ich zuletzt hier gewesen? Damals, als meine Mutter verreist war und ich solche Angst hatte, dass mein Vater mich zu sich geholt hatte?

Oder einmal, als ich Fieber gehabt hatte und nur in einem abgedunkelten Raum hatte liegen können? Der Geruch des Zimmers umfing mich. Ich kannte ihn, aber er war mir nicht vertraut, dafür nahm ich ihn zu selten wahr.

Ich machte ein paar vorsichtige Schritte hinein. Meine Mutter würde hier die Krise kriegen, dachte ich. Bei der Unordnung.

Ich nahm einen Stuhl und stellte ihn auf gut Glück neben eines der Regale. Ich stieg hinauf und glitt mit dem Zeigefinger die Buchrücken entlang. Wie dumm von mir, hier ein Buch zu suchen, das es nicht gab, das meine Brüder einst erfunden hatten, um sich über mich lustig zu machen.

Auf dem Schreibtisch lag ein Stapel mit Schokoladen. Wie verlockend, dachte ich, einfach hinzugreifen und sich den ganzen Packen zu nehmen.

Ich sah das zerwühlte Bett meines Vaters und fragte mich nach langer Zeit wieder einmal, warum er eigentlich nicht bei meiner Mutter schlief. Die beiden stritten sich nicht oft. Oder nicht *mehr* oft? Ich erinnerte mich ganz entfernt an heftige Szenen.

»Ich lass mich scheiden!«, hörte ich meinen Vater durchs Haus schreien.

Meine Mutter war ihm sicherlich keine Antwort schuldig geblieben, aber ich konnte mich nicht entsinnen.

Mein Finger stockte, etwas unterbrach meine Gedanken. Da, mitten zwischen den breiten, ehrwürdigen Buchrücken, steckte etwas. Ein schmales Heft, eine Zeitschrift, ein glänzender, schmaler Streifen.

Ich zog ihn heraus, einfach, weil er anders war. Etwas, das ich nicht erwartet hatte.

Es war ein Heft, das aussah wie ein Sportmagazin. Ich setzte mich und blätterte es auf, einfach nur so. Ich erkannte zuerst nicht, was ich sah, aber gleich danach schoss mir die Röte ins Gesicht, und ich blätterte neugierig weiter.

Die weiße Frau tauchte vor meinem inneren Auge auf. Ihre Gestalt verband sich auf aufschlussreiche Weise mit den Bildern, die ich sah.

Ich hatte zwar nicht das *Animarium* gefunden, aber etwas anderes, das mir helfen würde, die Welt zu verstehen. Also nahm ich das Heft einfach mit. Ich ging die Treppen hinauf und wollte eben in meinem Zimmer verschwinden, als ich ein Geräusch hörte. Es kam aus dem Bad. Es war eine Art Ächzen oder Stöhnen gewesen. Nein, ich hatte mich nicht getäuscht. Mein Herz begann augenblicklich wild zu schlagen. Der Riegel der Badezimmertür wurde betätigt, die Klinke bewegte sich. Aber länger blieb ich nicht stehen. Ich hastete durch die nächstbeste offene Tür davon. Ich war im Zimmer meiner Mutter. Ängstlich sah ich nach der halb offenen Tür. Denn sie zu schließen, hatte ich nicht die Gelegenheit gehabt. Draußen im Flur war jemand. Aber das Haus war doch leer gewesen? Wie konnte das sein? Bei dem Gedanken, ich könnte mir die Geräusche aus dem Bad und dem Flur nur eingebildet haben – vielleicht war es wieder eine jener Geistererscheinungen – wurde mir gleichzeitig bange und ich fühlte Erleichterung. Aber ich hatte es mir nicht eingebildet.

»Hallo?«, rief eine Stimme. Es war die Stimme meines Vaters. Leise und überrascht, wie er war, wirkte er so harmlos. »Hallo?«, rief er noch mal fragend, diesmal in meine Richtung. Ganz leise, ohne eine einzige schnelle Bewegung, sank ich auf den Bettrand und glitt unter die Decke.

»Hallo?«, hörte ich zum dritten Mal meinen Vater fragen. Diesmal stand er im Zimmer.

Ein heißer Schreck durchfuhr mich, und ich erstarrte. Wieso hatte ich nicht einfach das verräterische Heft unter das Bett schlittern lassen? Wieso hatte ich es nicht unter das Kopfkissen geschoben? Nein, ich hielt es in der Hand. Ich spürte, wie mein Vater in die Bettdecke griff, wie sie sich ganz leicht dabei zusammenzog. Ich spürte, wie sie langsam von meinem Gesicht glitt. Ich sah direkt in die Augen meines Vaters. Er erschrak und zuckte zurück.

»Was machst du denn hier?«, fragte er verblüfft. Ich konnte ihm nicht antworten. Es war ihm ein Leichtes, an meinem Gesicht abzulesen, dass etwas nicht stimmte, dass ich etwas Verbotenes tat.

Ich lag ganz steif da, die Beine ausgestreckt, die Hände der linken Hand krampften sich um das glatte, dünne Glanzpapier.

»Stopp!«, rief ich verzweifelt, aber mein Vater hielt nicht inne. Mit einer schwungvollen Bewegung riss er die Decke von meinem Körper.

Mein Gesicht war weiß, der Schweiß brach mir aus.

»Ich war das nicht«, stammelte ich. Mein Vater bemerkte zuerst, dass ich ein Heft in Händen hielt. Mehr nicht. Er sah die kleinen Bilder auf der Rückseite und erkannte einen Teil der Situation. Er kniff den Mund zusammen, zog die Augenbrauen hoch und sah mich etwas ratlos an. Er wollte sich gerade abwenden, setzte an, etwas zu sagen, als mein Arm heftig zuckte. Das Heft rutschte mir dabei aus der Hand, und sein Blick fiel darauf. Mein Vater nahm das Heft mit zwei Fingern und drehte es auf die Vorderseite. Lange starrte er darauf, ehe er begriff. Aber noch tat er nichts. Er starrte und begann stärker zu atmen und nachzudenken. Noch wusste er selbst nicht, was geschehen würde. Aber ich wusste es. Zu oft hatte ich in dieses Gesicht geguckt, wenn es sich plötzlich verfinstert hatte, aus einem Anlass, den man nicht nachvollziehen konnte, den man nicht vorhergesehen hatte.

»Woher hast du das Heft?«, fragte er mich und klang noch nicht sonderlich wütend.

Aus Kais Zimmer, hätte ich sagen sollen, oder: aus der Schule. Aber ich konnte nur den Kopf schütteln, steif daliegen und den Kopf schütteln.

»Das ist nicht in Ordnung«, sagte er dann. »Das ist nicht in Ordnung.«

»Nein!«, rief ich.

Mein Vater wusste nicht, was er sagen sollte. Alles Mögliche fuhr über sein Gesicht, alles mögliche Helle und Dunkle. Am Ende blieben Empörung und Wut. Aber das Schlimmste war, dass er ihr keinen Namen geben konnte.

»Das hast du –«, rief er, kam aber nicht weiter.

»Das hast du aus –«, setzte er noch mal an, stockte aber wieder, und die Worte »aus meinem Zimmer« kamen nicht über seine Lippen. Also schlug er zu. Entsetzt sahen wir uns an. Ich, weil er mich noch nie geschlagen hatte, er, weil er darüber so erschrak.

»Du Teufel!«, rief er, und ab diesem Moment konnte ich nicht mehr in seine Augen sehen. Es war, als wäre ein Schleier darüber. Er riss mich am Kragen hoch, sah mich frech im Bett meiner Mutter sitzen mit dem beschämenden Heft aus seinem eigenen Zimmer und schlug zu. Zwei- oder dreimal schlug er zu.

»Du Teufel!«, rief er immer wieder. Ich floh vor ihm, stieß mich mit den Beinen ab, kam aber nur bis zur Wand. Mein Vater kniete auf dem Bett meiner Mutter und hatte beide Hände erhoben. Er hielt inne, wie eingefroren, er konnte seine Hände nicht mehr herunternehmen. Sie waren in der Luft vor Entsetzen und Schrecken festgefroren.

»Du bist doch unnormal!«, schrie er tonlos. In seinen Augen standen bewegungslos erstickte Tränen.

»Ich hab nichts gemacht«, sagte ich trotzig. Und dann wiederholte ich es. »Ich hab nichts gemacht«, sagte ich und reckte den Kopf in die Höhe. Mein Vater kletterte rückwärts vom Bett. Seine Augen waren verschleiert. Dahinter glühten, fahl und trocken, zwei harte Klebstoffkügelchen, die sich mir in die Seele brannten.

Er reckte ebenfalls das Kinn, aber das sah so unecht, so hilflos aus, dass ich wegsehen musste vor Scham.

Damit ging er aus dem Zimmer.

Dazugehören

Als ich älter wurde, bekamen die Kreaturen im Keller Körperteile dazu, die sie vorher nicht gehabt hatten. Monster mit mehreren Geschlechtsteilen. Frauen mit Fotzen als Mündern.

»Das ist nichts Neues«, legte mir jemand viel später einmal dar, »dieses Bild von den Frauen.«

Der rot geschminkte Mund einer Frau, erklärte er, sei nichts anderes als eine Einladung, ein Hinweis direkt unter ihren Rock. Wir hatten natürlich nicht über die Wesen im Keller gesprochen, sondern über Mädchen mit Lippenstift. Der Freund war dafür gewesen, ich dagegen.

In dem kleinen Raum am Ende des Kellergewölbes, in dem meine Brüder abhingen und feierten, ging es anders zu als früher.

Kai, Torsten und ein paar ihrer neuen Freunde saßen da unten auf alten Sesseln und tranken Bier. Ich hockte auf dem Boden dabei. Ab und zu erinnerten sie sich an mich.

Bei einer solchen Gelegenheit stieß Kai Torsten an. Er lachte und goss Bier aus seiner Flasche auf ein Kissen, das auf der Erde lag. Es bedurfte keiner Einladung oder Einweisung. Ich beugte mich nieder, schürzte meine Lippen und saugte die Lache ein wie ein beschenkter Hund. Das war für alle so normal, dass keiner lachte oder einen Witz riss.

Eigenes Bier bekam ich nie, das wagten meine Brüder nicht wegen unserer Eltern.

Manchmal, wenn Kais und Torstens Freunde Lust auf Grobheiten hatten, war es selbstverständlich, dass sie mich packten und mir die Arme verdrehten oder mich auf den Boden pressten. Ich wusste ja, wenn es genug ist, wenn es zu viel wird, befreit mich Torsten schon. Je nachdem, wer es war, knurrte Torsten ihn an oder schubste ihn weg oder bat ihn mit anbiederndem Lächeln, mich loszulassen.

Am schlimmsten war Marco. Er war ein schmaler Junge, nicht viel größer als ich, seine Haare fielen ihm von der Stirn in die Augen, und er sah eigentlich ganz nett aus, bis auf die schwarze Kleidung.

Wenn er kam, stieg er immer aus einem alten, grauen Auto. Am Steuer saß eine Frau.

»Ist das deine Mutter?«, fragte ich ihn einmal.

»Nein, das ist Susanne«, antwortete er, so, als hätte ich eine ganz abwegige Frage gestellt.

Torsten nahm mich danach beiseite und sagte mir, ich solle Marco nicht nach seinen Eltern fragen.

»Warum?«, wollte ich wissen.

»Weil er sie hasst.«

»Es ist doch scheiße, seine Eltern zu hassen. Das kann man doch nicht«, wandte ich ein.

»In seinem Fall schon«, belehrte mich Torsten, »weil sie seinen Bruder – sie haben ihn in den Tod getrieben.«

Sie haben ihn in den Tod getrieben klang für mich wie ein Satz aus einem Film und nicht wie Torsten. Nur deswegen widersprach ich ihm: »So ein Quatsch, seine Eltern zu hassen!«

Gleichzeitig aber fielen mir mehrere Begebenheiten ein, in denen ich meine Eltern auch gehasst hatte. Sie sprangen in meinem Kopf auf wie Hundertmeterläufer, die nur auf den Schuss gewartet hatten: Meine Mutter steht in der Küche. Alles ist voller Dampf und Rauch. Der Drucktopf zischt bedrohlich. Ihre Hände fliegen hin und her, von Topfdeckel zu Topfdeckel. Immer nur eine Sekunde, alles was sie berührt, ist zu heiß. Die Zigarette fährt zu ihrem Mund und wieder hinunter, ein glühender Streifen in der Luft. Ich will getröstet werden, irgendetwas ist passiert, aber sie schiebt mich mit ihrem Knie aus dem Raum. Einfach so.

»Ich hab dich nicht mehr lieb!«, drohe ich ihr trotzig, während mir die Tränen aus den Augen schießen.

»Das ist mir scheißegal!«, schreit sie und schiebt mich weiter weg. Die Hilflosigkeit lässt mich alles andere vergessen.

Ein andermal sitzen wir im Wohnzimmer beisammen, meine Mutter strickt. Mein Kopf liegt auf ihrem Schoß. Ich muss nichts tun, es füllt mich aus – mein Herz, meine Gedanken – einfach bei ihr zu sein. Eine Kutsche jagt schwarz-weiß über den Fernseher, dahinter die Indianer. Da betritt mein Vater das Wohnzimmer. Er sieht uns. In unserem kuscheligen Bett der Geborgenheit. Er kann es nicht ertragen, muss den Frieden aufwirbeln. Hin und her, rein und raus muss er laufen, Tür auf, Tür zu. Sein Rücken schiebt sich krumm und unendlich langsam vor die Prärie. Er verschluckt die Kavallerie, die Kutsche, die Indianer. Bis sie etwas sagt, den Mund aufmacht. Wasser ins heiße Fett. Und dann spritzt es sofort aus ihm heraus: Ich werde doch wohl noch in meinem eigenen Wohnzimmer und so weiter. Friedensverderber. Die Schüsse der Kavallerie hallen ins Leere.

»Marco wohnt nicht bei seinen Eltern«, unterbrach Torsten meine Gedanken. »Muss er gar nicht, weil er eine Lehre macht und Geld kriegt.«

Ach ja, Marco!, fiel mir wieder ein.

»Macht er eine Lehre als Arschloch?«, fragte ich Torsten, halb ernst, halb im Scherz. Da stieß er mich empört nach hinten.

Marcos Ärger

»Ich fürchte mich vor Marco, der ist so unberechenbar«, rief ich Kai einmal wütend zu.

»Ja«, lachte Kai und schlug mir auf die Schulter. »Geht mir genauso mit ihm.«

Seitdem hatte ich noch mehr Angst vor Marco.

Eines Abends fragte Kai ihn unten im Keller: »Besuchst du Merle eigentlich manchmal in der Klapsmühle?«

Da fror alles ein. Selbst Torsten guckte erschreckt in die Runde.

Ich wäre in diesem Moment gerne ganz schnell aus dem Zimmer geflohen, aber es war keine gute Idee, jetzt die Aufmerksamkeit auf sich zu lenken. Es entstand eine komische Pause. In Marcos Gegenwart sagten sie normalerweise nie *Merle*. Sie sagten immer nur *sie* oder *deine Cousine*. Und über Dinge wie Klapsmühle fiel sonst natürlich auch nie ein Wort.

Marco ließ seinen Blick unzufrieden hin und her schweifen, bis er an mir hängen blieb. Er starrte mich an und schien mich trotzdem nicht wahrzunehmen. Ich sah zu Boden und zog die Knie nahe an den Körper heran. Aber es passierte nichts.

»Warum können die Leute eigentlich nicht ihre Fresse halten?«, fragte er nur leise.

Kai antwortete ihm laut und als wäre nichts gewesen: »Weil halt niemand genau weiß, was los ist. Deswegen gibt's Gerede.«

»Ja, Scheißgerede!«, murmelte Marco.

»Aber erzähl uns doch mal was!«, forderte Torsten ihn mit ruhiger Stimme auf. »Wir sagen's ja nicht weiter. Nur so unter uns. Sag halt mal was.«

Marco schüttelte den Kopf und schwieg. Nach einer Weile stand Kai auf und zog eine neue Bierflasche aus dem Kasten. Er biss sie mit den Zähnen auf und reichte sie Marco.

Der schüttelte unwillig den Kopf: »Willst du mich jetzt besoffen machen, oder was?« Aber dann lachte er. Kai, Torsten und ich stimmten mit ein, bis Marco auf einmal unterbrach und mich anging: »Wieso lachst du eigentlich mit? Du hast hier überhaupt nichts zu lachen! Du bist überhaupt nicht da, hast du kapiert? Du bist überhaupt nicht da!«

Ich nickte eingeschüchtert und traute mich nicht mal, Torsten zu fragen, ob ich rausgehen sollte. Aber das war auch nicht nötig, denn im nächsten Moment hatte Marco mich vergessen, er trank das halbe Bier leer und fing an zu erzählen, mit heiserer Stimme und in einem Tonfall, als ginge ihn das Ganze nichts an.

Robbie und Marco waren fast jedes Jahr in den großen Ferien auf dem Hof bei Merle gewesen. Marco und seine Cousine hatten sich immer gut verstanden, aber in jenem Sommer hatten sich Robbie und Merle noch besser verstanden.

Merles Vater betrieb eine Pferdezucht. Die Eltern der drei hatten geschäftlich miteinander zu tun und waren deswegen oft unterwegs. In diesem Sommer sollte ihre Tante Susanne auf sie achtgeben.

»Merles Vater war gar nicht das Problem. Der hat am Anfang überhaupt nichts gegen die Sache mit den beiden gehabt. Der hat das nicht so ernst genommen«, ließ Marco uns wissen. »Aber mein Vater schon. Der ist deswegen total durchgedreht.«

Von seinen Eltern redete Marco wirklich nicht gerne. Manchmal sagte er sogar: *der Mann, der mich gezeugt hat* und: *die Frau, die mich geboren hat.* Das fanden Kai und ich affig, aber Torsten meinte: »Das müssen wir respektieren.«

Am Ende wurde Marco noch mal wütend. »Meine Eltern sind auch daran schuld, dass ich mit Merle nicht mehr reden kann.«

Marco war nämlich eifersüchtig auf seinen Bruder gewesen. Weil Robbie ihm seine beste Freundin weggenommen hat. Deswegen hat er seinen Eltern auch erst geholfen, Robbie auszuspionieren.

»Er ist wieder zu ihr gefahren«, hat er ihnen am Anfang manchmal gepetzt.

Und das schien ja auch in Ordnung zu sein, denn was Robbie und Merle machten, war verboten. Und es war nicht natürlich, sie waren Cousin und Cousine. Aber irgendwann stellte Merle ihn dann zur Rede.

»Warum bist du so komisch zu mir?«, fragte sie ihn. Und sie zog ihn ins Vertrauen und erzählte ihm von ihrer Liebe wie eine erwachsene Frau. Das ärgerte ihn zwar, weil sie doch gleich alt waren und sie ihn auf einmal wie ein Kind behandelte. Aber am Ende sah Marco doch ein, dass er zu seinem Bruder halten musste und zu seiner besten Freundin. Nur dass es da schon zu spät gewesen ist. Da hatten seine Eltern sich schon alles Mögliche ausgedacht, wie sie die beiden auseinanderbringen könnten.

»Irgendwann haben sie Merles Vater auch noch auf ihre Seite gezogen«, sagte er.

Marcos Eltern hatten das ganze Geld in der Familie. Und als sie von Marco erfahren hatten, dass Merles Vater von den Treffen der Kinder wusste und nichts dagegen tat, konnten sie auf einmal nicht mehr miteinander. Sie vereinbarten, eine Weile »auf Abstand zu gehen«. Aber leider meinten Marcos Eltern damit auch das Geschäftliche. Und als für Merles Vater neben dem Familienfrieden auch noch das Geld auf der Strecke blieb, hatte er bald keine Geduld mehr. Sonst war er nie grob zu seiner Tochter gewesen, aber da hatten die beiden einen schlimmen Streit.

»Das Erste, was ich mache, ist, dein Pferd zu verkaufen, wenn die Familie deinetwegen kein Geld mehr fürs Futter hat!«, sagte er. Sie ist zu ihrer Mutter gerannt und hat lange geheult.

»Aber das war Onkel Werner dann egal. Wie gesagt, für ihn war es ja nur eine Kinderei.«

Die Decke

Marco wirkte zwar kalt und gleichgültig, aber hinter seinen hingerotzten Sätzen und Wortbrocken hatte ich etwas Aufregendes und Schreckliches und irgendwie auch Schönes gespürt. Ich musste mehr darüber erfahren.

Obwohl es nicht ganz ungefährlich war, versuchte ich in den nächsten Wochen, so oft wie möglich dabei zu sein, wenn das graue Auto kam und meine Brüder mit ihrem Freund im Keller verschwanden. Ich schlüpfte dann noch schnell bei uns in die Küche und steckte mir ein oder zwei Bierflaschen unter die Jacke. Damit erkaufte ich mir ihre Gesellschaft. Mit kleinen Diensten und Gefälligkeiten.

»Nur zwei Bier?«, tadelte mich Torsten einmal. »Wir sind aber drei!«

Also schlich ich mich wieder nach oben und stahl unserem Vater unter Herzklopfen eine weitere Flasche von ganz hinten aus dem Fach.

Marco erzählte manchmal von Merle und seinem Bruder, und in meinem Inneren lebten von da an kleine Gestalten, die ich in traurigen Momenten – oder wenn ich mich langweilte – hervorholen konnte. Ich konnte sie wie Spielfiguren auf ihren Playmobil-Bauernhof setzen und mich in ihren kleinen Begegnungen und großen Intrigen verlieren. Jeder von ihnen bekam seine Lebensgeschichte, und jeder hatte seine Rolle.

Marcos Vater Ulrich war der Böse; Merles Vater war in Ordnung, aber er war zu schwach, um gerecht zu handeln. Merle war die unklarste Gestalt. An ihr lag mir am meisten, aber umso weniger traute ich mich, mir ein Bild von ihr zu machen. Und Marco, ja, der musste in meiner Fantasie ziemlich oft Prügel einstecken.

Die Geschichte ist so schön traurig, entschuldigte ich meine Besessenheit vor mir selber. Aber wenn ich nicht achtgab, geschah es, dass ich mich in dieser Trauer verlor. Denn sie war wie eine weiche Decke, in die ich mich kuscheln konnte und in der sich mein ganzes Ich auf einmal richtig anfühlte.

Heute weiß ich, dass in Merles und Robbies Geschichte etwas ungeheuer Wichtiges für mich lag. In ihrem Leben war etwas mit Gewalt aufgebrochen, eine zerstörerische Kraft, ein ungeheuer lebendiger Trieb; etwas, das in mir auch aufbrechen wollte, aber nicht aus mir herauskonnte. Ich trug etwas in mir, einen todtraurigen, lebenshemmenden Gedanken, der mich davon abhielt, das zu sein, was ich vielleicht sein konnte. Er war die Schranke vor meinen Möglichkeiten.

Später habe ich viel mehr über Merles Leben herausgefunden; und bei dem, was ich nicht in Erfahrung bringen konnte, half mir meine Vorstellungskraft. Ich erzähle Merles Geschichte so, wie ich sie jetzt kenne, auch wenn ich das damals noch nicht alles verstehen konnte.

Der Sommer

Ich sehe einen Hof in einem abgelegenen Dorf. Der graue Kombi parkt auf dem Schotter.

Rosen, die an Holzgittern rechts und links neben dem Eingang hochranken, stelle ich mir vor. Neben dem Haus sind die Ställe, ein langgezogenes, flaches, weiß gekalktes Gebäude. Ein Kätzchen – überall sind junge Kätzchen – spitzt aus einer der Stalltüren hervor. Es läuft mit staksigen Beinen über den Hof und verschwindet auf der anderen Seite in der Scheune.

In der Küche sehe ich zwei Gestalten. Ein alter Mann mit knochigem Rücken geht umher und deutet auf alle möglichen Sachen. Er erklärt einer Frau etwas. Einmal steht sie direkt vor dem Fenster. Da erkenne ich sie. Es ist diese Susanne, die Marco immer herfährt. Sie stützt sich mit den Händen auf und seufzt tief, so wie wir das tun, wenn uns ein Lehrer in der Schule etwas erklärt, das jedes Kleinkind schon weiß.

Im Stall ist das Mädchen. Sie hat dicke, dunkle Haare. Als sie herauskommt, muss sie die Augen zukneifen, weil die Sonne sie so blendet. Das macht sie schön. Sie hat das Auto gehört, das eben auf den Hof gerast kommt. Ein Jeep. Er hält mitten auf dem Platz, die Türen fliegen auf, und ein Junge springt heraus. Es ist Marco. Er hat aber keine schwarzen Kleider an, und er sieht viel freundlicher aus, als ich ihn kenne.

»Marco!«, ruft das Mädchen und rennt ihm mit ausgebreiteten Armen entgegen.

Marco grinst ein wenig verlegen, als sie sich ihm um den Hals wirft.

Noch zwei Leute steigen aus dem Wagen aus: ein anderer, älterer Junge und ein Mann.

»Hi«, sagt Merle zu Robbie.

Und dann, ganz brav und gut erzogen: »Hallo, Onkel Ulrich«, aber sie lächelt ein schelmisches Lächeln dabei.

Onkel Ulrich nickt ihr freundlich zu und fragt: »Dein Vater ist schon vorgefahren, oder? Na ja, sind wir halt mit zwei Autos unterwegs.«

Merle grinst, sie weiß, dass ihr Vater keine Lust hat, mit seinem Bruder Ulrich in dem teuren Jeep zu fahren. Er hat ein ganz altes Auto, aber das liebt er. Auf einem Feldweg hat Merle es einmal fahren dürfen. Sie sagt ihrem Onkel, dass Tante Susanne seit gestern da sei, sie kümmere sich um alles.

»Ah, glaubst du, dass deine Tante Susanne sich um alles kümmert? Da bin ich ja mal gespannt«, antwortet Ulrich spöttisch. Schon kommen Susanne und der alte Mann aus der Küche.

»Da seid ihr ja endlich!«, ruft sie. Sie gibt ihrem Bruder Ulrich die Hand.

»Der Schwiegervater ist also auch da, das beruhigt mich ja«, begrüßt Ulrich den Alten.

Der sieht aber nicht gut gelaunt aus, er drückt dem Onkel kurz und knapp die Hand und sagt dann mürrisch: »Ich habe schon versucht, ihr alles zu erklären, aber – na ja.«

Ulrich lacht. Dann geht er seine Schwester scherzhaft an: »Schau mal, wie du geparkt hast, Susanne. So, dass auf diesem riesigen Platz nicht mal ich noch irgendwo dazwischenpasse.«

Da erklärt der Alte mit Nachdruck: »Die Autos sollt ihr sowieso hinten bei der Scheune parken.«

Susanne antwortet schnell und verdreht die Augen dabei: »Aber ich trag nicht meine Einkäufe von da hinten in die Küche.«

»Ja, das ist ja alles gut!«, sagt der Alte heftig und eilt, ohne sich zu verabschieden, hinter das Nebengebäude.

»Tschüss, Großvater«, ruft Merle ihm nach.

Während der Alte wegfährt, höre ich Ulrich und Susanne scherzen: »Der kommt dich jetzt jeden zweiten Tag kontrollieren«, sagt er. Und Susanne antwortet: »Nee, jeden Tag zweimal!«

»Marco!«, ruft Susanne. Der Junge löst sich aus dem Dreiergrüppchen und trottet zu seiner Tante. Er gibt ihr lustlos die Hand.

»Gehen wir rein?«, fragt Ulrich.

»Ich hab versucht, was zu backen«, erwidert Susanne und legt ihr Gesicht in sehr skeptische, lustige Falten.

Robbie und Merle sehen sich an.

»Schöne Jacke hast du an«, sagt sie nach einer Weile.

»Findest du?« Er freut sich über das Kompliment.

»Mhm«, nickt sie. »Gewagt«, dann kichert sie und sieht zu Boden.

Er antwortet nicht.

»Ich dachte, deine Mutter ist noch da?«, fragt er stattdessen.

Aber Merle schüttelt den Kopf. Ingrid sei schon in die Erholung gefahren. Sie stehen auf dem Hof herum. Obwohl sie den anderen eigentlich in die Küche folgen wollen, führen ihre Schritte sie in die andere Richtung, zur Scheune hin. Die Worte sind dünn und kostbar, sie tauschen sie aus wie kleine Geschenke. Und das ist nichts für die Küche mit Ulrich und der tapsigen Susanne und dem kleinen Bruder und Cousin. Das ist etwas für das Dämmerlicht und die einzelnen Sonnenstrahlen, die auf das Heu treffen und in denen der Staub tanzt.

»Wir konnten nicht zur Beerdigung deiner Oma kommen«, sagt Robbie.

»Na ja, jetzt ist sie tot«, sagt Merle und zuckt die Schultern.

»Wie du das sagst.« Robbie muss lachen.

»Na ja, ist sie doch. Kann ich doch jetzt nichts machen!«, verteidigt sich Merle ein wenig ruppig. Aber dann lacht sie und zeigt dem älteren Cousin das Kätzchen. Es passt genau in seine Handfläche.

»Wollen wir nicht zu Marco?«, fragt sie später, als sie auf der Holztreppe sitzen und sich nicht anlehnen können, weil die Stufen zu steil und zu hart sind.

»Gleich. Ich hatte jetzt schon zwei Stunden Marco pur«, lehnt Robbie ab. Merle lacht.

»Merle! Robert!«, hört man es da aus der Küche rufen. Es ist Susanne.

»Wie cool, dass wir jetzt ganz allein auf dem Hof sind!«, sagt Robbie leise, und seine Augen blitzen aufgeregt.

»Nur Susanne ist da«, meint Merle und schickt schnell nach: »Aber die ist in Ordnung, finde ich.«

Im Aufstehen, im Hinüberschlendern plaudern sie noch ein wenig. Dass der Alte nicht so oft kommen soll zum Beispiel.

»Er kann es halt nicht aushalten allein daheim, seit die Oma tot ist«, erklärt Merle fast ein wenig zärtlich.

»Marco nervt manchmal«, sagt Robbie nach einer Pause und seufzt ein wenig übertrieben.

»Er ist irgendwie so verschlossen geworden. Das ist schade«, meint Merle. Früher hat sie immer viel mehr mit Marco gespielt. Die beiden waren unzertrennlich.

Robbie will wissen, wie es seiner Tante geht, er hat von seinen Eltern gehört, dass sie depressiv sei, das haben sie aber nur hinter vorgehaltener Hand geflüstert, als sei es etwas Unanständiges.

»Mama war einfach total überlastet«, erklärt Merle. »Als die Oma tot war, das war auch eine Erleichterung für sie. Das klingt blöd, aber sie hat sich einfach dauernd um sie kümmern müssen.«

»Also …«, beginnt Ulrich eine kleine Abschiedsansprache, als sie alle in der Küche versammelt sind. Die lassen sie noch geduldig über sich ergehen, weil sie alle wissen – auch Susanne –, dass er gleich abfahren wird, und dann gehört der Sommer ihnen. Ihnen ganz allein.

Händel und Spionage

»Warum musst du immer bei uns rumhängen!«, beschwert Kai sich ungehalten und tritt gegen das Polster, auf dem ich sitze.

»Lass ihn doch«, murmelt Torsten. Er hat schon seit einer halben Stunde nicht mehr aufgesehen. Auf seinem Schoß liegt eine Kamera, seine Finger streifen über den schwarzen Kunststoff, der wie Fischhaut aussieht. Sie drücken auf blitzende Knöpfe und lassen Klappen aufspringen oder mit sattem Geräusch einrasten. Er dreht an Rädchen und Ringen, deren präzises Klicken und Ratschen ihn glücklich zu machen scheint.

»Schau mich mal an!«, befiehlt er Kai und hebt den Kopf, die Kamera ans Auge gepresst.

»Zu dunkel«, murmelt er unzufrieden.

»Lass den Scheiß! Was sollen wir machen?«, ruft Kai ungeduldig. Er hat nicht die Ruhe, sich zu setzen, also baut er sich vor Torsten und mir auf und springt dauernd von einem Bein aufs andere, während er redet. »Lass uns rausgehen. Marco kommt, vielleicht kann seine Tante uns mit dem Auto in die Stadt mitnehmen. Lass uns losmachen, komm schon!«

»Kann ich mit?«, frage ich aufgeregt.

»Nein!«, ruft Kai, als wäre das so was von klar.

»Aber ich bin auch still!«, bettle ich. »Ich trag euch die Taschen! Ich will mit.«

»Arschlecken!«, antwortet er mir barsch.

»Er kann schon mit«, sagt Torsten ganz ruhig, immer noch in seine Welt mechanischer Perfektion vertieft – sein Blick in kleinen schwarzen Kammern oder fasziniert von immer kleiner werdenden Achtecken.

»Ey, der ist mir unheimlich, der sitzt immer da, dass man ihn vergisst, und kriegt alles mit, der hört alles, was wir sagen. Was ist, wenn der das den Eltern erzählt oder seinen Klassenkameraden?«

»Mach ich nicht!«, verteidige ich mich.

»Der erzählt den Eltern schon nichts«, beruhigt Torsten den aufgebrachten Kai.

Da lacht Kai auf einmal. »Stimmt, wem soll er's denn erzählen: Hat ja keine Klassenkameraden!«

Dann wendet er sich an mich. »Wenn du mitkommst, dann musst du was machen für uns.«

»Was?«, will ich wissen.

»Heut' Abend treffen wir vielleicht ein Mädchen, das keiner will. Und du kümmerst dich um sie, ja? Du hältst sie uns die ganze Zeit über vom Hals, ja? Wenn du das machst, kannst du mit. Okay?«

»Okay«, willige ich ein. Und ich wundere mich. Offensichtlich müssen sogar Kai und Torsten manchmal mit Leuten zusammen sein, die sie nicht leiden können. Und ich dachte immer, so was passiert nur mir. Offensichtlich wird es nicht besser, wenn man älter wird, überlege ich. Das sind ja tolle Aussichten.

Wir fahren dann doch nicht weg, weil Marco das nicht möchte. »Susanne hat keinen Bock auf Kindergarten«, sagt er nur ruppig. Und das scheint zu stimmen, denn als ich sie einen Moment lang zu sehen kriege, erkenne ich, dass sie furchtbar schlecht gelaunt aussieht. Als Kai und Marco mit ihr verhandeln, wedelt sie mit den Händen in der Luft herum. Es sieht aus, als wollte sie Mücken verscheuchen. Als sie sich eine Zigarette anzünden will, fallen ihr die Packung und das Feuerzeug auf den Boden. Aber Marco lässt nicht zu, dass sie sich bücken muss. Er springt hin und reicht ihr die Packung, Kai beugt sich lässig runter und angelt sich das Feuerzeug. Dann gibt er ihr Feuer wie Humphrey Bogart. Die Straße und das Haus werden ganz kurz schwarz-weiß. Sie hat noch nicht mal fertig geraucht, als sie Marco umarmt und schon wieder in ihren Wagen springt.

Am Abend kommt das Mädchen, das keiner will.

Als sie da ist, sagt Kai zu mir: »Du kannst dich der Martina auf den Schoß setzen.«

Ich tue es. Marco lacht. Torsten knipst ein Foto.

»Mach ihr Komplimente!«, fordert Kai mich auf. Er gibt sich keine Mühe, dass nur ich ihn höre. Das mit den Komplimenten klappt nicht, ich bringe keins heraus.

Die Martina hat eine große, faltige Handtasche, aus der sie einen Sekt herausholt. Eine ganz kleine Flasche. Die schraubt sie auf und trinkt. In ihrem Mund prickelt er so arg, dass sie beim Lachen feine Tropfen versprüht. Ich muss mein Gesicht von ihr wegdrehen. Eine Zeit lang giggelt und redet sie. Als sie aufgehört hat, fangen Marco und meine Brüder an, sich zu unterhalten.

Torsten erklärt Marco die Kamera, der nickt ab und zu, scheint sich aber nicht sehr dafür zu interessieren. Das ist Torsten aber egal.

Jetzt sitze ich neben Martina. Kai hat uns den Rücken zugekehrt und schirmt Marco und Torsten vor uns ab. Sie und ich schauen im Zimmer umher. Wenn sich unsere Blicke kreuzen, zeigt sie mir ihre Zähne. Das soll heißen: Kein Problem, ich fühle mich hier pudelwohl. Da zeige ich ihr auch die Zähne, einfach, weil ich es mal versuchen will.

Kai ist schlau, seine Fragen an Marco schleichen sich immer von hinten an Merle an.

»Du bist ja noch nie geritten«, sagt er zum Beispiel zu Marco. Er interessiert sich plötzlich dafür, wie man Tiere in schneller Bewegung fotografieren kann. Pferde zum Beispiel, schlägt er vor. Und dann das: »Du bist ja noch nie geritten.«

Doch, ist er. Und das weiß Kai ganz genau, denn Marco hat es uns erzählt. Wie er endlich mal mit Merle alleine reden konnte, in dem Sommer. Ohne dass Robbie ständig um sie herumscharwenzelt ist. Wie komisch es war! Früher konnten sie über alles reden. Aber dann pubertiert sie und fängt an, aus der Muschi zu bluten, und bringt das Maul nicht mehr auf. Aber an diesem Nachmittag hat Robbie wegfahren müssen, sein Auto holen, das ihm ein Kumpel hergerichtet hat. Er konnte keine Woche mehr warten, so gespannt war er auf den Wagen, aber er hatte Merle nicht überreden können mitzukommen. »Ein Auto abholen bei euch im Kaff!« – das wollte sie nicht. Also ist Robbie allein gefahren. Und Marco ist zu ihr gegangen und ist einfach so in ihrer Nähe herumgestanden.

»Willst du reiten?«, hat sie ihn da gefragt. Und er hat genickt. Sie ist mit ihm zur Koppel hinter den Ställen gerannt, und am Gitter standen sie dann nebeneinander. Ganz außer Atem.

Sie sagte irgendetwas Bewunderndes über die Tiere. Marco flößten sie Respekt ein. Aber dann sind sie doch über den Zaun gestiegen und zu einem braunen Pferd gegangen. Merle hat es zum Stall geführt und gesattelt, Marco hat ihr dabei zugesehen. Dann ist er aufgesessen, und sie hat das Tier an einer Leine geführt. Erst einige Runden auf der Koppel, ehe sie nach draußen gegangen sind, wo es über hügelige Wiesen zum Bach ging.

»Die Bäume am Bach sind Pappeln«, hat sie ihm erklärt. »Die mag ich, weil sie so aussehen, als wären sie gerade erst aufgestanden.«

»Wieso?«, hat er sie gefragt.

»Schau, sie strecken sich!«, hat sie da gelacht. Sehr romantisch, hat Marco gedacht. Das hat er aber nicht gesagt.

Die Martina lacht. Ihr Lachen ist so laut, dass wir alle aufschrecken. Ihr Kaugummi hüpft ihr dabei aus dem Mund und fällt auf ihr Knie. Sie hat die ganze Zeit in ein Comicheft geguckt und nur manchmal abschätzig zu uns herübergestarrt. Jetzt schaut sie in unsere verdutzten Gesichter.

»Das ist lustig!«, verteidigt sie sich affektiert und verdreht dabei die Augen.

So ist also ein Mädchen, das keiner will. Das habe ich mir gemerkt. Seitdem bin ich immer desinteressiert, wenn ich heute eine Martina kennenlerne.

Hyakutake

Kai war ebenso daran gelegen, Marco zum Reden zu bringen, wie mir. Nur dass es ihm nicht um die Geschichte ging, sondern um deren Hauptdarstellerin.

Ohne uns abzusprechen begannen wir, zusammenzuarbeiten. Marco hätte es sicher nie zugegeben, aber im Stillen hatte sich ein kleines Ritual entwickelt.

Wenn die drei Älteren unten ihre erste Zigarette geraucht, wenn sie ein paar Worte über die alltäglichen Ereignisse gewechselt hatten, über diese und jene Freundin oder über Autos und Filme, dann ging leise die Tür auf, und ich schlüpfte in den Raum. Ohne etwas sagen zu müssen, gab ich den dreien ihr Bier und setzte mich still auf mein Kissen auf dem Boden.

Irgendwann dann fing Marco immer an zu reden. Und ich hatte das unbestimmte Gefühl, er hätte das nicht getan, wenn ich nicht da gewesen wäre, wenn sie weiter ungestört über ihre Mädchenangelegenheiten und blöden Teenagersachen hätten plappern können.

Torsten hatte mir erklärt, dass man mit seiner Kamera auch die Sterne fotografieren könne.

»Aber es ist doch im Keller am Tag schon zu dunkel für Bilder«, wandte ich ein. »Hast du gesagt!«

»Ja«, nickte er geduldig, »aber das ist etwas anderes.«

»Haben die Sterne ein anderes Licht?«, fragte ich ganz naiv.

»Ja, genau«, sagte er, »das Geheimlicht der Sterne«, fügte dann aber lachend hinzu: »Nein. Man braucht nur mehr Zeit, um es einzufangen. Man macht eben ein langsames Bild.«

Ich sagte: »Ich hab in der Schule endlich mal was Nützliches gehört. Es gibt bald einen Kometen. Und den kann man mit einem Fernglas erkennen. Wollen wir den nicht fotografieren?«

»Ja, schon«, nickte mein Bruder, »aber dazu müssen wir wohin, wo es ganz dunkel ist. Wo keine Häuser sind.«

Ich lächelte: »Ich hab da schon eine Idee.«

Als Marco kam, fragte ich ihn gleich. Ich hatte am Fenster gesessen und auf das graue Auto gewartet. Es war wichtig, den richtigen Moment abzupassen.

Der Kombi fuhr die Straße herauf und hielt wie immer einfach auf der Fahrbahn, ich sprang aus dem Haus.

»Was hast du es denn so eilig?«, fragte mich Marco etwas übellaunig.

»Hallo, Susanne«, sagte ich. Die Frau drehte den Kopf, um mich aus dem Auto heraus erkennen zu können.

»Wer bist du denn?«, fragte sie verwundert.

»Hau ab!«, rief Marco und wollte mich fortstoßen, aber ich schlüpfte blitzschnell auf den Beifahrersitz.

»Marco«, begann ich rasch und ließ meine Stimme ganz harmlos und klein klingen: »Kann ich dich was fragen? Oder euch?«

»Hä, was willst du denn?«, antwortete er ungehalten.

»Ich hab mir gedacht, ob wir alle zusammen den Kometen fotografieren können. Dazu könnten wir die ganze Nacht aufbleiben.« Ich machte eine Pause. »Dazu müssten wir aber wohin, wo es kein Licht gibt. Keine Häuser. Weißt du einen Ort?«

»Was willst du denn?«, wiederholte er seine Frage.

Susanne aber biss an: »Du meinst, ob ihr alle vier zu mir rauskommen könnt?«, fragte sie.

»Ja«, antwortete ich und beeilte mich hinzuzufügen: »Wenn es dir recht ist, Marco.«

»Na, zuerst mal muss mir das recht sein«, wies mich Susanne ziemlich barsch zurecht. Da wurde es mir zu gefährlich. Ich wand mich an Marco vorbei aus dem Auto heraus und rannte blitzschnell ins Haus, die Treppen hinauf und in mein Zimmer.

Oben setzte ich mich mit schlagendem Herzen auf mein Bett. Aber da hielt ich es nicht lange aus. Mein Atem ging schnell, ich stand auf und trat ans Fenster. Ich sah Marco mit Susanne reden. Sie hatte sich eine Zigarette angezündet, saß halb auf der Kühlerhaube – das hatte ich bei einem Erwachsenen auch noch nie gesehen. Vielleicht redeten sie über meinen Vorschlag.

Als Susanne abfuhr und Marco ins Haus kam, versuchte ich, seinen Gesichtsausdruck zu deuten. Aber es gelang mir nicht.

Also musste ich noch einmal an diesem Abend meinen Mut zusammennehmen. Ich ging in die Küche und machte drei Tassen Kakao. Vielleicht tat ich das, weil ich hoffte, dass mich weder Kai noch Marco angehen würden, wenn ich mit einem Tablett voller heißer Getränke ins Zimmer treten würde. Aber so genau überlegte ich das nicht.

Wie immer war ich ganz leise. Während ich das Tablett auf den Händen balancierte, streckte ich das Bein hoch und drückte mit dem Fuß ganz sachte die Klinke herunter, dann schob ich die Tür langsam auf.

Innen saßen sie wie immer auf den Polstern. Sie rauchten und redeten leise. Als ich reinkam, sahen sie kurz auf, beachteten mich aber nicht weiter.

»Weil sie mich angerufen hat.«

»Einfach so oder wollte sie was Bestimmtes?«

»Sie wollte ganz sicher was Bestimmtes, sonst meldet man sich nicht nach so langer Zeit«, hörte ich ihre Stimmen. Ich stellte das Tablett in die Mitte und verschwand in die Zimmerecke.

Den ganzen Abend lang unterhielten sich die drei über unwichtiges Zeug. Meine Gedanken schweiften ab, und ich fiel in ein Dösen. Situationen aus der Schule tauchten auf, Gesichter, die ich mochte, solche, die ich hasste. Die Zeile eines Gedichtes aus dem Deutschunterricht fiel mir ein. Ich dachte an meine vollgemalten Hefte. Ränder voller Ranken und Figuren, Worte, dicht untereinandergeschrieben in den schönsten Schwüngen.

»Du beginnst jetzt ein neues Heft!«, hatte der Mathelehrer ganz böse geschimpft. »Und du überträgst alles aus dem alten in das neue.« Das hatte ich gemacht, aber ich hatte nichts dabei gelernt, weil ich das aus Trotz ganz stumpf und ohne Nachdenken getan hatte. Leider waren auch in dem neuen Heft schon wieder Figuren. Dieser blöde Spießer durfte es nie zu Gesicht bekommen.

»Dein Kakao«, weckte mich Torsten aus meiner Trance.

»Oh!«, schrak ich hoch.

Torsten reichte mir die Tasse mit ihrem inzwischen kalten Inhalt. In ihr hatten sich schöne schwarze Ränder über dem Schokoladensee gebildet.

»Warum macht der immer nur drei?«, fragte Marco.

»Die waren für euch«, entschuldigte ich mich.

»Jetzt sind sie kalt«, stellte Kai fest.

Nach einer kurzen Pause, in der ich meinen Kakao austrank, fragte Marco: »Warum willst du denn diesen Kometen fotografieren?«

»Ich will halt wissen, ob es geht«, sagte ich und zuckte mit den Schultern.

Aber weiter musste ich gar nichts sagen. Torsten war sofort Feuer und Flamme, und Kai auch, als er erfuhr, dass ich vorgeschlagen hatte, Susanne in ihrem Haus im Nirwana zu besuchen.

Also war es beschlossene Sache.

Eine Woche später holte uns Marcos Tante abends ab.

»Schnell, schnell rein ins Auto!«, trieb sie uns an, während wir unsere Schlafsäcke und Taschen in ihren Kofferraum warfen.

Dann sprang sie hinters Steuer und raste los, noch ehe wir alle angeschnallt waren und uns fertig um unsere Plätze gestritten hatten.

»Nichts rumwerfen!«, schrie sie, als ich Kais Sporttasche von meinem Sitz befördern wollte, auf die er sich mit seinem ganzen Gewicht lehnte.

»Die bleibt da!«, bestimmte er.

Erst auf der Landstraße wurde es ruhig. Wir fuhren durch die Dämmerung, die Felder waren braun und nass. Bäume wischten in regelmäßigen Abständen an den beschlagenen Scheiben vorbei.

»Puh, eure Eltern!«, sagte Susanne plötzlich und schüttelte sich wie ein nasser Hund.

Obwohl sie bei der Abfahrt so geschäftig gewesen war, hatte sie es nicht vermeiden können, einige höfliche Worte mit meinen Eltern zu wechseln.

Jetzt verstand ich auch, warum sie immer mitten auf der Straße stehen blieb, wenn sie Marco brachte. Sie wollte einfach mit niemandem reden müssen.

»So geht es mir auch mit denen«, entfuhr es mir. Einen Moment lang war es still im Auto, aber dann fingen alle an zu lachen.

Nachdem wir bei Marcos Tante gegessen hatten, wurden wir auf den Dachboden geschickt, wo wir unsere Matratzen ausrollten und die Schlafsäcke ausbreiteten.

Unten klapperte Susanne beim Abwaschen, rauchte gleichzeitig und sang mit heiserer Stimme ein ausgelassenes Lied. Zwischen den Textfetzen und Lalalas machte sie auch immer die Gitarre nach, was sehr lustig klang.

Wir sahen uns an und schmunzelten, nur Marco nicht, der war empfindlich, was Susanne betraf.

Plötzlich gingen überall die Lichter aus.

»He!«, schrien wir. Es dauerte keine drei Sekunden, ehe Kai sich brüllend auf mich geworfen hatte, mich niederrang und seine spitzen Knie auf meine Arme presste.

»Was ist mit dem Licht?«, rief Marco nach unten, und seine Stimme klang dabei fast ängstlich.

Erst kam keine Antwort, dann aber rief Susanne: »Ihr wolltet es doch dunkel, oder? Totale Finsternis!«

Also tasteten wir uns vorsichtig und kichernd die Treppe hinunter.

»Nicht immer drängeln!«, rief einer.

»Das bin ich nicht, das ist die Wand!«, rief ein anderer mit verstellter Stimme.

Unten im Flur vor der Haustür erwartete uns Susanne. Sie hielt eine Taschenlampe, in deren Schein wir unsere Jacken und Schuhe anzogen.

In dem spärlichen Licht flüsterten wir auf einmal nur noch, obwohl das ja gar nicht nötig war.

Die Tür schwang auf, und uns erwartete die perfekteste Nacht, die ich je gesehen hatte. Büsche und Bäume schnitten klobige, undurchdringliche Löcher in das mildere Schwarz dahinter. Ein paar schmutzige Wolkenfetzen zogen Fäden über den Himmel, das Sternenlicht strahlte fast unnatürlich hell auf uns herunter. Susanne hielt die kleine Pforte auf, Marco ging voran, den Kopf gesenkt, die Hände in den Taschen. Ihm folgte Torsten mit dem silbernen Koffer, in dem er seine sorgsam ausgewählte Ausrüstung schützte. Kai trug das Stativ über der Schulter wie eine Panzerfaust, sein freier Arm schwang weit aus, die Finger ausgestreckt nach Blättern und Ästen, die er auf mich werfen oder zurückschnalzen lassen könnte.

Meine Schuhe gruben sich tief in den Acker, den wir hinaufstapften. Die Erde war feucht und roch ganz stark. Manchmal machte Marco ein Geräusch, das wie ein Singen klang, fast unhörbar, dann aber konnte es auch gleich wieder ein Seufzen gewesen sein.

Kai gab ab und zu ein künstliches »Hmhmhm« von sich, halb wie ein Lachen, weil er es nicht aushielt, still zu sein.

Hinter dem Hügel führte uns ein steiler Abhang auf einen Pfad voller Steine und Buckel, auf dem man leicht stolpern konnte.

»Wie weit noch?«, rief ich nach vorne.

Der Weg war düster wie ein Fluss aus Tinte.

»Noch ein Stück«, bekam ich zur Antwort.

Wir kamen auf eine weitere Anhöhe, eine ebene Fläche, auf der man etwas mehr sah. Hier kreuzten sich breitere Wege. Einer davon führte nach links zu einem Gebäude. Es war ein Turm, wie ich jetzt erkannte.

»Da will ich hin«, ließ uns Torsten wissen. »Ich will nämlich die Turmspitze mit auf dem Bild haben.«

Stumm schlug Marco den Weg dorthin ein, Torsten folgte ihm, seine Finger tanzten schon um den Griff des Koffers, so erfüllte ihn die Vorfreude.

Kai aber blieb stehen und sah zurück.

»Hast du dir den Weg gemerkt?«, fragte er.

Ich nickte.

»Hast du dir den Weg gemerkt?«, wiederholte er. Und gleich darauf: »Schläfst du?«

»Ich hab genickt«, verteidigte ich mich beleidigt.

»Das kann ich doch nicht sehen«, schimpfte er, stieß mich an und ging an mir vorbei den anderen nach.

»Warte!«, rief ich und eilte hinterher.

Am Turm kniete Torsten bereits vor seinem Koffer. Er baute Kamera und Objektiv klickend zusammen, schraubte beides auf den Fuß des Stativs und schwenkte das Ganze an einem schmalen Metallgriff steil nach oben.

»Wo bist du, Hyakutake?«, flüsterte er dramatisch.

Jetzt sah ich, dass Marco ein Fernglas dabeihatte. Er starrte damit in den Himmel.

»Lass mich dann auch mal, ja?«, bat Kai.

Ich stand herum und sah meinem ältesten Bruder auf die Finger. Mein Atem stieg weiß in die Luft.

»Nicht auf die Optik hauchen!«, wies er mich an.

Kai stiefelte umher und schien sich zu langweilen. Plötzlich merkte ich, dass auch er ein Fernrohr in der Hand hielt. Er stellte sich in eine Reihe neben Marco, beide sahen durch ihre Linsen hinauf in die Sterne.

»Hä?«, fragte Marco plötzlich, als er Kai bemerkte.

»Prost«, gab der nur zur Antwort. Er hatte durch eine Bierflasche geguckt. Wir lachten. Torsten aber nur ganz kurz, er war zu sehr gefangen von seiner Arbeit, seine Finger schwirrten über den kleinen, schwarzen Apparat. Er nahm einen feinen Schlauch aus der Tasche und schraubte ein Ende auf den Auslöser seiner Kamera. Das andere Ende war ein kleiner, schwarzer Blasebalg.

»Was ist das denn?«, wollte ich wissen.

»Ein Fernauslöser«, sagte er. »Damit es nicht wackelt. Gleich hab ich es.«

Nachdem er alle Einstellungen vorgenommen hatte, schob er noch eine schwarze Kappe über den Sucher.

»Damit auch von hinten kein Licht reinfällt«, murmelte er.

»Was für Licht, ich seh keins«, antwortete ihm Kai.

»Komm her, Kleiner!«, winkte mich Marco zu sich. »Da ist er, ich hab ihn. Du willst ihn doch auch mal sehen?«

Ich trat zu ihm hin, griff nach dem Fernglas – »exakt an der Stelle lassen!«, wies er mich an – und schob mich so genau wie möglich dahinter.

Da war er. Eine Weile brauchte ich, dann wurde aus den zwei Kreisen, die ich sah, ein einziger, scharfer. Die Sterne stachen klar in das Bild, es sah aus, als würden sie unregelmäßig Strahlen in alle Richtungen abschießen. Und in der Mitte war ein heller Fleck, wie verschüttete Milch.

»Er hat sogar einen Schweif!«, rief ich begeistert.

»Ist ja auch ein Kerl!«, antwortete Kai. Hyakutake leuchtete noch einmal kurz in meinen Augen auf, dann bekam ich einen Stoß, strauchelte und stolperte weg. Das Fernglas wurde mir aus den Händen gerissen, und schon stand Kai breitbeinig da, wo ich vorher gestanden hatte.

»Jetzt bin ich dran.«

Ärgerlich fing ich mich wieder und wollte mich eben bei Kai beschweren, da sah ich hinter ihm Marcos Gesicht. Er lächelte.

Das war das erste Mal, dass er mich ein wenig anlächelte.

»Bierzeit«, sagte er und reichte mir seine Flasche.

»Rückweg ist immer scheiße«, schimpfte mein Bruder. Mir war kalt geworden, die Märzkälte war durch meine Schuhsohlen gekrochen, und ich war froh, mich wieder ein bisschen bewegen zu können.

»Bist du müde?«, fragte mich Kai. Ich nickte.

»Ich nicke«, erläuterte ich gleichzeitig.

»Hm«, schmunzelte er.

Wir konnten nur recht nah beieinander gehen und mussten uns manchmal sogar aneinander festhalten, so schmal war der Weg geworden.

»Mach langsam! Ich hab keinen Bock, mir die Knöchel zu brechen, ich spiel am Samstag!«, ermahnte mich Kai.

Den Aufstieg zu dem Feld, das zur Pforte hinabführte, hatten wir schon verpasst. Jetzt suchten wir einen Pfad oder eine Bresche, um wenigstens wieder in die richtige Richtung zu laufen.

»Da ist es!«, sagte Kai plötzlich und wies mit der Hand in die Schwärze. Ich sah angestrengt an seinem Arm entlang und konnte etwas erkennen, das vielleicht ein Haus sein konnte.

Unsere Schritte beschleunigten sich wieder etwas, und wir kamen außer Atem. Aber jetzt war klar, dass wir auf dem richtigen Weg waren.

Vor uns lag schon die Gartentür. Da wurde Kai langsamer. Ungewohnt vorsichtig ließ er die Pforte aufschwingen.

»Pst!«, fuhr er mich an.

»Aber sie ist noch wach«, entgegnete ich und wies auf ein Licht, das seitlich vom Haus schwach zu uns herüberdrang.

»Pst«, machte Kai noch mal, legte mir eine Hand auf den Rücken und schob mich vorwärts.

Leise schlüpften wir aus den Schuhen und traten in den Flur. Vor uns, in der Stube, hörten wir Susanne. Ein Glas, das abgesetzt wurde. Ein gieriger Zug von einer Zigarette. Das Umblättern einer Seite.

»Geh mal rein«, wisperte Kai und nickte in Richtung der Tür. Ich sah ihn fragend an.

»Hm, mach schon«, beharrte er.

Da sah ich, dass die Fingerspitzen seiner Hand bereits ungeduldig auf einem Büchlein lagen. Es war ein Adressbuch, in braunes Kunstleder eingebunden, das auf dem Telefontisch lag.

Mit zusammengekniffenen Augen sah ich meinen Bruder forschend an.

Er aber lächelte nur und nickte. Dann deutete er noch einmal mit dem Kinn zur Stube hin. Ich ging.

Susanne blickte auf, ihre Augen wirkten schwer und müde. Ihr Haar hing wie immer unordentlich herunter. »Friseur Schwerkraft«, pflegte mein Vater in so einem Fall zu sagen.

Sie trug Lippenstift – oder hatte der Wein abgefärbt? Hatte sie den schon vorher draufgehabt?

»Was willst du denn?«, nuschelte sie.

»Trinkst du Wein?«, fragte ich.

Sie schnaubte: »Ja, oder denkst du, die Flasche steht hier für die Fliegen?«

Ich schüttelte den Kopf. Sie sah mich noch einen Moment lang direkt an, dann senkte sie ihren Kopf wieder so tief, dass ich mich fragte, ob der Text unterhalb ihrer Zeitschrift noch weiterging.

»Geh ins Bett«, hörte ich sie sagen.

»Ja«, antwortete ich. Aber ich ging nicht. Ich sah mich um, der Raum war düster. Alles schien unscharf darin, jede Linie, jeder Gegenstand schien zwei Kanten zu haben. Die Farben waren trüb, und überall lagen tiefe Schatten.

»Kann ich mal das Bild da ansehen?«, fragte ich sie.

»Nein, kannst du nicht!« Sie sah auf. »Geh ins Bett.«

Aber immer noch stand ich still da. Ich wusste nicht, ob Kai noch im Flur war und mit leisen Fingern die Namen und Nummern entlangfuhr, die Seiten angestrengt in den schwachen Lichtschimmer gedreht.

»Nein, kannst du nicht«, wiederholte sie, obwohl das schon klar war. »Es gibt Bilder«, fuhr sie fort, »die sind nicht zum Angucken da.

Die hängen da, damit man nicht in die Ecken guckt, in denen sie hängen. Damit man nicht auf die Bilder guckt und nicht an die Leute denkt, die darauf sind. So ist das.«

Ich nickte.

»Du verstehst das, ja? Du glaubst, du verstehst das?«, fing sie wieder an. »Das stimmt aber nicht. Du verstehst das nicht. Und dafür gibt es einen ganz einfachen Grund. Willst du ihn wissen?« Ohne eine Antwort abzuwarten, sprach sie weiter.

»Der Grund ist, dass du noch nie tot warst. Und du hast auch noch nie jemanden gesehen, der tot war, und du hast auch nie jemanden angefasst. Oder?«

Ich schwieg.

»Oder?«, rief sie nun etwas lauter.

»Hör mir mal zu«, verlangte sie drohend. »Du hast nichts gesehen. Und deswegen ist dir alles scheißegal. Du kommst hierher und bist leer und saugst dich voll. Mit Bildern, mit Informationen. Ich weiß das. Ich weiß alles. Weil ich einen Spion habe. Glaubst du mir das?«

Wieder machte sie eine Pause. Ich nickte.

»Das musst du gar nicht glauben«, fuhr sie fort. »Das ist auch unwichtig. Wichtig ist, warum du das machst. Ich weiß es, aber ich weiß nicht, ob du es weißt. Weißt du es?«

Sie sah mich an.

»Nee«, sagte ich leise.

»Soll ich es dir also sagen?«, fragte sie und fuhr gleich fort: »Komm, du musst schon was tun für dein Glück.«

»Ja«, sagte ich also.

»Es ist so. Du bist neugierig. Du brennst darauf, das alles kennenzulernen. Du kommst auf die Welt und merkst irgendwann, dass an allen Sachen hinten dran so ein kleines Etikett klebt. Das merkst du gleich, und irgendwann kannst du lesen und dann – du kannst doch lesen? Oder?«

Wieder nickte ich. Hinter der Tür sah ich einen Schatten ganz kurz das Dämmergrau des Flurs verdunkeln. Dann vernahm ich fast unhörbar die leisen Tritte von Kai auf den Stufen nach oben.

»Und weißt du, was auf dem Etikett steht? Das Ablaufdatum, der Tod. Und noch was. Die Inhaltsstoffe. Und mit der Zeit lernst du die kennen, und du merkst eines: Was in den Sachen drin ist, ist so banal. Es ist wertlos. Die Sachen, die Leute. Deine Eltern. Sie sind weniger, als in ihnen drin ist. Viel weniger.«

»Das hab ich schon bemerkt«, unterbrach ich sie fest.

»Aha, ja. Das ist gut. Der Inhalt ist banal. Er ist scheiße. Und deswegen rate ich dir: Lass dir Zeit mit dem Tod. Lass dir viel Zeit. Keine Erfahrung ist es wert, dass man sie zu früh macht. Finger weg von der Welt. Wenn du es nicht zur rechten Zeit machst, zerbröselt es dir unter den Fingern. Es bröselt dir weg. Alles. Die Liebe. Dein Job. Das Haar deiner Freundin. Hast du eine Freundin? Ach nein, du bist ja noch nicht so weit.«

Sie stockte und sah mich an. Einen Moment lang schien sie nicht weiterzuwissen, sich verloren zu haben.

»Du hast keine Ahnung, was ich meine, nicht?« Ihre Stimme tauchte aus der Tiefe zu mir herauf, triefend vor Bosheit.

»Ich sage es dir. Nein, ich zeige es dir. Schau!« Sie schob ihren Stuhl zurück und stand auf. »Willst du meine Muschi sehen, soll ich sie dir zeigen?«

Einen Moment lang starrten wir uns an.

»Nein«, sagte ich ganz leise und dachte an Kai, hoffentlich war er schon ganz oben, hoffentlich hörte er das alles nicht.

»Nein«, wiederholte sie. »Das ist gut. Du weißt nämlich, was passiert wäre, wenn du sie gesehen hättest. In deinem Inneren wäre das Bild zerbrochen. Wie ein Spiegel. Und ein kaputter Spiegel, der kann dir dann nur noch die kaputten Sachen zeigen. So ist das.«

Ich setzte mich hin und schaute im Raum umher, manchmal ruhte mein Blick auf ihrem Gesicht. Es war voller dunkler Flächen. Sie kniff die Augen zusammen, als könnte sie mich nicht scharf sehen.

»Schau«, sprach sie mich nun an, und ihr Ton war viel, viel sanfter.

»In mir ist viel noch in Ordnung. Viele Sachen. Aber dazwischen, da türmt sich der Müll. Da –« Sie schien auf einmal den Faden verloren zu haben. Einen Moment lang sah sie mich an. Ihr Lächeln war schön, aber es verbarg eine Armee von bewegten Gedanken.

»Ach!«, rief sie plötzlich unwillig. »Jetzt kommst du her, ich erzähle dir was. Komm. Das wollen doch alle wissen. Das ist doch das Einzige, was die Leute alle so interessiert. Deine Eltern. Das Pack unten im Dorf. Und dich doch auch! Komm!«

Und sie winkte mich zu sich.

Die kalten Füße

Merle saß in ihrem Zimmer. Das Fenster ging nach Norden, aber man hatte einen schönen Blick auf die Weide und die Felder dahinter. Sogar die Spitzen der Bäume, die den Bach entlang standen, konnte man sehen. Darunter rauschte das Wasser.

Aber das Wetter hatte sich immer noch nicht gebessert. Der Himmel blieb verhangen. Regen lief die Scheibe hinunter.

In Merles Zimmer war es manchmal sogar im Sommer kühl. Das kam daher, dass das Haus so alt war und so dicke Mauern hatte. Außerdem stand nicht viel darin, es war ein kahler Raum – keine Teppiche, nur Dielenboden –, deswegen wirkte er immer ein wenig kühler, als er tatsächlich war.

Ein paar Bücher standen im Regal, nicht viele; auf dem Schreibtisch eine Bastelei. Kiesel, die sie gesammelt hatte, waren auf dem Fensterbrett aufgereiht. Über der Nachttischlampe hing ein rosafarbenes Tuch. Das ließ das elektrische Licht weicher scheinen. Das Bett war ordentlich gemacht. Das hatte sich Merle angewöhnen müssen, ihrer Mutter zuliebe.

Da hat er gelegen gestern Abend, dachte sie. Nur kurz, nur eine Weile, die sie der Nacht zugeschaut hatten beim Schwärzerwerden.

Ein wenig Getuschel. Und das Schweigen – das hatte sie zum Nachdenken gebracht. Die Momente, in denen sie nichts gesagt hatten, aber dennoch alles voll gewesen war.

Wären Gedanken Silberfäden, dachte sie, dann hätten sie mitten in einem zauberhaften, glitzernden Spinnennetz gesessen gestern. Sie und Robbie. Was war er doch für ein komischer Kerl!

Sie kannte viele, die sich in Gesellschaft aufplustern mussten und um jeden Preis cool wirken wollten. Er war auch so, vor allem, wenn Marco dabei war. Und er begriff einfach nicht, dass er das bei Merle nicht sein musste. Sie mochte den alten Robbie. Den, der keine Rennfahrerjacke trug und der beim heimlichen Rauchen hinter der Scheune damals so gehustet hatte.

Beim Essen hatte er vor seinem Bruder und Susanne ständig von seinem neuen Auto geredet. Die beiden hatten genickt und gelächelt, und Susanne hatte spöttisch nachgefragt, ob das tolle Auto nicht eher auf das Konto der Eltern gegangen war. Aber während der ganzen Angeberei hatte er immer wieder zu ihr geguckt. Immer wieder geprüft, wie sie reagierte, ob sie ihm zuhörte, ob ihre Augen offen waren innerlich oder ob sie lächelte.

Was will der denn?, hatte sie sich gefragt. Das war ihr lästig gewesen. Sie hatte demonstrativ geschwiegen. Ich will doch nicht über Autos reden! Aber seine Blicke hatte sie erwidert. Vielleicht, weil er so verdammt gut aussah.

In den ersten Tagen war mit Marco auch nicht viel anzufangen gewesen. Sie hatten sich ein Jahr lang nicht gesehen. In diesem Jahr war viel passiert mit Merle. Sie hatte sich in einen Schulkameraden verguckt. Nur ein bisschen, aber er stand auf ein Mädchen in ihrer Parallelklasse. Vorsichtig hatte sie versucht, mit ihrer besten Freundin über die Dinge zu reden, die auf einmal in ihrem Leben passierten, aber die hatte abgeblockt.

Auch Marco schien auf einmal meilenweit davon entfernt zu sein, sie verstehen zu können. Er wirkte wie ein Kind. Wie er trotzig mit Susanne stritt! Wie er sich für jede Kleinigkeit an seinem Bruder sogar noch Stunden später rächen musste! Er war jähzornig.

»Lass den Kater in Ruhe!«, wies Merle ihn immer wieder zurecht, wenn er gemein zu Atreju war.

Er lockte ihn mit Wurst, stieß ihn dann weg und lachte. Robbie hatte am Anfang auch mitgelacht, aber nur, bis Merle ihn böse angezischt hatte. »Bist du ein Tierquäler, oder was?«

Mit Susanne hatten sie es gut. Sie war ziemlich pflegeleicht für eine Erwachsene. Vielleicht lag es daran, dass sie noch nicht so alt war wie ihre Eltern und Ulrich.

Susanne nahm die drei einfach ernst, interessierte sich für das, was ihnen durch den Kopf ging, und verbesserte es nicht wie die Lehrer in der Schule.

Einmal weigerte sich Marco, mit ihr zum Einkaufen zu fahren – und sie akzeptierte es einfach. Ohne nachzuprüfen, ob er auch wirklich einen stichhaltigen Grund hatte, einem Erwachsenen zu widersprechen.

So etwas hatte Merle noch nicht erlebt. Sie konnte zu Hause zwar auch sagen, was sie dachte, aber wenn ihr Vater etwas beschlossen hatte, galt das, und an seiner Meinung war nicht zu rütteln.

Es war auch ungewöhnlich, dass sie abends oft alle vier in der Stube saßen und ruhig ihren Beschäftigungen nachgingen, ohne dass es Streit gab. Susanne sagte zu Robbie: »Mach mal Feuer«, und das war's. Den Rest musste er alleine durchstehen, obwohl er das noch nie vorher gemacht hatte.

Oft sah Susanne von ihrem Buch auf und begann unvermittelt ein Gespräch.

»Glaubt ihr eigentlich an Gott?«, wollte sie wissen.

Oder sie neckte Robbie: »Wieso sollte eine Frau denn nicht Bundeskanzlerin werden? Oder Präsidentin?« Robbie schüttelte nur den Kopf.

»Findet ihr das gut, dass ihr zur Armee müsst?«

»Habt ihr Angst vor AIDS?«

Sie wollte sogar wissen, was sie über die Liebe dachten, und das Tollste war: Manchmal sagte sie Sachen über Sex. Dabei wirkte sie so unbefangen, als würde sie mit ihresgleichen reden.

Merle dachte wieder an Robbie. Wie er sich zuerst auf die äußerste Bettkante gequetscht hatte und seine klammen Füße ganz schüchtern unter die Decke geschoben hatte. Als wären sie ansteckend oder so.

Das war so gekommen: Es hatte ja so lange geregnet. Im Haus war es ungemütlich gewesen. Zu kalt, um sich wohlzufühlen, zu warm, als dass der Ofen gezogen hätte. Marco lief unruhig die Treppen hoch und runter, und Susanne sprach man lieber nicht an, wenn man nicht zum Abwaschen und Aufräumen verdonnert werden wollte. Im Nachhinein war Merle der Grund für Susannes Laune klar geworden: Der Besuch des Großvaters war überfällig. Der Alte, wie Susanne ihn bissig nannte, hatte sich schon seit vier Tagen nicht mehr sehen lassen. Deswegen also die ganze Aufregung!

Merle schlenderte unschlüssig die Treppe hinunter, ihr Blick fiel auf einen Apfelkorb. Den nahm sie und trat in die Küche.

Robbie saß da und sah auf, er hatte in der Fernsehzeitschrift geblättert.

»Wieso machst du das, wir haben doch eh keinen Fernseher?«, fragte sie.

Er zuckte nur die Schultern. »Leider«, murmelte er.

»Gehst du nie einfach raus?«, fragte sie ihn ein bisschen von oben herab.

»Nee«, sagte er.

»Du gehst jetzt mit mir spazieren!«, beschloss sie.

Robbie fügte sich, stand genervt auf und kam umständlich hinter dem Tisch hervor.

»Ihr verschwindet besser!«, rief Susanne im selben Augenblick aus der Küche.

Die beiden traten auf den Hof.

»Ey, es regnet!«, beschwerte sich Robbie und streckte die Handflächen in die Luft.

Sie standen kurz herum. Merle hatte keine Lust, wieder reinzugehen, aber mit ihrem miesepetrigen Cousin durch Waterworld stapfen wollte sie auch nicht.

Auf einmal hörten sie es knirschen, und der alte Saab des Großvaters bog auf den Hof ein.

»Hauen wir ab!«, meinte Robbie plötzlich, nahm Merle den Korb aus der Hand und eilte in Richtung der Gartenpforte los.

Stunden später kamen sie tropfend und durchgefroren wieder. Robbie beschwerte sich pausenlos über seine nassen Socken, aber sie dachte nur: Wer zieht denn solche Turnschuhe an, wenn er in den Matsch geht?

Vor der Tür hielten sie inne. Das Auto des Großvaters stand immer noch da! Wie lange sollten sie sich denn noch draußen die Zeit vertreiben? Aus dem Haus drangen aufgebrachte Stimmen, das heftige, abgehackte Stakkato des Alten. Und Susanne gab sich auch keine Mühe mehr, freundlich zu klingen.

»Boa, ne!«, schnaubte Robbie. Sie drehten dem warmen Haus den Rücken zu und betraten die Scheune.

»Scheißkalt!«, jammerte er und sprang von einem Fuß auf den anderen. Feuchte Luft und der Duft von Heu umgaben sie.

»Hier bin ich«, hörten sie Marco von oben rufen.

»Was machst du da?«

»Unterschlupf vor dem Unwetter«, erwiderte Marco zynisch. Schmunzelnd stiegen sie die Treppe zu ihm hinauf. Da saß er, Heu über seine Beine geschichtet und ein Kätzchen im Arm.

»Holt euch auch ein Kätzchen«, riet er ihnen, »sonst erfriert ihr.«

Sie verbrachten fast eine Stunde im klammen Heu, ehe sie es nicht mehr aushielten. Als Robbie anfing zu niesen, beschlossen sie, hinüberzugehen. Aber die Wolken hatten sich nicht verzogen.

»Da seid ihr ja!«, begrüßte sie der Großvater scharf.

Und dann bugsierte er sie ins Wohnzimmer, wo sie sich eine Gardinenpredigt anhören durften, die sich gewaschen hatte. Sie mussten den ganzen Ärger des Alten über die »unmögliche Susanne« abpuffern. Es blieb ihnen nichts übrig, als brav zu nicken und ihm in allem recht zu geben, was er sagte.

Robbie traute sich nicht mal, die nassen Socken auszuziehen.

In der Küche klapperte Susanne extra laut mit den Töpfen. Das wurde eine äußerst unangenehme halbe Stunde, an deren Ende Robbie wieder zu niesen begann.

»Hast du kein ordentliches Schuhwerk dabei?«, fuhr ihn der Alte kopfschüttelnd an.

»Nee, leider«, antwortete Robbie, stand auf und verließ den Raum.

»Entschuldigt mich bitte!«, schniefte er noch.

Robbies Füße waren seitdem einfach nicht mehr warm geworden, und deswegen hatte Merle ihn auch eingeladen, sich zu ihr ins Bett zu setzen, als sie sich zufällig in ihrem Zimmer unterhalten hatten.

Als der Alte endlich gefahren war, ließ Susanne sich wieder blicken. Sie machten sich auf eine weitere Standpauke gefasst, aber es kam alles anders.

»Wir machen uns jetzt einen richtig schönen Abend!«, verkündete Susanne und strahlte sie an.

Nach dem Essen, als sich die drei gerade wieder aufgewärmt hatten, bestand sie darauf, dass es jetzt ein Lagerfeuer geben müsse. Sie konnten einwenden, was sie wollten, Susanne zwang Merle und ihre beiden Neffen mit unerschütterlichem Optimismus, Feuerholz zu sammeln, sich die alten Stühle aus der Scheune zu holen und sie um die rußgeschwärzten Steine in der Laube zu gruppieren.

Da saßen sie dann, es flackerte spärlich, und niemand wusste so recht, was er sagen sollte. Aber gerade deshalb gab Susanne nicht auf. Sie schlug die Decke eng um sich und ließ sich von Marco Feuer geben.

»Danke«, strahlte sie ihn an. »Ein richtiger Gentleman!«

Die Kälte schaffte schließlich, was alle Argumente und selbst Marcos Maulen nicht zuwege brachten: Susanne griff sich ihren Tabakbeutel, verabschiedete sich und eilte ins Haus.

»Das war doch schön!«, rief sie noch, ehe sie in der Wärme verschwand.

Marco hielt es auch nicht viel länger aus. Als er weg war und sie allein waren, hatte Merle plötzlich keine Lust mehr, hineinzugehen.

Sie wusste aber auch nicht, was sie mit ihrem Cousin reden sollte, also schwieg sie und ließ ihren Blick hin und her schweifen. Immer wieder blieb er an Robbies Gesicht hängen. Wenn er aufsah, wandte sie sich schnell ab, als wäre nichts gewesen.

Ihm wurde die Stille unbehaglich. Aber Robbie fiel es ja leicht zu plaudern, und so fing er sofort wieder von seinem Auto an.

Das zog nicht. Erzählte er eben von seinen Freunden. Eine widerliche Saufgeschichte folgte der anderen.

»Das ist doch Quatsch!«, murmelte Merle.

Er sah sie erwartungsvoll an. »Hä, wieso Quatsch? Das ist alles so passiert!«, verteidigte er sich.

»Aber wie du es erzählst ... Das ist so –«, aber er ließ sie gar nicht ausreden. Jetzt kamen Songtexte und dumme Sprüche, alles auswendig. Das konnte er abspulen, ohne eine Sekunde nachzudenken.

»Geil, oder?«, ließ er seine Sätze oft enden, bevor er in sein ansteckendes Lachen ausbrach. Aber Merle lachte nicht mit. Sie war so genervt von seinen Angebereien, dass sie ihn einfach ärgern musste. Sie musterte ihn abschätzig und schoss in jede logische Lücke – sein Gerede bot reichlich davon – eine bissige Breitseite.

Bis er endlich aufhörte, sie unzufrieden ansah und die Stirn runzelte.

»Was du genau jetzt denkst, will ich wissen«, sagte sie ganz klar und scharf in sein enttäuschtes Gesicht.

»Ich denk jetzt gar nichts«, stammelte er, und sie lachte.

Und da begann der Abend für Merle erst.

Sie stellte ihm Fragen und verlangte, dass sie jetzt eine halbe Stunde lang beide total ehrlich sein müssten. Da wurde er zwar wortkarg, aber seine Antworten waren viel, viel schöner. Auf einmal bekam sie den richtigen Robbie zu sehen. Oder wenigstens ein bisschen von ihm. Eben so viel, wie man von jemandem im Schein eines ausgehenden Lagerfeuers noch erkennt. Aber es war genug, dass sie neugierig wurde.

»Wollen wir rein?«, schlug sie ihm später vor. Susanne war schon in ihr Zimmer gegangen, das Licht brannte. Von Marco war nichts zu entdecken. Weil er unten schlief und sie beide das Gefühl hatten, sie würden an diesem Abend lieber allein bleiben, schlichen sie auf Zehenspitzen in Merles Zimmer.

Und das war der Anfang. Zu Beginn waren es nasse Socken und ein wenig Ehrlichkeit im Dunkeln, danach waren es viele Nächte und viele Stunden.

»Hat Susanne was gemerkt?«, fragte er einmal unsicher. Merle amüsierte das nur.

Wenn sie zusammen waren, war Robbie immer ganz anders, er konnte sich Merle von einer Seite zeigen, die sie immer mehr lieb gewann.

»Du bist anders als die Mädchen, die ich kenne«, beteuerte er. Und weil sie lachend abwinkte, fügte er hinzu: »Wirklich. Du bist viel schlauer als die anderen. Auch die in meinem Alter.«

»Irgendwie weise, meine ich«, erklärte er ihr danach und sprach das ungewohnte Wort ganz vorsichtig aus. »Jemand, der weiter denkt.«

Natürlich schmeichelte ihr das. Sehr sogar. Aber das zeigte sie ihm nicht.

Auch Merle stieß schnell an ihre Grenzen.

»Halt!«, flüsterte sie schrill und schob seine Hand, die langsam immer weiter nach oben gewandert war, weg von ihrem Bauch. Warum konnte er seine Finger nicht bei sich behalten? Wenn sie sich küssten, war alles gut. Aber wenn sie spürte, dass er gierig wurde – so nannte sie das – begann sie heftig zu atmen und konnte nicht mehr denken.

Eines Nachts passierte das immer wieder. »Sei zärtlich«, bat sie ihn, aber das verstand er nicht. Oder er verstand es falsch. Seine Hand wanderte quälend langsam ihren Bauch hinauf, unter ihr Shirt. Als sie auf ihrer Brust liegenblieb, war Merle erstarrt. Sie wollte das nicht. Sie spürte, wie sie ganz kalt geworden war, ja fast böse auf ihn, und gleichzeitig nicht mehr in der Lage, sich zu wehren.

»Ist was?«, fragte er. Und dann noch einmal: »Mit dir ist doch was?«

»Ich will das nicht!«, sagte sie, und sie erschrak selbst vor der Härte in ihrer Stimme.

Robbie entschuldigte sich. So oft, bis sie es nicht mehr hören konnte.

»Lass es jetzt gut sein«, bat sie ihn, die Ungeduld in ihrer Stimme verbergend, als spräche sie zu einem Kind.

Sie schliefen nicht viel in diesen Nächten, aber das machte ihnen nichts aus.

Einmal wachte sie davon auf, dass sie Robbies Hand zwischen ihren Beinen fühlte. Es war ein schreckhaftes Erwachen, wie wenn man im Traum fällt oder schreit oder stirbt.

Wieder musste sie seine ewigen Entschuldigungen über sich ergehen lassen. Aber diesmal warf sie ihn aus ihrem Bett. Das ging ihr zu weit.

Es trieb sie wieder zueinander, natürlich versöhnten sie sich wieder. Trafen sich heimlich in der Scheune, passten sich im dunklen Flur ab, verließen wie zufällig kurz nacheinander das Wohnzimmer.

Und sie lagen sich auch wieder in den Armen. Aber Robbie war vorsichtiger. Er konnte nun Stunden damit verbringen, ihr über den Rücken zu streicheln oder über die Wange.

»Wie kann man nur so schön sein«, brach es einmal leise aus ihr heraus, ohne dass sie es gewollt hatte.

Aber wegen seiner Hand zwischen ihren Beinen ließ sie ihn nicht so einfach davonkommen.

Zwei Stunden redeten sie miteinander. Mussten sich immer wieder neue Plätze suchen, wenn Marco sie aufgespürt hatte oder Susanne in der Nähe war.

»Nicht so laut!«, bat Robbie erschreckt, weil Merle sich in Rage geredet hatte und ihm jedes ihrer Worte so schrecklich peinlich war.

Aber es brachte sie näher zueinander. Robbie wollte nun auch seinerseits die seltsame, wunderbare Merle nicht mehr nur mit seinen hungrigen Fingern kennenlernen. Wieso konnte sie nachts plötzlich so anders werden? Wie konnte sie so zartfühlend und gleichzeitig so unerbittlich in ihren Diskussionen sein.

»Scheiße!«, jammerte Robbie eines Morgens. In der Nacht war das Bett zusammengebrochen. Es hatte sie einfach nicht ausgehalten. Dabei hatten sie doch gar nichts Schlimmes gemacht!

Merle lachte nur, aber Robbie traute sich lange nicht hinunter an den Frühstückstisch, wo Susanne und Marco saßen.

»Die haben das doch gehört! Das war so ein Knall!«, meinte er aufgeregt und riss die Arme hoch. Merle legte ihm die Hände auf seine verwuschelten Haare und drückte sie platt.

»Quatsch!«, sagte sie.

Merle saß in ihrem Zimmer und dachte nach. Sie war allein. Robbie war gestern fortgefahren, um sein Auto zu holen. Er war so stolz gewesen! Nichts hatte ihn davon abbringen können.

»Es hat Flammen auf der Motorhaube; hab ich mir drauflackieren lassen!«, hatte er ganz glücklich erzählt – wie ein kleiner Junge.

Er hat geweint, dachte sie an die Nacht und wunderte sich. Was habe ich denn Falsches gesagt? Sie erinnerte sich nicht. Er hatte über seine Zukunft gesprochen. Seine Eltern, seine Pläne. Und dann hatte er geweint. Gezeigt hatte er es ihr nicht, aber sie hatte es an seinem Atem gemerkt. Der war so gepresst gewesen, so heftig. Warum nur? Sie wusste es nicht. Aber an eines erinnerte sie sich genau. Wie ihr in diesem Moment das Herz so haltlos und gänzlich für ihn aufgesprungen war. Deutlich, wie mit einem Klicken. Hallo!, hatte sie gedacht.

Wachschläferzone

Als ich am nächsten Morgen aufwachte, schien ein fahles Dämmerlicht in den Dachboden. Ich blinzelte und sah mich müde um.

Kai schlief quer auf seiner Isomatte und röchelte. Er lag auf dem Rücken, die Arme und Beine von sich gestreckt.

Gedämpfte Stimmen drangen zu mir, aber ich sah sonst niemanden. Also schlüpfte ich aus dem Schlafsack, stand auf und ging den

Geräuschen nach. Ich folgte einem kühlen Luftzug und streckte meine Nase aus dem Fenster.

»Morgen, du Schlafmütze!«, lachte es mir entgegen. Marco und Torsten saßen auf dem Dachfirst, ließen die Beine links und rechts herabbaumeln und sahen sehr, sehr müde aus. Aber sie lächelten.

»Komm bloß nicht hier rauf!«, riet mir Marco.

»Hier ist nämlich Wachschläferzone. Das ist glitschiges Terrain«, erklärte Torsten übermütig. Sofort brachen sie in Gelächter aus, hoben die Köpfe und riefen gemeinsam: »Wir sind Werwölfe, Werwölfe, Wanst!«

Ich schüttelte den Kopf und zog mich wieder zurück.

»Auf, Kai!«, sagte ich laut und stieß meinen schnarchenden Bruder vorsichtig mit dem Fuß an. Er rührte sich nicht. Also zuckte ich die Schultern und trat noch einmal kräftiger nach. Und dann noch einmal.

»Hm?«, fragte er mit geschlossenen Augen, machte aber keine Anstalten, sich zu bewegen.

Also steckte ich meinen Kopf noch einmal in die Morgenluft: »Wollt ihr nicht mit runterkommen? Ich glaub, ich rieche Rührei!«, lockte ich die beiden. Sie saßen da, die Gesichter der aufgehenden Sonne zugewandt, die Augen zusammengekniffen, lächelten selig, die Hände ruhten auf den moosigen Ziegeln.

»Wart ihr die ganze Nacht auf?«, fragte ich laut, um die beiden aufzuschrecken.

»Nee«, antwortete Marco, ohne die Augen zu öffnen. »Den Tag vorher auch noch.«

Ein paar Minuten später rumpelten wir zu viert die Stufen hinunter. Susanne stand am Herd, in der Pfanne zischte es, und es roch nach Kaffee.

»Du hast ja schon alles gemacht«, staunte Marco.

»Danke«, setzte er hinzu. So zahm hatte ich ihn noch nie erlebt. Er schlüpfte hinter einen Stuhl und begann den Inhalt der Bäckereitüten zu untersuchen, die auf dem Tisch lagen.

»Hörnchen!«, freute er sich.

»Jemand Kaffee?«, fragte Susanne knapp. Sie goss Torsten und Marco die Becher voll, die sie ihr entgegenstreckten. Sie wirkte nicht, als hätte sie gut geschlafen. Ihre Stimme war rau und klang hart, als ob sie nicht reden wollte oder als steckte ihr ein Kloß im Hals. Sie sah fast die ganze Zeit nur auf ihren Teller. Mich blickte sie kein einziges Mal an während des ganzen Frühstücks.

Als wir gegessen hatten, packten wir zusammen und gingen zum Auto, in dem Susanne wie gewohnt schon wartete und rauchte.

Marco und Torsten waren die Schnellsten. Sie lachten laut und warfen aufgedreht ihre Schlafsäcke hin und her.

Kai trottete ein wenig müde hinterdrein.

Ich hielt ihn zurück.

»Hast du die Nummer?«, flüsterte ich.

»Ja«, sagte er, dann grinste er mich an: »Aber das war auch 'ne ganz schön harte Nummer, die du dir gestern dafür anhören musstest.«

»Tja«, machte ich und hob die Schultern.

Und Kai sagte anerkennend: »Danke.«

Als wir einstiegen, setzte ich mich hinter Susanne, denn ich mochte es nicht, wie die Erwachsenen einen durch den Rückspiegel mit konzentrierten Blicken durchlöcherten – obwohl ich wusste, dass sie einen dabei gar nicht wahrnahmen.

Zu Hause angekommen verabschiedete ich mich nicht von Marcos Tante.

Seit dieser Nacht achtete ich sehr darauf, ihr nicht mehr zu begegnen. Wenn ihr Auto in unsere Straße einbog, sprang ich auf und war verschwunden. Versteckt in meinem Zimmer, im Schrank, im Bett oder wo sonst ich mich vor ihr sicher fühlte.

Herbst

An einem Tag viel später, es war in den Ferien, wachte ich auf und wollte einfach nicht aus dem Bett.

Der Himmel war nicht mehr strahlend wie die Tage zuvor, er hatte das Blau verloren. Die bunten Blätter in den Bäumen leuchteten dennoch, und man hatte das Gefühl, man könne durch die weißen Schleier in die Ferne sehen.

Ich war aus tiefen Träumen erwacht, in denen ich durch Gärten gestreift und gerannt war, auf der Suche nach irgendetwas. Kai war dabei gewesen, wir waren über Zäune geklettert und durch rostige Türchen gegangen, die bewohnte Welt ganz nah vor den Häusern und doch ewig weit weg. Schließlich waren wir in einer wilden Landschaft gewesen und nur gewandert. Ich konnte mich nicht erinnern, was wir gesucht hatten. Aber beim Aufwachen hatte ich jenes Gefühl, friedlich durch Gärten zu gehen, noch in mir.

Meine Eltern waren schon früh fortgefahren, und ich ließ meinen Gedanken freien Lauf.

Vielleicht gab es, dachte ich, eine Landschaft in mir, tief in meiner Seele, in der ich manchmal nachts spazieren gehen konnte. Komisch, lachte ich, dass gerade Kai dabei gewesen war.

Wir frühstückten Cornflakes und Semmeln, die meine Mutter uns dagelassen hatte, und redeten nicht viel. Torsten warf sich danach im Wohnzimmer auf den Sessel meines Vaters, ließ die Beine über die Lehne hängen und las.

Ich ging im Haus umher, auf der Suche nach einer Beschäftigung. Immer wenn Torsten mich sah, griff er, ohne von den Seiten aufzuschauen, nach seiner leeren Teetasse. Er hielt sie in meine Richtung und wackelte damit. »Tee!«, bat er und röchelte dabei wie ein Verdurstender.

Oder er bettelte: »Komm, bitte!« und gab sich dabei nur die nötigste Mühe, es nicht wie einen Befehl klingen zu lassen.

Ich seufzte, nahm ihm die Tasse aus der Hand und bediente ihn aus der Thermoskanne in der Küche. Um mich ein wenig für meine Dienste an ihm schadlos zu halten, füllte ich die Tasse jedes Mal randvoll.

Das war schön, denn dann verzog er immer ärgerlich das Gesicht, murmelte: »Nicht so viel!« und verbrannte sich die Finger.

»Du lernst jetzt deine unregelmäßigen Verben!«, befahl er mir schließlich unwirsch.

»Nein!«, stöhnte ich.

»Dann hast du es hinter dir! Hopp, hopp in dein Zimmer!«, verscheuchte er mich.

Oben saß ich verträumt vor meinen Heften und schaute hinaus.

Unten im Flur, in dem es nie genug Licht gab, sah ich Kai später nachdenklich dastehen. Er hielt einen Zettel in der Hand und starrte darauf.

Ich wusste nicht, warum, aber mir war sofort klar, was das für ein Zettel war.

»Rufst du sie jetzt an?«, fragte ich. Er blickte auf.

»Das kann ich doch nicht machen«, antwortete er leise, »ich muss da irgendwie mit Marco reden. Oder?«

Ich zuckte mit den Schultern.

Da legte mein Bruder seine Hand auf den Hörer. Langsam hob er ihn hoch und wählte.

»Was ist denn los mit dir?«, fuhr mich Torsten an. Wir saßen alle drei im Wohnzimmer.

Kai wollte mir die Fernbedienung aus der Hand reißen, aber ich sprang aufs Sofa.

»Nein!«, rief ich.

Chips lagen auf dem Boden, vor dem Sessel meines Vaters saugten einige Lagen Küchenpapier einen Teefleck auf, von dem wir alle wussten, dass er noch ein Nachspiel haben würde, und der Videoschrank stand offen.

»Wir haben uns geeinigt!«, schrie ich verzweifelt.

»Nein«, riefen meine Brüder gleichzeitig, »du hast dich geeinigt!«

Auf dem Teppich lagen drei Stapel. Einer mit Filmen, die ich sehen wollte, einer mit Kais Auswahl und einer mit Torstens. Die Stapel von Kai und Torsten waren im Laufe einer langen Diskussion ineinander übergegangen, hatten immer größere Schnittmengen gebildet und waren schließlich zu einer Übermacht mit Entscheidungsgewalt angewachsen.

»Nein!«, brüllte ich und hielt die Fernbedienung in die Höhe, während meine Brüder mich von der Couch zogen, mich niederrangen und mir die Exekutive aus den verkrampften Fingern wanden.

»So!«, grunzte Torsten zufrieden.

»Kleine Ratte!«, keuchte Kai und hielt sich seine Wange.

»Und du gehst jetzt raus!«

Obwohl sie nicht die Befugnisse dazu hatten, warfen mich meine Brüder aus dem Wohnzimmer und bedrohten mich mit den fürchterlichsten Strafen, sollte ich es wagen, vor dem Abspann ihres Filmes wieder einzutreten.

Wütend und fast betäubt von dieser Ungerechtigkeit riss ich meine Jacke vom Haken, schlüpfte in meine Schuhe, trampelte hinaus und schlug die Tür hinter mir zu.

Draußen zitterte das letzte Licht auf den kahlen Zweigen. Die Bahngleise zogen sich unendlich in das Braun der Felder, und die Wolken strahlten nur in einer Ahnung von Violett und Schwefelgelb.

Mein Atem dampfte. Ich war ganz allein. Ich spürte, wie es mir mit jedem Schritt, den ich in diese einsame Herbstwelt machte, besser ging.

Ich schämte mich ein wenig, weil ich mich eben wie ein kleines Kind benommen hatte.

Disteln mit abgeknickten Köpfen, harte Gräser mit blassblauen Blütenkränzen und eine Handvoll roter Beeren an einem Strauch säumten meinen Weg.

Kai hatte also nicht mit Merle gesprochen. Oder doch?

Ich wusste es nicht. Ich hatte ihn allein gelassen, war in die Küche gegangen und hatte vor mich hin gegrinst.

Kai und ich. Es war wie in meinem Traum. Wir streiften und suchten gemeinsam nach etwas, wir forschten und blickten angestrengt in die Ferne. Aber während Kai sehr genau wusste, wonach er suchte, hatte ich keine Ahnung davon. Ich hatte nur ein Gespür für den Weg.

Und dann war es klar: Es war ein Schatz, nach dem wir suchten. Wir arbeiteten gemeinsam, aber wir hatten nie darüber geredet, wie wir ihn teilen würden, falls wir ihn fänden.

Freute ich mich für Kai? Anfangs schon. In der Küche hatte ich vor lauter guter Laune gar nichts essen können. Ich war aufgeregt gewesen. Es war eine Erwachsenensache, bei der ich mitmachte. Und ich hatte mich gut geschlagen, fand ich.

Meine Hand griff nach trockenen Ästen und riss daran, sie waren zäh und gingen nicht ab. Ich blieb stehen und zerrte mit beiden Händen. Ich wollte gewinnen, wollte mir mit einer Handvoll Reisig etwas beweisen, aber ich tat mir nur weh. Die Sonne zog ihr Licht ganz langsam zurück, unmerklich ging sie, verwandelte sich in ein milchiges blindes Auge ganz tief am Horizont.

Auf einmal fühlte ich mich kläglich. Kai!, dachte ich. Irgendetwas störte mich. Vielleicht, weil ich das Gefühl hatte, er hatte mir meine Geschichte weggenommen. Vielleicht fand ich seine profane Gier dabei unpassend. Weil er sich Merle nehmen wollte, wie er sich alles nahm. Ohne Rücksicht und immer die praktische Seite im Auge behaltend!

»Scheißkerl!«, murrte ich leise.

Der Weg vor mir hörte auf. Er mündete in eine Straße, die mir zu groß war. Die Weite war fort, die Geborgenheit. Ein Auto brauste vorbei und verschwand hinter der Kurve. Es hinterließ zwei nasse Spuren auf dem Asphalt.

Und was, wenn Robbie nicht gegen den Baum gefahren wäre?, dachte ich plötzlich.

Susanne hatte mir erzählt, dass Merle eines Abends ganz unerwartet zu ihr gekommen war.

»Kann ich bei dir schlafen?«, hatte sie gefragt. Und Susanne hatte sie natürlich aufgenommen und ihr geholfen, wie immer.

Merle sah nicht gut aus. Sie kann so einen starren Blick bekommen, wenn sie Angst hat oder Sorgen. Dann kriegt sie etwas Panisches im Gesicht.

Susanne war aber ganz ruhig. Sie hat die Tür aufgemacht und ist gleich wieder zurück in ihren braunen Cordsessel gefallen. So ein stylischer mit Eisengestell. Kein brauner Blumenbezug wie in allen anderen Wohnzimmern. Die Stube war voller Rauch, und im Aschenbecher lagen viele Stummel.

»Rein, rein, rein, setz dich«, hat sie Merle aufgefordert. »Komm, Tür zu, sonst kommt die Kälte rein«, rief sie noch. Sie wirkte an diesem Tag ein wenig fahrig.

Aber Merle konnte sich nicht setzen. Sie hat es nicht mal geschafft, die Schuhe auszuziehen. Bei Susanne war es zwar unordentlicher als bei Merles Mama oder bei Robbie zu Hause, aber trotzdem wollte sie immer, dass man die Schuhe auszog. Aber das war Merle im Moment egal.

Sie dampfte, ihr Gesicht wurde sofort rot, wie sie dastand, in ihrer Daunenjacke aus dem Stall und ihren derben Schuhen.

Susanne sagte nichts, sie legte die Stirn kraus, als suchte sie angestrengt nach dem ersten Wort eines Gesprächs, nach etwas, das man jetzt eigentlich sagen müsste.

Aber stattdessen dachte ihr Hirn einfach ganz andere Gedanken, Dinge, Bilder, die langsam und bequem um etwas herumkreisten, das sich nicht fassen ließ. Merles Gesicht zum Beispiel, das kam ihr vor – wie ein Reptiliengesicht.

Es war etwas Neues, etwas Fremdes darin. Was war es? Sie überlegte sich, ob Merle vielleicht zu dieser Sorte Mensch gehörte, von der sie gelesen hatte. Eine Sorte, die von reptiloiden Außerirdischen abstammte, die vor langer Zeit einmal auf die Erde gekommen waren.

Manchmal war Merle auch geschminkt, fiel ihr ein. Das war ganz seltsam. Weil sie so ein junges, glattes Gesicht hatte, wirkte das

Make-up unpassend; richtig ordinär. Aber das machte ja nichts. Man sollte sich ruhig ausprobieren dürfen als Teenager. Susanne hatte es in ihrer Jugend nicht mal heimlich gewagt, Lippenstift aufzutragen. Ihre Geschwister hatten immer alles gedurft, sie gar nichts, und jetzt waren ihre Brüder ängstliche Spießer, die ihre Kinder terrorisierten.

»Es ist was Schlimmes passiert!«, sagte Merle. Sie sagte es nicht leise, sondern eine Spur zu laut. Knallte es Susanne hin und wartete, dass die etwas daraus machte. Aber Susanne konnte nichts daraus machen. Ihr schossen sofort ein paar Möglichkeiten durch den Kopf: Merle hatte sich von Robbie getrennt; Werner hatte sie rausgeworfen; oder sie wollten sie endgültig ins Internat abschieben. Darauf hatten Ulrich und seine Frau doch immer gedrängt, um die Liebschaft ihrer Kinder wieder in den Sumpf bürgerlicher Scheiße zurückzupressen. Susanne war langsam, aber sie kannte sich gut aus mit den Sorgen einer Fünfzehnjährigen. Und ihre Einbildungskraft war gerade so stark, dass sie glatt vergaß, dass Merle noch überhaupt nichts erzählt hatte.

»Das wird schon wieder«, sagte sie, wobei sie ein verzweifeltes junges Paar vor sich sah, das vor Liebeskummer verging, Tränen vergoss und nicht wagte, sich anzurufen.

»Nein«, sagte Merle nur. Ihre Augen waren aufgerissen, und ihr Atem beruhigte sich einfach nicht.

Das bemerkte Susanne nun aber doch, und sie sah ihrer Nichte forschend ins Gesicht.

Aber sie fragte immer noch nicht nach dem Grund dieses dramatischen Auftritts. Sie nickte Merle zu und griff nach ihrem Tabak und dem kleinen Metalldöschen.

Während ihre Hände ganz automatisch das taten, was sie schon den ganzen Vormittag getan hatten, fiel ihr endlich ein, dass sie bis jetzt noch kein einziges sinnvolles Wort zu ihrer Besucherin gesagt hatte.

»Wir haben doch neulich hier übernachtet«, sagte Merle nun leise. Immer noch starrte sie ihr direkt ins Gesicht. Susanne musste sich abwenden, weil ihr die Augen ihrer Nichte zu krass waren. Vielleicht war da doch etwas Reptiloides, dachte sie.

»Ich glaub, ich bin schwanger«, sagte Merle.

Susanne rollte einen Fetzen Pappe zusammen. Das leise Knistern der hauchdünnen Papers, die zusammengeklebt auf ihrem Knie lagen, drang glasklar in ihr Gehirn.

»Du bist was?«, rief sie aber gleich darauf. Jetzt war sie wach, war auf einmal ganz da und musterte ihre fünfzehnjährige Nichte ungläubig. »Ihr habt doch nicht miteinander geschlafen, oder?«, fragte sie.

»Doch. Schon«, erwiderte Merle ängstlich und sank auf einen Stuhl.

Susanne hatte den beiden hier mehrmals Asyl gewährt. Das war ihre Einstellung: den Kindern helfen, wenn schon ihre Eltern soziale Komplettversager waren, die nichts im Kopf hatten, als jede natürliche Regung den kleinbürgerlichen Strukturen einer frauenfeindlichen Gesellschaft unterzuordnen. Müller, Meier, Schulze, was sagt ihr dazu?, dachte sie abfällig. Zieht die Gardinen zu, die Eltern haben Sex am Samstagabend! Aber nur im Ehebett.

Bei ihr gab es keine Gardinen, aber es gab ja auch zum Glück keine Nachbarn. Trotzdem hatte sie nicht mitgekriegt, was Robbie und Merle zusammen machten, wenn sie sich hier heimlich trafen. Natürlich nicht. Das war auch deren Sache. Aber ein bisschen Vorsicht hätte sie von ihrer kleinen Nichte doch erwartet. Irgendwie schien ihr das undenkbar. Sex? Sie hatte gesehen, dass die beiden in einem Bett schliefen, aber Merle hatte doch immer etwas angehabt, sogar obenrum. Und der Kleine, Marco, war doch auch immer wieder dabei gewesen. Sex – das wäre Susanne nicht in den Sinn gekommen; und auf einmal merkte sie, dass sie es noch aus einem anderen Grund nicht für möglich gehalten hatte. Weil sie von sich selbst ausging. Und weil die Verwandtschaft der beiden hier doch plötzlich eine Rolle spielte. Liebe, ja, das kann passieren, man ist sich eben gerade ähnlich, wenn man aus einer Familie stammt. Aber Sex, da hat man doch eine Art Hemmung, oder nicht? Sie dachte wieder an das Reptilienhafte in Merles Gesicht. Vielleicht war Merle da anders. Und sie erinnerte sich, wie ihre Nichte ausgesehen hatte, als sie eben ins Haus getreten war: dieses Gesicht, das Blanke darin. Es sah aus, als stünde jemand hinter ihr und zöge Merle die Gesichtshaut an ihrem Pferdeschwanz straff nach hinten. Die Reptilienhaften hatten nicht das richtige Feingespür für menschliche Angelegenheiten, hatte in dem Artikel gestanden.

»Ihr hattet Sex?«, fragte sie noch mal ungläubig nach. Da brach Merle in heftiges Schluchzen aus und schlug die Hände vors Gesicht.

»Hör auf, hör auf«, rief Susanne, leckte schnell über das Papier und vollendete den Joint, den sie nebenher gebaut hatte.

»Und wenn ich wirklich schwanger bin?«, fragte Merle heftig.

»Hast du deine Tage nicht gekriegt?«, erwiderte Susanne, und es gelang ihr nicht, diesen Satz nicht in einem alarmierenden Crescendo enden zu lassen.

»Nein!«, schrie Merle, und nun brach endgültig die Hysterie bei ihr durch, und Susanne blieb auch nicht mehr ruhig, denn jetzt dachte sie an ihren Bruder Ulrich und seine Frau, die schreckliche, aggressive Beate, die schon gar keine Lippen mehr hatte, weil ihre Lustfeindlichkeit und Frigidität sie ihr nach innen gezogen hatten. Kein Wunder, dass Ulrich mit der auch zu einem so trockenen Menschen geworden war.

»Habt ihr denn nicht aufgepasst?«, fuhr Susanne Merle an. Die zuckte zusammen, ihre Augäpfel traten noch weiter hervor, und sie sah keuchend zu Boden.

»Du bist so dumm!«, entfuhr es Susanne.

Da sprang Merle auf und schrie los. Einfach so.

Susanne nahm einen tiefen Zug. Merle lag auf einmal auf dem Boden, trommelte mit den Fäusten und brüllte irgendwas Unverständliches.

Wie ihre Mutter, dachte Susanne und wandte sich angewidert ab. Diese Hysterie hatte sie schon immer gehasst. Frauen hatten das vor allem. Meistens Frauen. Sie dachte an Ingrid, Merles Mutter, die war auch immer ungenießbarer geworden mit den Jahren. Ein typisches Beispiel für jemanden, der sich aufreibt in dem Versuch, die perfekte Ehefrau zu sein. Alles verstehen. Die perfekte Tochter, die ihre bettlägerige Mutter pflegt, bis zum Zusammenbruch. Ab in die

Kur. Diesen Opa ertragen, der sich in alles einmischt und mit dem Susanne sich den ganzen Sommer lang gestritten hat, bis sie Mordfantasien bekommen und ihm verboten hat, den Hof zu betreten. Da ist er durchgedreht – und wen hat er um Hilfe gerufen? Nicht seine perfekte Tochter, nicht seinen braven Schwiegersohn, sondern Ulrich und Beate! Dieser verknöcherte Hurensohn!

Nach einer Weile saß Merle wieder am Tisch und schniefte. Sie wischte sich mit dem Ärmel der Jacke über die Nase. Ein langer Schleimfaden blieb am Saum hängen und spannte sich von dort in ihr Gesicht.

»Nimm ein Taschentuch!«, sagte Susanne und ärgerte sich sofort, weil sie dabei wie ihre eigene Mutter geklungen hatte.

Das ist ein Kind!, dachte sie kopfschüttelnd, ein Kind. Sie stellte sich vor, wie die beiden, Robbie und sie, da oben auf der alten Matratze auf dem Dachboden – nein, das ging doch nicht. Und Robbie? Auf einmal schüttelte es sie: Der hätte sich doch zusammenreißen können. Das war doch das Mindeste, was man von ihm erwarten konnte.

»Scheißmänner«, sagte sie und wollte Merle über das Haar streichen, aber die wich zurück.

»Jetzt hilf uns doch!«, schrie Merle sie an. »Hilf uns doch!«

Susanne schob sich den Joint in den Mund und suchte nach ihrem Feuerzeug.

»Du musst mit ihm reden«, sagte sie nach einer Weile entschieden. »Robbie muss die Verantwortung übernehmen. Das musst du ihm ganz klar sagen.«

»Robbie? Was?«, fragte Merle verwirrt.

»Der ist achtzehn, der hat verdammt genau gewusst, was er macht. Und wenn der dich jetzt allein lässt –!«

»Der lässt mich nicht allein. – Ich muss es ihm sagen?«, stotterte Merle zaghaft.

»Ja, natürlich. Der muss jetzt die Verantwortung übernehmen. Wenn der sich jetzt nicht ganz klar vor dich stellt und dir die Sicherheit gibt, dass du dich total auf ihn verlassen kannst, dann –!«, Susanne hatte das Feuerzeug gefunden und zündete den Joint an.

»Aber Robbie ist doch –«, begann Merle unsicher. »Der ist doch völlig am Ende. Der ist doch völlig … seine Eltern … der dreht durch!«

»Das hätte er sich früher überlegen sollen«, erwiderte Susanne trocken.

Und dann begann sie, ihrem Ärger und ihrem Erstaunen freien Lauf zu lassen. Was Merle sich denn denke, einfach so mit einem Achtzehnjährigen gleich Sex zu haben. Noch dazu in so einer Situation. Merle musste Susanne alle möglichen Fragen beantworten, und obwohl sie am liebsten kreischend rausgerannt wäre, in den Wald, in Robbies Arme oder einfach eine Klippe hinunter, wagte sie nicht, Susanne jetzt etwas entgegenzusetzen.

Wie oft sie miteinander geschlafen hätten, ob es mehr von ihr oder von ihm ausgegangen sei. Hätte denn Petting nicht auch gereicht! War Merle bei einem Frauenarzt gewesen? War das ein Arzt oder eine Ärztin?

»Und den Sex – das wolltest du auch? Da hast du dich nicht überreden lassen?«

Merle versank immer mehr in eine erbarmungslose Hoffnungslosigkeit. Susanne war ihre einzige Hoffnung gewesen, und nun hatte sie auf einmal keine Ahnung mehr, worum sich all die beschämenden Fragen ihrer Tante überhaupt drehten. Sie stützte den Kopf in die Hände und fing wieder an zu weinen.

»Nach Hause zurück kannst du jetzt nicht. Nicht in deinem Zustand«, stellte Susanne am Ende des Verhörs wenigstens fest. Merle hatte ihre Jacke inzwischen ausgezogen und hing kraftlos in ihrem Stuhl. Susanne überlegte laut.

»Du kannst erst mal hierbleiben. Aber nicht lange, die rufen ja hier als Allererstes an. Und dann einen Arzt. Vielleicht«, murmelte sie.

»Und Robbie? Muss ich es ihm sagen?«

Jetzt riss Susanne aber der Geduldsfaden. Sie schlug mit der Hand auf den Tisch und rief: »Wie schwer bist du denn von Begriff, Mädchen! Ja. Das musst du!«

Merle kniff die Augen zusammen, um nicht wieder loszuheulen, das half aber nichts. Sie senkte den Kopf, sie hatte Angst vor Susannes

Ausbrüchen. Aber ihr Herz ließ sich nicht beruhigen. Das schlug heftiger und heftiger, wieder fing sie an zu keuchen. Sie musste aufspringen und im Zimmer herumgehen, um sich wieder einigermaßen in die Gewalt zu bekommen.

Susanne sah sie voller Mitgefühl an, schüttelte den Kopf und sagte leise: »Dieser Arsch.«

Dann kämpfte sie sich aus ihrem Sessel hoch und ging zum Telefon.

Die Sonne war fort und ich schon längst wieder auf dem Weg nach Hause. Es war trüb geworden. Die Laternen an den Häusern brannten kraftlose gelbe Kreise in den Dunst, ein feiner Regen fiel, man spürte ihn kaum.

Eigentlich freue ich mich für Kai, dachte ich. Ja, das stimmte. Und trotzdem war etwas in mir, das ich nicht genau benennen konnte. Ein Widerwillen. Oder eine unklare Wut. Auf wen eigentlich?

Es war nur ein Gedankenspiel, aber ich versuchte, mir ein mögliches Happy End für Robbie und Merle auszumalen. Was wäre gewesen, wenn er nach dem verheerenden Streit mit seinen Eltern nicht in sein Auto gestiegen wäre, um wer weiß wohin zu fahren? Aber es ging nicht. Es stimmte nicht. Es fand keinen Widerhall in mir.

Ich dachte an Merles und Robbies letztes Treffen. Ich malte mir aus, wie es abgelaufen sein könnte, aber davon hatte ich keine Ahnung, darüber hatten weder Marco noch Susanne ein Wort verloren. Heute kann ich es mir aber sehr gut vorstellen, ja, eigentlich steht es so klar vor meinem inneren Auge, als wäre ich damals dabei gewesen …

Von dem aufwühlenden Gespräch zwischen Merle und Susanne bekam Robbie nur einen Telefonanruf mit. Einen seltsamen. Merle deutete ihm an, sie müsse unbedingt mit ihm reden. Es sei etwas passiert. Und er wurde immer nervöser, weil er einfach nichts aus ihr herausbekam.

Also verabredeten sie sich, und er fuhr hin. Sie hatten nur so wenig Zeit und konnten nirgendwohin, deshalb liefen sie ziellos draußen herum, froren, hielten sich aneinander fest und steigerten sich immer mehr in eine verzweifelte Stimmung hinein. Merle wäre fast geplatzt –

aber ihm zu sagen, was los war, wagte sie nicht. Das sah er ihr an, es machte ihn völlig fertig. Am Ende hielten sie sich einfach nur ganz lange. Sie atmete heftig, er hatte Tränen in den Augen, und es wurde immer kälter. Dann hatten sie keine Zeit mehr. Robbie versuchte bis zur letzten Sekunde, zu erfahren, was Merle ihm hatte sagen wollen. Aber schließlich waren sie am Bahnsteig, und der Zug kam.

»Sag mir jetzt, was los ist!«, flehte er sie fast an, aber sie schaffte es nicht. Das würde er niemals aushalten, dachte sie, wenn ich es ihm sage.

Dann musste sie einsteigen.

»Wir reden noch darüber«, rief sie ihm zu und lachte fast ein wenig.

Er nickte und winkte.

»Ich hab dich lieb«, sagte sie.

Stand schon halb im Wagen und rief es ihm leise zu. Dann schlug sie die Hände vor den Mund, weil ihr die Tränen kamen. Sie sah die Zugtüren zugehen. Glas zwischen ihr und seinem ernsten Gesicht. Seine Hand an der Scheibe. Sie stolperte, als der Zug anfuhr. Machte einen Schritt zurück, er sah sie nur noch verschwommen.

Der Zug fuhr weg mit all seiner Unerbittlichkeit, und niemand konnte bremsen und umdrehen. Es war vorbei. Das Schweigen, das zurückgeblieben war, zerdrückte Robbie fast.

Er machte sich übermüdet auf den Heimweg. In seiner Brust, auf seinem Herzen einen gefrorenen Eisenbarren, einen Druck, so groß, dass er gar nicht klar denken konnte.

Zu Hause haben sie ihn schon erwartet. Sie haben ihn im Esszimmer auf einen Stuhl gesetzt und beide auf ihn eingeredet. Seine Mutter war so wütend. Keiner der beiden hat ihm ins Herz sehen können. Sie haben ihn nicht gefragt, warum er so bleich ist, und nicht, warum er zittert.

Einen Brief haben sie ihm hingehalten. Das war das Schreiben von der Musterungsbehörde. Weil er doch zur Armee wollte. Das war seine Chance, sein Ausweg, der einzige, den er gesehen hatte. Merle hatte sich an die Stirn getippt, als er es ihr erzählt hatte, richtig wütend war sie geworden, und er hatte lange gebraucht, um sie zu überzeugen, dass das keine so schlechte Alternative sei. Es gebe eine Kaserne bei ihr in der Nähe. Das wäre doch wunderbar.

Aber nicht mit seiner Mutter und seinem Vater. Zerrissen haben sie ihm den Brief. Sie würden ihn nicht gehen lassen. Er hätte doch die Lehrstelle bei seiner Mutter im Geschäft. Da würde man ihn zurückstellen.

Und als er nur den Kopf schüttelte, redeten sie ihm ins Gewissen. Seine Drogenvergangenheit; dass er hyperaktiv sei; und sie hätten schon mit dem Anwalt in der Firma geredet; und Robbies Arzt, der war ein guter Freund der Familie; so einfach könne er sich nicht aus der Affäre ziehen. Und die rechtliche Situation mit einer Minderjährigen, das sei noch mal eine ganz eigene Sache.

Und als seine Mutter dann etwas über Merle sagte, etwas Abfälliges und Hässliches, da wurden seine Augen hart und verwandelten sich in Glas, und seine Seele und sein Leben fielen dahinter zurück, kippten seinen Hals hinunter in die Tiefen, die man nicht mehr erreicht. In jene Schwärze in uns, in der Entschlüsse geboren werden, die mit unserem Verstand nichts mehr zu tun haben.

Er nickte und stand auf. Eine Weile war er dann noch in der Wohnung und ging umher, aber er berührte nichts, seine Fingerspitzen waren taub.

»Wohin gehst du?«, fragte Marco, als er seinen Bruder in der Diele stehen sah, den Schal um den Hals.

»Noch mal raus«, sagte dieser ganz normal. Marco sah ihm nichts an. Vielleicht etwas bedrückt, ja, aber das war ja verständlich.

»Tschüss«, sagte Marco, und Robbie ging.

Ich schüttelte mich und beschloss, von nun an nicht mehr an diese Sache zu denken. Sie Kai zu überlassen. Das war doch gut.

Aber dann merkte ich: Merle konnte ich Kai überlassen, ja. Aber mit ihrer Geschichte war das nicht so einfach. Die gehörte zu mir.

Vielleicht, weil ich spürte, dass auch in mir irgendetwas war, das mich von etwas abhielt. Von meinem Glück oder meiner Liebe. Fest verschlossen, fest umhüllt in mir. Etwas wie eine düster schimmernde Perle.

Ich stand auf dem Weg herum und kam mir blöd vor, weil ich nicht wusste, was mit mir los war. In mir war ein ungeheures Durcheinander von Gefühlen.

Ich will nicht mehr!, dachte ich plötzlich. Ich wollte nicht mehr in Träumen und Geschichten leben! Ich wollte selbst leben, wirklich leben. Ich wollte das alles selber spüren! In diesem Moment beschloss ich, nicht mehr zu träumen und keine Angst mehr zu haben.

II

Die Perle

In einem nächtlichen Schlafzimmer waren ein Mann und eine Frau. Sie lagen im Bett. Die Frau hatte sich von dem Mann weggedreht und schlief. Der Mann lag wach und blickte in den Himmel. Er sah traurig aus. Vorsichtig, um die Frau nicht zu wecken, drehte er sich um, schob behutsam seinen Arm unter die Decke und legte ihn ihr um den Leib, seine Finger umschlossen ihre Brust. Da regte sich die Frau. Sie wand sich unwillig, aber als der Mann sie nicht losließ, richtete sie sich auf, nahm mit sicherem Griff ihr kleines Kind aus der Wiege und legte es zwischen sich und ihn. Danach drehte sie sich wieder weg, schloss die Augen und schlief ein. Der Mann aber tat eine Weile nichts. Schließlich stand er auf. Seine Bewegungen waren so langsam, dass die Frau nichts merkte. Er stand nackt da und blickte auf die beiden hinab, die Schlafende und das Kind. Er zögerte einen Moment. Dann setzte er sich auf das Sofa, das beim Fenster stand. In seinen Augen waren Trotz und Wut. Ohne hinzusehen griff er nach etwas, das auf dem Beistelltisch lag. Es war die Perlenkette der Frau. Er nahm sie in seine Hände und zog sie langsam und entschlossen immer fester auseinander, den starren Blick wandte er nicht von dem Bett mit der Frau und dem Kind. Da zerriss die Kette, und die Perlen flogen in die Luft und prasselten in alle Winkel des Zimmers.

Herzlos

Mein Vater streckt sich über das neue Sofa. Meine Mutter lackiert ihre Nägel. Ich erinnere mich nicht daran, ihre Nägel je ohne Lack gesehen zu haben. Es riecht scharf nach Lösungsmittel.

»Woran ist er denn gestorben?«, fragt sie.

»Am Herzen«, antwortet er.

»So so, am Herzen«, sagt sie und konzentriert sich auf eine kniffelige Stelle. Nach einem weiteren Finger fragt sie: »Und die Kinder?«

»Wieso die Kinder?«

»Na, er hatte doch Kinder!«

»Die sind bei der Mutter, was sonst?«, poltert mein Vater.

Nach einer Pause wieder sie: »Behalten sie den Hund?«

»Natürlich«, sagt er.

Aber sie wendet ein: »Es war doch mehr sein Hund.«

»Nein, die Kinder – der Hund – was denkst du dir denn? Man tut doch nicht die Kinder und den Hund weg, wenn jemand stirbt.«

Nach einer Weile murmelt er, wie zu sich selbst: »Ich frage mich, wer seinen Posten kriegt. Das frage ich mich.«

»*Das* ist doch egal!«, ruft meine Mutter jetzt verständnislos.

»Was? Das ist doch nicht egal. Ich weiß sowieso, wer an seine Stelle rückt.«

»Ach ja, und wer?«, fragt sie süffisant.

»Alfie«, antwortet er.

»Alfie«, wiederholt sie und macht ein abfälliges Geräusch. »Mich interessiert eher, wer bei denen zu Hause an seine Stelle rückt!«

Ein boshaftes Lachen bricht aus ihr heraus. Es kommt von Herzen, das höre ich. Mein Vater schüttelt den Kopf.

Mit Kais Herz ist auch nicht alles in Ordnung. Er sitzt im Keller und hat schlechte Laune.

»Bring Bier mit!«, begrüßt er mich, als ich in der Kellertür stehe.

Ich kann es aber nicht mitbringen, weil ich schon unten bin. Das Bier ist aber oben im Kühlschrank.

Ich zucke die Schultern und will wieder hochgehen.

»Bleib da!«, ruft er barsch. Also stehe ich einfach im Zimmer herum.

Als Torsten mit ein paar Flaschen kommt, beginnen sie ein Gespräch über ein Mädchen, das Kai nur »die Fotze« nennt.

»Die kriegt's noch!«, flüstert er drohend.

Torsten zischt und sagt abschätzig: »Lass doch. Die ist es nicht wert.«

»Natürlich ist sie es nicht wert! Aber ich check nicht, wie die mich so abservieren kann. Kein Wort. Von einem Tag auf den anderen«, meint er kopfschüttelnd.

Torsten nimmt einen tiefen Zug aus der Flasche. Kai redet weiter: »Ich hab was Dummes gesagt, das gebe ich zu. Aber es hat mir einfach gereicht mit den beiden. Das ist doch nicht normal, wie die aneinanderkleben. Ich hab sie ja überhaupt nicht mehr allein zu sehen gekriegt. Der wäre ja am liebsten noch nachts zu uns ins Bett gekrochen!«

»Hast du Marco das so gesagt?«, unterbricht Torsten Kais Tirade.

Kai lacht derb auf. »Nicht ganz so. Aber du kennst mich ja. Diplomatie ist nicht meine Stärke.«

Mir bleibt der Mund offen stehen. Jetzt checke ich erst, dass sie von Merle reden. *Die Fotze*, das sticht mir ins Herz.

Ich beginne nachzurechnen: Sie müssen doch fast ein Jahr zusammen gewesen sein? Ja, kurz nach meinem vierzehnten Geburtstag hatte Kai es geschafft. Er hatte sich zu Merle durchgekämpft. Und jetzt das.

»Glotz nicht so blöd!«, fährt Kai mich an. »Warum glotzt du denn so?«

»Ich glotze gar nicht!«, verteidige ich mich.

»Kannst auch wieder hochgehen«, knurrt er mich noch an.

Ich ziehe mich auf mein Kissen zurück, schaue auf den fleckigen Teppich, lasse eine Bierflasche von einer Hand in die andere wandern und höre meinen Brüdern zu.

Im letzten Jahr ist mir mein Bild von Merle irgendwie abhandengekommen. Es hat sich immer mehr mit dem vermengt, was Kai über sie gesagt hat. Oder was ich anderswo aufgeschnappt habe. Wortfetzen, Gerüchte, Sachen, die die Leute in der Schule getuschelt haben.

Außerdem gab es in meinem eigenen Leben immer mehr Dinge, die nun meine Fantasie beschäftigten. Das Mädchen, das kurz nach Beginn des Schuljahres in unsere Klasse gekommen war zum Beispiel …

Für mich war die Beziehung von Kai und Merle gut gewesen.

Kai hatte nämlich im vorigen Herbst die Schule wechseln müssen. Nicht wegen dem Gerede, das war ihm egal, er konnte sich wehren. Aber Merle war plötzlich mit einem gefälschten Zeugnis von unserem Gymnasium erwischt worden, und es gab Leute, die behaupteten, das gehe auf Kais und Marcos Konto. Ich traute es den beiden ohne Weiteres zu. Merle handelte sich zusätzlich zu den Gerüchten über ein verlorenes Kind auch noch eine Menge Ärger mit der Schule ein.

Kais Schulweg war seitdem doppelt so weit, und das bedeutete, dass ich viel mehr Zeit hatte, die ich ungestört verbringen konnte.

Ein anderer Vorteil war, dass Marco nicht mehr zu uns kam.

Nachdem Kai sich an Merle herangemacht hatte, war er erst mal furchtbar wütend gewesen.

»Der ist so eifersüchtig!«, hatte mein Bruder kopfschüttelnd bemerkt.

Ein halbes Jahr später waren sie auf einmal wieder unzertrennlich, ein Dreiergespann, das auf Partys auftauchte, um dann wieder spurlos zu verschwinden. In irgendwelche Keller oder auf Parkplätze und hinter Tankstellen, wo sie ihre Freizeit verbrachten und Merle vor dem Rest der Welt gründlich abschirmten. So gut, dass nicht mal ich sie in all der Zeit zu Gesicht bekommen hatte. Nur einmal hatte ich sie gesehen – von meinem Fenster aus in einem Auto sitzend. Eine schemenhafte Gestalt hinter einer verregneten Scheibe.

»Ich würde auch gerne mal allein mit ihr was machen«, beschwerte sich Kai einmal.

»Der ist mir unheimlich!«, rief er ein anderes Mal aufgebracht. Aber Merle und Marco waren nicht mehr voneinander zu lösen. Ich war froh, dass Marco nicht mehr bei uns ein- und ausging. Sollte sich Kai mit ihm rumschlagen, mir war es recht.

Wenn ich alleine war, begann jeder Winkel um mich herum sich nach und nach zu füllen. Es war, als würde die Luft plötzlich etwas enthalten, das vorher nicht da gewesen war. Etwas Unsichtbares, das man plötzlich spürte. Wie ein vertrauter, dünner Stoff. Eine Einsamkeit vielleicht, in der ich mich wohlfühlte. In dieser Stimmung konnte ich stundenlang dasitzen und gedankenverloren auf meine Schreibtischauflage malen. Von ganz unten in mir tauchten dann Gedanken auf oder Bilder. Oder manchmal auch Gestalten. Vor einigen hatte ich Angst, andere schienen mir freundlich gesonnen zu sein. In der Schule oder wenn ich unter Leuten war, war die Luft wie graues Licht, und ich fühlte mich unbeholfen und dumm. Als wäre ich einfach nicht in meinem Element. Ein Mensch mit Taucherflossen und beschlagener Schwimmbrille. »Finger weg von der Welt«, hatte Susanne zu mir gesagt. Vielleicht hatte sie damit den Nagel ziemlich auf den Kopf getroffen.

Merle ist also eine Fotze geworden. Bei Torsten hat sie einen anderen Namen. Er nennt sie boshaft *Robbies Witwe.* Bei *die Fotze* stelle ich mir gar nichts Konkretes vor, eher etwas, das man im Dunkeln nicht richtig erkennt. Bei *Robbies Witwe* sehe ich ein brennendes Mädchen. Komisch, dabei ist sie doch gar nicht verbrannt, sondern er.

»Die kriegt's noch!«, murmelt Kai immer wieder.

Als es kurz unangenehm still ist, erzähle ich, was ich oben gehört habe. Das von dem Mann, der am Herzen gestorben ist.

»Am Herzen gestorben, am Herzen gestorben«, flüstert Kai vor sich hin. Dann brüllt er mich plötzlich an: »Man stirbt nicht am Herzen!«

»Doch«, beharre ich, »das haben die Eltern erzählt!«

Kai packt mich: »Man stirbt nicht am Herzen!«, zischt er mich an. »Weißt du, was man machen muss, weißt du das?«, fragt er und schlägt sich gegen die Brust. Ich schüttle den Kopf.

»Man muss sich das Herz rausreißen! Das muss man machen!« Er krallt mir seine Hand in die Rippen.

»Dann stirbt man!«, rufe ich, nur um ihm zu widersprechen, nicht, weil ich das alles ernst nehme.

»Nein«, sagt Kai. »Nur feige Spastis sterben. Man kann ohne Herz weiterleben. Das wirst du schon noch sehen.«

Er schlägt sich noch einmal gegen die Brust. Da macht es Torsten auch. Sie schlagen sich beide gegen die Brust und beginnen, Affengeräusche zu machen.

Natürlich hatte Kai recht. Es geht.

Kai und seine Mutter

Leider hörte Kai nach diesem Abend nicht auf, ein Affe zu sein. Merle hatte ihn offensichtlich zum Abschied in einen unausstehlichen Pavian verwandelt, und dieser Zauber hielt eine Weile. Nachmittags hangelte er sich am Geländer die Kellertreppe hinunter, verwüstete mit Torsten alles und kam nachts mit schwankendem Gang wieder hoch. Bedauerlicherweise weigerten sich meine Eltern, vor Kais Zimmer ein Gitter anzubringen oder ihn auf einem Hügel im Garten wohnen zu lassen – ich hätte auch freiwillig einen Wassergraben drumherum gezogen. Wenn ich ihm im Weg stand, bleckte er die Zähne oder lief einfach durch mich hindurch. Meine Mutter sagte: »Das ist eben das Alter.«

Er kam nur nach oben, wenn er Bier brauchte oder sich mit Torsten aus dem Haus schlich, um irgendetwas anzustellen. Oder wenn die schneidende Stimme meiner Mutter durch den Flur gellte und ihn vor das elterliche Tribunal zitierte. Er brauchte dann nur zwei Minuten nach oben, und ich weiß nicht, wie er es schaffte, sich in dieser kurzen Zeit wieder in einen normalen Menschen zu verwandeln. Vielleicht hatten sie unten eine Haut gezüchtet, Torsten und er, in all den Stunden, die sie da brüteten und hockten. Eine Haut zum Überstreifen.

Nach Torsten wurde nie gerufen, er führte ein perfektes Doppelleben für unsere Eltern. Bis Mittag war er Musterschüler, danach Kais Zoowärter.

Es war äußerst unklug, unser Wohnzimmer während eines Streits zwischen Kai und unserer Mutter zu betreten. Wer es tat, bereute es schnell.

»Verpiss dich!«, schrie Kai, und meine Mutter schrie gleichzeitig: »Wir reden hier! Kann man denn *nirgends* seine Ruhe haben!«

Wenn man aber im Wohnzimmer verbotenerweise vorher seine Hausaufgaben gemacht hatte und die Büchertasche noch dort stand, konnte das ein Problem sein.

Torsten saß in der Küche.

»Hast du *später* noch Zeit für Mathe?«, fragte ich ihn kleinlaut. »Ich kann das Heft noch nicht holen.«

»Scheiß auf Mathe. Worum geht's diesmal eigentlich?«, wollte Torsten wissen und deutete in Richtung des Gezeters.

»Das hat Kai auch als Erstes gefragt«, antwortete ich. Torsten lachte auf.

»Du kümmerst dich um nichts!«, beantwortete die schrille Stimme unserer Mutter Torstens Frage.

Ich grinste in mich hinein, aber Torsten guckte plötzlich ernst. Dann erklärte er mir leise: »Es stimmt ja nicht. Er kümmert sich ja.«

»Mama sagt, er hat überhaupt keine einzige Bewerbung abgeschickt und sich nirgends informiert«, sagte ich mit ein wenig Genugtuung in der Stimme.

»Das ist nicht wahr!«, verteidigte Torsten ihn scharf. »Er will an die Sportakademie, da kann man auch ohne Abschluss hin. Und dafür macht er alles. Der Rest interessiert ihn nicht.«

Nach einer Weile setzte er noch hinzu: »Du brauchst nicht tausend Ziele, und du brauchst nicht die Ziele von anderen, sondern du brauchst nur deine eigenen Ziele.«

»Ach so«, verspottete ich ihn. »Steht das da hinten auf der Cornflakes-Packung?«

Torsten stand auf und gab mir einen Klaps auf den Hinterkopf, dann verließ er das Zimmer.

»Ach Kai«, hörte ich kurz danach die viel zahmere Stimme meiner Mutter.

Hat er's also mal wieder geschafft, dachte ich böse.

Als ich ins Wohnzimmer trete, sehe ich Kai, wie er gemütlich dasitzt und meine Büchertasche ausräumt.

»Sag mal, geht's noch?«, rufe ich empört. Aber mein Bruder lässt sich nicht aus der Ruhe bringen.

»Warum hast du denn dein Klassenfoto in der Büchertasche?«, fragt er mich verwundert. Ich schweige.

»Vergisst du sonst, mit wem du in die Schule gehst?«, spottet er.

Aber ich stehe nur da und starre ihn böse an.

»Oder hast du Sehnsucht nach ihnen, wenn du –« Kai stockt. Auf einmal wird ihm bewusst, was er eben gesagt hat. Er sieht vom Bild zu mir, halb überrascht, halb spöttisch – dann wieder auf das Bild.

»In wen bist du verliebt?«, fragt er mich schließlich breit grinsend.

»Gib mir das Bild!«, rufe ich und gehe auf ihn los. Leider ist Kai schneller als ich.

In dem Gerangel, das dann folgt, wird der Inhalt meiner Büchertasche über den ganzen Teppich verteilt, ich rutsche auf ein paar Blättern aus und falle mitten zwischen meine Bücher, Kai reißt das Foto an sich und verschwindet als Sieger aus dem Zimmer.

Scheiße, denke ich, als meine Mutter das Zimmer betritt.

»Was ist denn das für ein Chaos?«

Sie sieht mich verständnislos an.

»Räum das auf!«, schimpft sie und fängt innerlich an zu flirren. »Räum das lieber schnell auf!«

Und das tue ich auch, bevor sie die Nerven verliert.

»Ich hab völlig verrückte Kinder«, murmelt sie, dreht sich um und lässt mich allein, »völlig verrückt.«

Der Name

Gib mir das Bild zurück!, denke ich. Gib mir das Bild zurück! Ich schleiche durchs Haus und horche, wo er ist. Kai ist nicht aufzufinden, vielleicht ist er unterwegs. »Wo ist Kai?«, frage ich meinen Vater.

Mein Vater sieht nicht mal von seinem Buch auf. Er hebt nur die Schultern und macht ein seufzendes Geräusch.

Hallo!, denke ich, hast du nicht bemerkt, dass in diesem Haus noch andere Menschen leben?

Am liebsten würde ich ihm aus einer Buchseite entgegenspringen wie diese Faust aus der Kaffeewerbung. Ich würde auf den Zeilen hin und her balancieren und mit Fackeln winken und schreien!

Aber er hört mich nicht. Seine Augen wandern unendlich ruhig hinab und hinab und hinab. Komisch, einen Vater zu haben, der nicht da ist, denke ich.

Seit wann ist er eigentlich so?, frage ich mich. Seit sie aufgehört haben zu streiten? Ja, seitdem war mein Vater plötzlich irgendwie nicht mehr da gewesen.

Ich schleiche zu Kais Schreibtisch, brauche aber eine Weile, ehe ich mich traue, die Schubladen aufzuziehen.

Innen ist alles superordentlich.

»Hier ist nichts«, flüstern die Dinge scheinheilig, »hier doch nicht.«

Auf einmal bremst ein Wagen.

Das sind Kai und Torsten!, denke ich erschrocken und trete schnell vom Fenster weg. Sie streiten. Aber sie lachen auch. Torsten öffnet den Kofferraum, und Kai wuchtet eine Bierkiste heraus und trägt sie in den Keller. Da bin ich schon aus seinem Zimmer, mit klopfendem Herzen; hoffe, ich habe keine Spuren hinterlassen, Kais Augen sind scharf.

Er soll mir mein Foto wiedergeben!, klage ich ihn bei unserer Mutter an – in meiner Fantasie.

Sag es ihm halt!, höre ich sie schnaubend antworten, dann dreht sie sich weg oder zündet sich eine Zigarette an.

Während es unten johlt und lärmt, werfe ich mich auf mein Bett. Keinen Bock mehr, denke ich, keinen Bock.

Irgendwann schlafe ich ein.

»In wen! In wen! In wen?«, dringt eine störende Wiederholung auf einmal in mein Ohr.

Ich schrecke hoch. Kai sitzt an meinem Bett.

»Was ist?«, frage ich verwirrt.

»Hallo!«, singt er mich an, das lachende Maul aufgerissen, das Gesicht rot und glänzend. Sein Atem stinkt nach Bier.

»Was ist?«, frage ich noch mal, diesmal etwas fester.

Von unter dem Bett grunzt eine Antwort herauf. Im ersten Moment verstehe ich gar nicht, wo auf einmal die zweite Stimme herkommt, da richte ich mich auf und erblicke Torsten. Er liegt flach auf dem Boden mitten in meinem Zimmer. Jetzt bin ich ganz wach.

»Was wollt ihr hier?«, will ich ärgerlich wissen.

»Nichts!«, ruft Kai und steht auf. »Gar nichts. Gute Nacht«, singt er und tänzelt im Zimmer herum. Dann brechen sie beide in ein grässliches Lachen aus.

»Raus!«, versuche ich noch einmal, die beiden loszuwerden. Aber es klappt nicht.

»Also, wir haben über die Liebe nachgedacht«, beginnt Torsten und tut wie ein Oberlehrer.

»Ich, ich«, ruft Kai und schiebt Torsten beiseite. Er kommt ganz nah an mich heran, ich versuche mich wegzudrehen, um den Bierdunst nicht einatmen zu müssen, aber Kai packt meine Backen und hält mich fest.

»Weißt du übrigens, was ich zu Merle gesagt habe? Was so schlimm war, dass sie sich von mir getrennt hat?«, lallt er.

»Nein«, antworte ich. Er sieht mich einen kurzen Moment lang ganz ernst an, dann steht er abrupt auf, packt mich am Pyjama und zieht mich aus dem Bett.

»Wir gehen jetzt in den Keller und reden über die Liebe!«, erklärt er.

Eine Viertelstunde später sitzen wir unten. Torsten hockt auf einem der Schaumstoffblöcke. Er sinkt darin so tief ein, dass seine Knie weit hochstehen. Er hat seinen Finger in eine Bierflasche gesteckt und malt damit Kreise in die Luft.

»Was machen wir?«, frage ich schüchtern.

»Wir trinken«, erklärt Torsten.

Kai aber sieht zu dem winzigen Kellerfenster hin, aus dem man gar nicht hinausschauen kann, und schüttelt nur den Kopf. Sie wirken beide auf einmal völlig nüchtern.

Plötzlich scheint Kai sich wieder an mich zu erinnern. Er greift in seine Hosentasche, zerrt das Foto hervor und wirft es mir zu.

»Da!«, sagt er.

Während ich versuche, das Bild auf meinen Knien wieder glattzustreichen, lässt sich Kai neben mir in die Kissen fallen.

»In welche bist du denn jetzt verliebt?«, fragt er mich.

»In die?«, bohrt er nach. »Oder die?«

Aber ich schweige, sitze in der Mitte, eingeklemmt zwischen meinen Brüdern, die beide abwechselnd auf das Bild und auf mich starren.

»Das ist gemein!«, rufe ich.

»Ich will es aber auch wissen!«, sagt Torsten und reißt an dem Bild in meinen verkrampften Händen.

»In wen seid ihr denn verliebt?«, schnauze ich ihn an.

»Kai ist in niemanden verliebt!«, lacht Torsten.

Kai knurrt nur.

»Ich bin in eine Esther verliebt. Die krieg ich auch noch«, vertraut mir mein großer Bruder an.

»Esther ist ein schöner Name«, sage ich. Dann, nach einem kleinen Schweigen, höre ich Kai mit leiser, hämischer Stimme sagen: »Judith ist auch ein schöner Name, nicht wahr?«

Ich erschrecke zu Tode.

Das ist Judith. Sie sitzt in der Bibliothek. Wie durch ein Wunder bin ich zur selben Zeit hier. In der Klasse reden wir nicht miteinander. Aber ich blicke dauernd zu ihr hinüber. Seit sie das Klassenzimmer betreten hat, bin ich in sie verliebt. Sie ist nicht mehr als ein Paar blaue Augen, das irgendwo rechts hinten vor sich hin leuchtet. Meine Blicke sind nicht über ihre Augen hinweggekommen, ich kenne ihre Haare, ihren Körper, ihr Gesicht nicht. Als ich das erste Mal einem Schulkameraden erzählte, dass wir nun eine Judith in der Klasse haben, habe ich den Namen so genuschelt, dass er heute immer noch nicht weiß, wie sie heißt. Ich habe wochenlang um eine Gelegenheit gebetet, ihr einmal alleine zu begegnen. Dann saß sie da in der Bibliothek. Sie trug eine Strumpfhose und einen Rock.

»Hast du sie schon mal angesprochen?«, fragt Torsten mich.

»Wen?«

»Die Judith.«

Ich sehe wieder zu Boden, mein Gesicht brennt. Warum wissen sie von Judith?

Kai sagt: »Er soll sie mal auf dem Foto zeigen!«

Torsten hält mir das Foto hin. Ich streichle mit dem Finger ihr Gesicht.

»Die ist hübsch!«, sagt Torsten und stupst mich aufmunternd an.

Kai sagt nichts.

Die Einladung

Ich esse mein Pausenbrot. Als ich aufsehe, steht Judith vor mir. Sie lächelt.

»Hi«, sagt sie.

»Hi«, sage ich.

»Ich wollte dich zu meinem Geburtstag einladen. Hättest du Lust zu kommen?«

»Ja, gerne«, antworte ich mit vollem Mund. »Wann?«

»Am Samstag«, sagt sie. »Hier ist die Einladung.«
Sie gibt mir einen kopierten Zettel, ich nehme ihn.
»Das freut mich«, sagt sie dann, lächelt mich noch einmal an und geht wieder zurück zu ihrer Mädchengruppe.
Ich bleibe stehen, starre auf den Zettel in meiner Hand und frage mich, was gerade passiert ist.

Der Geburtstag

Am Samstag holte mich die Glucke ab. Die Glucke war Judiths beste Freundin, sie klebte immer an ihr und passte auf, dass man Judith nie allein traf. Der Vater der Glucke fuhr uns und zwei andere Mädchen zu Judiths Haus, wo die Party stattfand. Die Gespräche der Mädchen plätscherten leicht und hell dahin, die Büsche und Bäume waren grün, nur ich war seltsam bedrückt. Als wir ankamen und ich aufstand, merkte ich, dass ich meinen Rücken nassgeschwitzt hatte. Die Glucke rannte den Weg zur Eingangstür entlang und lachte und klingelte. Wahrscheinlich weil sie als Erste gesehen werden wollte mit ihrem großen Geschenk, von dem sie schon die ganze Zeit erzählt hatte. Judith und ihr Vater standen in der Tür.
Ich schüttelte Judith zur Begrüßung die Hand und gratulierte ihr, dann stellte ich mich im Wohnzimmer an eine unauffällige Stelle und versuchte, normal auszusehen.
Durch eine große Verandatür floss viel Licht in das Esszimmer, die Teppiche waren flauschig und hatten die Farbe von Schafen. Alle Möbel waren aus hellem Holz, und es gab nirgendwo eine Ecke. An Regalen, Schubladen und Tischplatten – alle Ecken abgerundet. Die Knäufe waren auch aus Holz, und im Tisch waren keine Schrauben, sondern dunkle Holznägel, die rau hervorstanden. Ich musste immer mit dem Finger darüberfahren.

In einer Zimmerecke standen Musikinstrumente herum, die ich noch nie gesehen hatte. Eine große Topfpflanze breitete ihr Dach darüber. Dazwischen lagen dicke runde Sitzkissen auf dem Boden herum. Auch die Brille des Vaters war rund. Nur die Eltern selber, die waren nicht rund. Er war hager, sie war ganz zart und schmal.

Auf dem Tisch standen Platten voller braunem Kuchen. Daneben Säfte und Kaffee, der keiner war, sondern ein klumpiges, malziges Pulver in heißem Wasser.

Ich war der einzige Junge. Die Mädchen redeten, ich stand daneben und kam mir immer blöder vor.

Judith trug eine enge Jeans und eine ganz weite, rüschige Bluse mit einem T-Shirt drunter. Sie hatte irgendetwas mit ihren Haaren gemacht, das schön aussah.

Deine Haare sehen schön aus, hätte ich gerne gesagt, aber höchstens, wenn wir allein gewesen wären. Die Glucke stand da und bestimmte, was getrunken und wann gelacht wurde. Alle anderen Mädchen flatterten dauernd um sie herum. Nur Judith nicht, die war etwas nervös. Sie strich sich immer wieder die Bluse glatt und schaute umher, ob jemand noch etwas brauchte. Mich übersah sie jedes Mal.

Ich brauche was!, hätte ich gerne gerufen.

»Du bist der Hahn im Korb«, sagte jemand zu mir. Es war Judiths Vater. Was hätte ich darauf antworten sollen? Vielleicht hätte ich krähen sollen, und der ganze Abend wäre anders verlaufen, aber das tat ich nicht. Judiths Vater begann aus Mitleid ein kleines Gespräch mit mir. Ich nickte, wenn es angebracht war, und beantwortete seine Fragen höflich. Aber offensichtlich auch undeutlich, denn er fragte bei jedem Satz: »Wie bitte?«, beugte sich an mein Gesicht und lächelte, als sei es seine Schuld, dass ich nicht reden konnte. Schließlich gab er es auf und ließ mich stehen. Schon war ich wieder verloren.

Die Glucke sah gelegentlich zu mir herüber und lächelte aufmunternd. Wenn Judith gerade nicht wusste, wo sie hinsollte, kümmerte sie sich um mich. Dann standen wir voreinander, und ich traute mich nicht, den Mund aufzumachen, weil ich Angst hatte, ich könnte sie beim Reden vielleicht anspucken. Das Schlimmste war, dass ich nicht einfach wegkonnte. Ich würde den ganzen Abend in peinlicher Isolation durchstehen müssen. Dann würde ich auf dem Dachboden zwischen sechs Mädchen übernachten müssen, ehe ich nach einem späten Frühstück wieder mit der Glucke nach Hause fahren durfte. Das waren meine Aussichten. Ich sah auf die Uhr, es war erst sechs!

Beim Abendessen versuchte ich, immer den Mund voll zu haben. Dann fällt es nicht so auf, wenn man nichts sagt, dann ist es sogar höflich. Komischerweise fielen mir während des Kauens und Schweigens lauter sehr unhöfliche Dinge ein, die ich hätte sagen können. Ich wunderte mich, woher diese Gedanken kamen, und wollte sie loswerden. Ich hatte sogar Angst, dass man meine Gedanken hören konnte oder dass ich sie aus Versehen ausgesprochen hatte, ohne es zu merken, statt sie nur zu denken.

Aber es wurde noch schlimmer. Nach dem Abendessen kamen die Volkstänze. Wir versammelten uns alle in Socken auf dem Teppich im Kreis. Ich wischte mir die Hände trocken und reichte sie Judiths Vater und Judiths Mutter, die rechts und links von mir standen. Ein Grieche, der in der Stereoanlage gefangen gehalten wurde, begann, traurige Volkslieder zu singen. Den Refrain musste man sich einprägen, um ihn später mitsingen zu können. Die Eltern und Judith konnten ihn schon auswendig. Sie konnten ihn auch mit der bestimmten Trauer in der Stimme singen, die dazugehörte und die man nicht hinkriegte, solange man sich noch auf die Wörter konzentrieren musste. Die Wörter waren wahrscheinlich griechisch. Und traurig musste man sie deshalb singen, weil der Sänger, als er sie geschrieben hatte, im Gefängnis gesessen hatte – aus politischen Gründen. Mindestens eine Stunde lang drehten sechs Mädchen, zwei Erwachsene und ein schwitzender Stock Hand in Hand ihre Kreise über den Teppich. Bis die CD zu Ende war.

Dann durften wir schlafen gehen. Auf dem Dachboden war es nett. Nachdem ich eine Stunde lang versucht hatte, nicht zu schwitzen und alles richtig zu machen, war ich so fertig, dass mir inzwischen fast alles egal war. Es gelang mir auf einmal sogar, mich ganz normal mit den Mädchen zu unterhalten. Oder zumindest so zu tun. Dann aber waren die Isomatten ausgerollt und die Schlafsäcke aus ihren

Pellen gezogen, und der Moment näherte sich, in dem die Pyjamas angezogen werden sollten. Judith war noch nicht oben, zum Glück.

Den Mädchen war es zu peinlich, mich zu bitten, hinauszugehen, also fingen sie an, sich in die dunkelsten Ecken unter der Dachschräge zu verdrücken. Dort drehten sie mir den Rücken zu und zogen umständlich unwichtige Teile aus. Dann gab es wieder eine Pause, sie standen herum und guckten und sagten: »Hm.«

Also machte ich mich auf den Weg ins Bad im ersten Stock. Unten angekommen atmete ich erleichtert aus: Dieser Situation war ich entkommen. Es würde nicht mehr lange dauern, dann würden wir alle ruhig in den Schlafsäcken liegen, und dieser schreckliche Tag würde zu Ende gehen. Unter der Tür zum Bad schien Licht durch, da zog sich vermutlich Judith um. Da war noch die Tür zu ihrem Zimmer. Sie stand einen Spalt offen, dahinter war es dunkel. Dort könnte ich schnell in meinen Schlafanzug schlüpfen, und die letzte Hürde wäre überwunden. Rasch und unkompliziert. Ich schob leise die Tür auf und tastete gleichzeitig nach dem Lichtschalter.

In dem Moment, als ich ihn gefunden hatte, hörte ich eine Stimme aus der Dunkelheit: »Nein!«, rief sie. »Lass das Licht aus!« Aber da hatten meine Finger schon auf den Schalter gedrückt.

Im hellen Zimmer stand Judith: Ein Bein in ihrer Pyjamahose, war sie mitten in der Bewegung erstarrt. Sonst trug sie fast nichts. Wir sahen uns in die Augen wie zwei Kaninchen im Wald bei einer Atomexplosion. Bevor mich das Entsetzen packen konnte, wandte ich mich blitzschnell um und floh in den Flur.

Die Zimmertür hinter mir schwang zu und fiel klickend ins Schloss. Das Licht dahinter wurde wieder ausgemacht. Dann war es still. Nur das Pochen meines Herzens und das Brennen meines Gesichtes waren spürbar.

»Tut mir leid!«, rief ich leise durch die Tür.

War das eben wahr gewesen?, fragte ich mich. Ich spürte, wie winzige Schweißtropfen aus meinen Poren drängten. Sie entzündeten sich am Sauerstoff der Luft und brannten prickelnd auf meiner Haut ab. Ich verbarg den Kopf in den Händen.

Ich wollte nach oben gehen, aber ich hatte immer noch meine Kleider an. Also schlüpfte ich aus meiner Hose, da hörte ich plötzlich die Spülung in der Toilette gehen – und Schritte.

Nicht das auch noch!, dachte ich und rannte blitzschnell die Holztreppe zum Dachboden hinauf. Von den hageren Volkstänzer-Eltern wollte ich nicht ohne Hose vor Judiths Zimmer erwischt werden. Oben erst, vor der Bodentür, eingeklemmt zwischen Spinnennetzen und vergilbten Kartons, fand ich einen Winkel, in dem ich mich endlich hastig umziehen konnte. Dann öffnete ich die Dachbodentür und schlüpfte so schnell wie möglich in meinen Schlafsack. Die Mädchen wuselten und kicherten, mein Herz schlug viel zu laut, und ich konnte es einfach nicht leiser drehen.

Als ich Judith die Leiter hochsteigen hörte, stellte ich mich schnell tot.

Ihr Tuscheln mit den anderen Mädchen trieb mich in eine unruhige, peinliche Nacht. Ich tauchte aus den immer wiederkehrenden Variationen eines einzigen Traumbildes hervor. Wie spät es wohl war? Die Mädchen schliefen tief. Aber mich hatte etwas geweckt. Der Traum, das Bild, das mir immer wieder in den Augen gebrannt hatte.

Judith, wie sie vorhin vor mir gestanden war. Sie richtet sich auf und steht so einfach da. Und ich kann sie einen Moment lang ganz betrachten. Mein Auge stellt scharf, mein Herz drückt ab, und dieser Moment wird für immer in mir gespeichert.

Die weiße Frau

»Wie war der Geburtstag?«, fragt mich meine Mutter beim Mittagessen vor allen anderen.

»Es ging«, antworte ich knapp und schiebe mir schnell eine Gabel Reis in den Mund.

»War es nicht schön?«, flötet sie. Ich mache nur ein undefinierbares Geräusch.

»Weil du kein richtiges Geschenk dabei gehabt hast!«, wirft sie mir vor.

»Und waren noch andere Jungen da?«, fragt sie weiter.

Ich schweige.

»Hast du dich wenigstens mit dieser … diesem Mädchen gut verstanden?«, bohrt sie weiter.

»Sie heißt Judith«, sagt Kai und blitzt mich an.

Ich antworte immer noch nicht, aber da sieht mein Vater auf. Er hört auf zu essen und verzieht das Gesicht.

»Möchtest du deiner Mutter nicht antworten?«, fragt er ärgerlich.

Aber ich antworte nicht. Ich renne in mein Zimmer hinauf, immer zwei Stufen auf einmal nehmend. Oben sperre ich die Tür ab, packe meine Büchertasche und schmeiße ihren Inhalt auf den Boden. Egal, ob irgendwas kaputtgeht. Ich wühle darin herum, bis ich den gefalteten Zettel gefunden habe. Ich zerreiße ihn in tausend kleine Fetzen.

Die ganze Zeit zermartere ich mir das Hirn, wie die beiden es herausgefunden haben. Das mit Judith.

Ich bin so wütend auf Kai, dass ich ihm eigentlich ab jetzt aus dem Weg gehen will. Tagsüber und im Haus klappt das auch meistens. Aber abends nicht. Da zieht mich irgendetwas zu den beiden in den Keller.

Ich werfe meine Hefte zornig vom Schreibtisch. Ganz unten liegt ein verknicktes Blatt, darauf sind in fast unleserlicher Handschrift Worte untereinander geschrieben. Es ist ein Gedicht über Judith.

Meine Eltern sind im Wohnzimmer. Ich schleiche an der Tür vorbei und gehe in die Küche, ohne das Licht anzumachen. Mit leisem Klirren öffne ich die Kühlschranktür. Ich nehme zwei Bierflaschen heraus und steige mit ihnen die Treppe hinunter.

Ich bin leise, weil ich hören will, was Torsten und Kai machen, ehe es zu spät ist, wieder umzudrehen. In den Winkeln warten Gestalten auf mich. Ein Spion mit dunkler Kleidung springt hervor und packt mich am Kragen. Mit einer einzigen Bewegung schubse ich ihn weg. Er knallt hart gegen den bröckeligen Putz.

»Hast du keine Lust zu spielen?«, fragt er mich enttäuscht.

Ich schüttle den Kopf und denke nur: Heute nicht.

Der dunkle Gang liegt vor mir. Die Tür an seinem Ende wird von einem Lichtschein eingerahmt, als strahlte sie. Dahinter höre ich Kai und Torsten.

Im Gang ist etwas anders. Bevor ich sie sehe, spüre ich, dass sie heute wieder da ist. In der gewohnten Ecke steht eine Frau. Ihr Blick trifft mich.

»Dich habe ich ja schon lange nicht mehr gesehen«, flüstere ich kalt.

»Ich muss mit dir reden!«, sagt die weiße Frau. Sie imitiert den Tonfall meiner Mutter bei dem Satz. Das macht sie absichtlich. Dann lacht sie und schüttelt ihre langen, glatten Haare. Ich wende mich angewidert ab.

»Aber ich kann dich trösten«, flötet sie.

»Du kriegst nichts von mir heute! Verpiss dich!«, rufe ich leise. Aber sie lächelt nur. Steht da und lässt sich betrachten, zeigt mir ihren Körper, lässt hindurchschimmern, was sich unter dem Stoff abzeichnet. Ein mieser Trick mit Licht und Glitzern.

»Heut Nacht, wenn du das Licht ausmachst, komm ich in dein Zimmer. Dann hole ich mir, was ich haben will«, flüstert sie mir zu und blitzt mich böse an. Ich wende mich ab, stoße die Kellertür mit dem Fuß auf, und bin bei Kai und Torsten, stehe mitten im Rauch, im Dunst, in der Wärme, im Wasserfall ihres leisen Lachens. Kai nickt mir zu.

Mein ältester Bruder winkt mich freundlich zu sich.

»Geil, du hast Bier dabei!«, freut er sich.

Kai macht für mich Platz auf dem Sofa. Während ich mich hinsetze und ihnen die Flaschen öffne, führen die beiden ihre Unterhaltung fort, als wäre ich gar nicht da. Die Namen Esther und Tanja fallen. Kai ist unruhig, wippt immer mit den Beinen auf und ab. Manchmal bricht ein Grinsen aus ihm heraus, dann guckt er wieder düster.

»Wenn man nur ihre Nummer kriegen könnte!«, meint Torsten.

»Ich weiß nicht mal ihren Nachnamen«, sagt Kai.

»Wen meint ihr?«, breche ich zum ersten Mal nach Minuten mein Schweigen.

»Es geht um eine Tussi, die er gesehen hat«, vertraut mir Torsten an. Kai guckt ihn böse an. Dann grummelt er vor sich hin, bis er plötzlich aufsieht und mich anschnauzt: »Und da will ich mich nicht so dämlich anstellen wie du an dem Geburtstag!«

Es trifft mich sehr, was er sagt. Ich hätte ihm nie ein Wort davon erzählen sollen. Jetzt weiß ich nicht mehr, wo ich hinsehen soll. Mein Gesicht wird heiß. Torsten springt ein: »Das war ja wohl nicht allein seine Schuld. Wie blöd kann man denn sein, ein Junge und sonst nur Mädchen.« Er knufft mich an der Schulter.

»Habt ihr an dem Abend irgendwas miteinander gesprochen?«, fragt mich Kai nun versöhnlicher. Aber ich antworte nicht.

Torsten schüttelt den Kopf und erklärt: »Das ist nicht so schlimm!«

»Echt«, bekräftigt Kai. »Das ist ’n Scheißdreck schlimm. Mach dich nicht fertig. Das ist eher lustig.«

Ich aber schlucke nur und starre düster vor mich hin.

»Da!« Kai drückt mir seine Bierflasche in die Hand. »Es zählt nur eins«, sagt er und guckt mir in die Augen, »was du tust. Nichts sonst.«

In der Nacht kam die weiße Frau zu mir. Sie schob die Tür auf, ein Lichtschein fiel in mein Zimmer. Ihr Tritt war so leise, dass nicht mal ich sie hörte. Ich spürte sie aber. Es war, als würde sie ihren geisterleichten Fuß auf meinen Nacken stellen. Die Haare stellten sich auf, und ein Schauer überlief mich.

»Ich habe es dir gesagt«, flüsterte sie liebevoll.

»Heute nicht!«, bat ich.

Aber da war sie schon bei mir. Sie streckte ihren Arm aus, ließ ihn immer länger werden und schloss damit die Tür.

Wenn man sein Leben lang einsam ist, dann entwickelt man ein Anderssein, ein verstecktes. Die Haut, der Körper ist zu groß für die dünne Seele. Die Seele wohnt nur ganz zurückgezogen und hinten. Weil sie die Welt nicht berühren will. Dazu ist die Haut da, die fremd gewordene. Aber was macht man mit dem frei gewordenen Raum? Damit man für die anderen prall und normal aussieht, stopft man sich voll. Wie man einen schlaffen Leinensack mit alten Socken und benutzter Unterwäsche vollstopft. Ich stopfte mich voll mit Tagträumen, mit dem Abfall von Worten, die andere fallen ließen. Ich stopfte mich voll mit Glauben und Aberglauben. Mit dünnen Fruchtblasen voller Angst. Nachts platzten sie oft, und ich konnte nicht schlafen.

Obwohl ich wusste, dass es Blödsinn war, musste ich oft an das *Animarium* denken und was meine Brüder mir daraus vorgelesen hatten. »Wenn du vor dem Schlafengehen die Tür schließt und ein Geist ist schon im Zimmer, hat er dich die Nacht über. Das ist es auch, was die Geister versuchen. Sie machen es so: Wenn du schläfst, schlüpfen sie in deinen Körper und können dich benutzen.«

Das glaubte ich zwar nicht, aber es fühlte sich trotzdem richtig an. Denn immer, wenn mich nachts die Lust übermannte und ich mich selbst befriedigte, fühlte ich mich, als sei das nicht ich. Endlich wusste ich, warum ich nicht stark genug war zu widerstehen: Die Geister wichsten mit meinem Körper und lachten spöttisch.

Als wir fertig waren, ging die weiße Frau. Sie stand auf und wischte sich meinen Samen von ihrem Busen. Dann lächelte sie mich an und verschwand.

Ich habe dich reingelegt, dachte ich und lachte in mich hinein.

Denn während jener Minuten hatte nur ein Bild vor meinen Augen gestanden: Judith. Judith, wie sie ertappt in ihrem Zimmer stand, erstarrt für einen ewigen Moment, ein glasklares Foto, entwickelt in großen Becken in mir voller Adrenalin und Erregung.

Das Angebot

Nach der Geburtstagsfeier wechselten Judith und ich lange Zeit kein Wort mehr miteinander. Wenn meine Blicke verloren auf ihr hängen blieben, schrak ich auf, schüttelte mich und konzentrierte mich wieder auf die langweiligen, spröden Dinge, die auf dem Tisch vor mir lagen und unbedingt mein Leben ausmachen wollten.

Ich habe keine Erinnerung an diese eine Schulstunde und weiß auch nichts mehr von dem, was ich hätte lernen sollen. Nur an eines erinnere ich mich ganz genau:

Judiths Geodreieck fällt auf den Boden. Ich bin schneller als sie und hebe es auf. Als ich es ihr reiche, lächelt sie und fragt mich geschäftig: »Ich brauche jemanden, der mit mir Tanzkurs macht. Hast du Lust?«

Ich zögere, dann sage ich: »Nein.«

In meinen Tagträumen tanzte ich drei Jahre lang mit ihr durch mein Leben.

Der Schrecken

Es zählt nur, was du tust, hat Kai gesagt. Das finde ich richtig. Es ist Abend, ich weiß nicht viel mit mir anzufangen. Weil ich keine Lust habe, mit den Eltern fernzusehen, bummele ich wieder in den Keller hinunter.

Torsten fläzt auf dem wackeligen Sessel, kratzt sich am Kopf und tut sonst nichts. Kai sitzt im Dunkeln, murmelt vor sich hin und wühlt in einer großen Ledertasche, die vor ihm auf dem Boden steht.

»Was macht ihr?«, frage ich und lasse mich neben Torsten in die Polster fallen.

»Nichts«, antwortet mein großer Bruder.

Ich schweige eine Weile. Dann frage ich:

»Könntest du mich vielleicht wohin fahren?«

Torsten sieht auf.

»Was, wohin denn?«, fragt er erstaunt.

Ich antworte nicht gleich, sondern blicke zu Kai. Der hat seinen Kopf aber immer noch in der Tasche und lässt sich nicht stören. Torsten sieht mich fragend an. Ich lege meinen Finger auf die Lippen und nicke zu unserem Bruder hinüber.

»Ach so, verstehe schon«, murmelt Torsten.

»Muss das sofort sein?«, fragt er noch leise.

Ich nicke. Torsten steht auf, streckt sich und verlässt das Zimmer. Kai sieht auf: »Wohin geht ihr?«, fragt er.

Da ist Torsten aber schon im dunklen Flur verschwunden. Kai sieht mich fragend an.

»Keine Ahnung«, nuschele ich nur, stehe ebenfalls auf und folge meinem großen Bruder.

»He, was macht ihr? Mir ist langweilig«, höre ich Kai noch sagen.

Ich gehe nach oben und hole meine Jacke. Das Licht lasse ich aus, die Dämmerung gibt mir das Gefühl, etwas Heimliches zu tun, und das finde ich aufregend. Ich zögere, dann knie ich mich noch mal auf den Boden und greife in meinen Papierkorb. Ich sammle die vielen kleinen Fetzen heraus und lasse sie durch meine Finger rieseln.

»Hey!«, höre ich da auf einmal Torstens leisen Ruf durchs Treppenhaus schallen.

Als ich hinunterkomme, steht er da, hat sich an die Tür gelehnt und sieht mich skeptisch an.

»Also, kannst du mir jetzt sagen, wohin es geht?«, will er wissen. Ich schweige. »Zur Videothek?«

Als ich immer noch nicht antworte, seufzt er, gibt den Weg frei und meint: »Hauptsache, du weißt, wohin.«

Wir treten zum Wagen und öffnen die Türen – da hockt Kai auf dem Beifahrersitz. Er hat die große Ledertasche auf dem Schoß, stützt sich bequem darauf und grinst uns an.

»Ihr wolltet doch nicht ohne mich los, oder?«, fragt er, schlägt seine Tür wieder zu und bedeutet uns mit einem Nicken einzusteigen.

Aber ich stehe da und verschränke die Arme.

»Wir wollten das alleine machen«, sage ich trotzig.

»Hab ich gemerkt«, lacht mich Kai an, »aber ich finde es super, mich dabei zu haben.«

Torsten zuckt die Schultern, ich schüttle unwillig den Kopf und steige schließlich ins Auto.

»Wohin geht denn die Reise?«, fragt Kai und trommelt fröhlich mit den Fingern auf das Armaturenbrett. Torsten deutet nach hinten: »Musst unseren Kleinen fragen!«

Aber ich sage nichts. Nur, wo es langgeht und wo wir abbiegen müssen. Als wir das Dorf verlassen und auf die Landstraße kommen, reicht mir Kai sein Bier und lässt es mich austrinken. Ab und zu macht er einen Witz, aber mir ist nicht nach Lachen.

Torsten nimmt die Auffahrt auf die Autobahn und drückt immer mehr aufs Gas. Während ein farbloses Gemisch aus Sträuchern, Bäumen, Häusern und Autos an uns vorüberfliegt, fange ich wieder an, von Judith zu träumen.

»Ich brauche jemanden, der mit mir Tanzkurs macht. Hast du Lust?«

Auf einmal erscheint mir mein Nein noch absurder.

»He!«, reißt mich Torsten aus meinen Träumen. »Wo geht's lang?« Ich schrecke hoch. »Fahr hier ab«, weise ich ihn gerade noch rechtzeitig an. Wir werden langsamer, als wir in einen Vorort kommen.

Die Häuser stehen in Reihen. Sie sind gepflegt, vorne ist immer ein Grünstreifen, hinten ein Garten. Ziersträucher stehen an den Zäunen, in ihrem Schatten kleine Ziergegenstände aus Terrakotta. Ordentliche, gepflasterte Wege führen zu den Haustüren, an denen Kränze oder Sträuße hängen, viele mit farbigen Bändern daran. Fast nirgendwo brennt noch Licht.

Das Auto hält auf einem Parkplatz in einer Nebenstraße. Ich gehe die Reihe der Häuser entlang, meine Brüder folgen mir. Eines sieht aus wie das andere, ich erkenne nichts wieder, also trete ich zu den Klingelschildern, um die Namen zu lesen.

»Hier ist es!«, höre ich plötzlich jemanden leise rufen. Ich fahre auf. Es ist Kai. Er steht ein Haus weiter und deutet auf das Namensschild am Briefkasten. Ich sehe ihn überrascht an, dann gehe ich hin und entziffere die Buchstaben in der Dunkelheit. Es stimmt.

»Woher weißt du ihren Nachnamen?«, frage ich verwundert. Er zwinkert mir zu. Wieso weiß Kai, warum ich hier bin?

»Und jetzt? Willst du da jetzt klingeln?«, fragt er mich schließlich. Torsten tritt zu uns.

»Wohnt sie hier?«, fragt er. Kai nickt, dann verdrücken sich meine Brüder in die Dunkelheit und warten. Ich stehe unschlüssig auf dem Weg herum, ehe ich ihnen schnell folge.

»Woher wisst ihr, wo ich hinwollte?«, frage ich sie, kriege aber keine Erklärung, stattdessen Kai: »Wieso klingelst du nicht?«

Ich deute nur auf das dunkle Haus.

»Geh halt mal hinten rum«, rät Kai ungeduldig und drängt mich vorwärts. Also gehen wir weiter, an den Häusern entlang, bis wir einen schmalen Weg finden, der zu den Gärten dahinter führt.

»Das vierte oder fünfte Haus müsste es sein«, rechnet Kai.

Dann sind wir da. Ich steige über einen sehr niedrigen Zaun in einen gepflegten Garten hinter einem schlafenden Haus. Bis auf ein Fenster sind alle dunkel. Hinter der erleuchteten Scheibe sehe ich ein Gesicht. Es wirkt unendlich fern. Es ist Judith.

»Mann, hast du ein Glück«, sagt Kai.

Judith sitzt an ihrem Schreibtisch und hat den Kopf gesenkt. Sie sieht in ein Buch oder ein Heft. Ich zögere noch, aber da legen Kai und Torsten ihre Hände auf meine Schultern und schieben mich sanft über den Rasen vorwärts.

»Komm, los!« sagt Kai.

Ich vergesse die beiden. Ich blicke nach oben in sie hinein, in das weiße, blasse Gesicht. Meine Gedanken lassen einen Efeu wachsen, und ich klettere daran empor. Mit nervösen Knöcheln klopfe ich gegen das Glas, das Gesicht sieht auf, die blauen Augen durchleuchten mich, hell wie der Himmel. Das Fenster geht auf.

»Ich habe gedacht, ich schulde dir noch ein Ja«, höre ich mich flüstern.

Ich sehe sie lächeln. »Komm«, sagt sie und nimmt meine Hand, um mir hineinzuhelfen.

»Wirf ein Steinchen an ihr Fenster«, unterbricht Torsten meine Gedanken. Ich bücke mich und taste den Rasen ab. Es fühlt sich an, als sei das gar nicht ich, der das tut. Der Rasen ist perfekt getrimmt, es gibt keine Steinchen.

»Ich finde nichts«, jammere ich leise.

»Du kannst da hochklettern«, flüstert Kai.

»Da an dem Gitter«, ergänzt Torsten und zeigt zur Hauswand.

»Ich will nicht. Lasst mich!«, rufe ich.

Beide zischen mich an: Ich bin zu laut geworden.

Kai zündet sich eine Zigarette an. Er hält die Glut in der hohlen Hand versteckt. Nichts geschieht.

Auf einmal lassen sie mich stehen und gehen zum Haus. Ich sehe, wie sie herumalbern. Wie Torsten Kai eine Räuberleiter macht. Ich renne zu ihnen.

»Nein!«, rufe ich leise und kralle mich an ihren Kleidern fest. Torsten lacht, ohne ein Geräusch zu machen. Kai bedeutet mir, selbst hochzusteigen. Als ich zögere, schiebt er seinen Fuß in das Gitter und sieht mich vielsagend an. Ich schubse ihn weg und beginne, mich hochzuziehen, es geht ganz leicht.

»Wirf lieber doch ein Steinchen hoch!«, rät Torsten mir noch, aber dazu ist es jetzt zu spät.

Mein Herz klopft, und ich habe nur eins im Kopf. Judith. Das Ja, das ich ihr schulde, und noch etwas – jenes Bild von ihr in ihrem Zimmer beim Umziehen. Ich klettere weiter.

Meine Brüder stehen unten und schlagen leise lachend die Hände vors Gesicht. Sie wenden sich ab und schütteln übertrieben die Köpfe.

Ich sehe nur sie. Judith hebt den Blick, und ihre blauen Augen schauen ohne Ziel durch die Scheibe in die Dunkelheit. Ich schiebe mein Gesicht direkt vor ihres, und ihre Augen treffen mich fast wie ein Wasserstrahl.

»Nein!«, höre ich eine leise Warnung von unten.

Ich klopfe an.

Da verwandelt sich ihr Gesicht auf einmal. Sie beginnt zu brüllen und springt auf. Die Angst hat ihre Fingernägel in ihrer Haut und zieht sie so weit zurück, dass die Augen drohen, herauszufallen. Auf einmal kommt auch aus dem Rest des Hauses Lärm, die tiefen Rufe eines Mannes und die spitzen einer Frau. Sie rennen zu den Fenstern. Die Rollläden fallen ratternd und schief herab und erschrecken mich so, dass ich halb hinunterstürze. Ich renne über den Rasen, hinter meinen Brüdern her, springe über den Zaun und haste in den Wald, ohne zu denken, ohne anzuhalten.

Ich habe Judith zu Tode erschreckt, denke ich keuchend. Ich rase davon, hinter mir immer noch das Geräusch von Rollläden, die panisch heruntergelassen werden, immer noch hysterische Schreie. Irgendwo bleibe ich stehen, habe keine Ahnung mehr, wo ich bin, die Geräusche sind fort, erstickt vom Pochen in meiner Brust und meinem rasselnden Atem. Ich spüre einen schrecklichen Stich in der Seite. Wenn ich die Augen schließe, sind da Blitze, Spinnenbeine aus Licht, die über ein bleiches Gesicht zucken.

Meine Brüder finden mich, wie ich neben dem Auto in der Dunkelheit kauere. Sie stoßen sich an und lachen leise. Dann scheuchen sie mich ins Auto. Kai lässt den Wagen vom Parkplatz rollen, bevor er den Motor startet. Die Scheinwerfer schaltet er erst ein, als wir die Ortschaft verlassen haben und auf der Landstraße sind. Torsten guckt die ganze Zeit zurück, mich sieht er nicht an. Ich zittere.

Kai schlägt nach mir und lacht.

»Du Vollidiot!«

Das lebende Herz

Zu Hause tun sie mich in den Keller. »Damit dich die Polizei nicht findet!«, flüstern sie böse grinsend. Ich habe schreckliche Träume. Wir stehen wieder auf dem Rasen vor dem schlafenden Haus. Diesmal ist es aber nicht Judith, die da hinter dem Fenster sitzt, sondern es ist Robbies Witwe, die Fotze.

Kai steigt auf Torstens Schulter und winkt mich zu sich. Ich klettere an beiden hinauf und stehe schließlich ganz oben auf Kai. Ich lege meine Hände an die kalten Scheiben und blicke in ein dunkles Zimmer.

Darin sehe ich einen Mann. Er steht mit dem Rücken zu mir und redet mit jemandem, den ich nicht erkennen kann. Als er sich umdreht, schrecke ich zurück: Er hat ein tiefes Loch in der Brust. Da wird mir klar, das ist ein Mann, der sich das Herz selbst herausgerissen hat. Er hält es in den Händen, wo es glänzt und schlägt. Als er sich niederbeugt, erkenne ich, mit wem er gesprochen hat. Es ist eine winzige Frau, die auf der Tischplatte steht. Er hält ihr das Herz hin, und sie steigt hinein wie in ein Boot. Der Mann nimmt das Herz mit der Frau und setzt es in ein rundes Fischglas, wo sie rudern und herumfahren kann. Das gefällt mir, und ich denke: Ich bin der Mann, und Judith ist die winzige Frau.

Aber schon wird mir unbehaglich. Torsten macht schwankende Schritte zum nächsten Fenster hin, ich habe Angst, dass wir umfallen, und versuche, mich an den schmalen Fensterbrettern festzuklammern. Ich sehe auf und bin direkt vor dem erleuchteten Fenster.

»Klopf bei ihr an!«, befiehlt mir Torsten.

»Nein!«, flüstere ich voller Angst, denn ich weiß ja, was dann passiert.

»Du klopfst bei ihr an, oder wir rufen die Polizei!«, droht Kai. Robbies Witwe sieht auf. Ihre Augen sind unendlich traurig. Sie sieht wie durch mich hindurch in die Ferne.

»Klopf!«, befiehlt mir Kai, und Torsten bringt den Turm erneut ins Wanken. Ich habe schreckliche Angst. Aber ich hebe meine Hand und klopfe an die Scheibe. Der Turm schwankt immer stärker hin und her. Ich versuche verzweifelt, mich an der glatten Wand festzukrallen. Innen brüllt der Mann vor Wut wie ein Stier. Ich höre das spitze Kreischen der winzigen Frau und das Plätschern von Wasser. Das lebende Herz ist gekentert. Die Frau! Hoffentlich ertrinkt sie nicht, denke ich. Schließlich stürze ich. Ich falle in die Tiefe und schreie. Vom Schreien wache ich auf.

Ich liege im Keller, ein kleines Licht brennt. Ich horche auf. War da nicht ein Geräusch, ist da nicht schon die Polizei? Wie im Fieber falle ich wieder in unruhigen Schlaf. Diesmal träume ich, dass die Polizei da ist und mit meinen Eltern redet. Während sie noch an der Haustür stehen, suche ich wie wahnsinnig einen Ausweg: Wie komme ich hier weg? Da sind sie schon bei mir. Sie suchen einen Mörder. Die Polizisten zeigen mir ein Bild von dem Mädchen, das ermordet worden ist. Auf dem Bild sieht man Robbies Witwe, genau, wie ich sie gesehen habe. Sie sitzt in der Nacht hinter ihrem erleuchteten Fenster. Aber ihr Gesicht ist nicht weiß. Es ist grau geworden.

»Sie ist versteinert«, erklären mir die Polizisten.

Wackelige Schritte

»Ist alles in Ordnung?«, frage ich am nächsten Tag in den Telefonhörer.

»Natürlich ist alles in Ordnung! Was ist los mit dir?«, fragt meine Mutter barsch zurück.

»Nur so. Ob alles okay ist«, wiederhole ich zaghaft.

»Ja, es ist alles in Ordnung hier. Ist bei dir denn alles in Ordnung?«, fragt nun meine Mutter, ein kleines Misstrauen erwacht in ihrer Stimme.

»Ja, bei mir ist alles klar«, beeile ich mich zu sagen.

»Falls du fragen wolltest, ob du mir was aus dem Supermarkt mitbringen sollst, bring Milch mit«, trägt sie mir noch auf, bevor sie tschüss sagt und auflegt.

Als der Schulbus am Morgen unser Dorf verlassen hatte, war ihm ein Polizeiauto entgegengekommen. Ich hänge den Hörer wieder in die Gabel.

Die Sekretärin sieht mich seltsam an. »Was war das jetzt?«, fragt sie mich streng. Noch einmal halte ich das nicht aus. Ich starre sie kurz an, dann renne ich aus dem Zimmer, zurück in den Unterricht.

Judiths Platz ist leer. In der Pause drücke ich mich in der Nähe ihrer besten Freundin herum, aber ich traue mich nicht hinzugehen. Ich habe Angst, dass sie Bescheid weiß.

Als ich in den Bus nach Hause steige, begegne ich noch mal der Glucke. Neben ihr ist ein Platz frei. Sie bietet ihn mir an: »Judith ist heute krank«, erklärt sie.

Ich nicke, setze mich aber nicht neben sie. Als ich später aufsehe, bemerke ich, dass sie mich anstarrt.

Kai steht in der Tür zu meinem Zimmer. Er wirkt irgendwie unschlüssig. Als ob er etwas sagen wollte. Stattdessen schaut er nur düster von einer Zimmerecke in die andere.

»Was ist?«, frage ich ihn. Er knurrt nur.

Ich sitze an meinem Schreibtisch. Nach einer Weile blicke ich einfach wieder in mein Heft und tue so, als sei er nicht da.

»Was machst'n du?«, fragt er mich.

»Hausaufgaben«, sage ich nur. Er kommt ins Zimmer und sieht mir über die Schulter.

»Oh Gott, Funktionen!«, ruft er aus und lacht. »Die haben mir das Genick gebrochen.«

Dann passiert eine Weile nichts.

Wenn Kai da ist, ist es immer komisch. Ich kann nichts mehr sagen, und er sagt auch nichts.

Aber diesmal geht er nicht weg, er lässt sich auf mein Bett fallen.

»Setz dich auf die Tagesdecke!«, bitte ich ihn. Er zieht sie lustlos unter sein Hinterteil.

Dann sagt er etwas über mein Poster.

»Gibt's heute Abendessen?«, frage ich ihn, nur um irgendetwas zu sagen.

»Nee, keine Mutter«, lacht er.

»Hast du mit dieser Judith noch mal geredet?«, fragt er mich plötzlich. Seine Stimme klingt heiser.

Ich senke meinen Kopf noch tiefer in die Welt der bedeutsamen Striche und Pfeile. Eine Weile geschieht nichts.

»Also«, beginnt er mit entschlossener Stimme, »red mal mit ihr. Okay? Das machst du. Wenn du sie mal auf dem Schulhof triffst.« Er steht auf und will gehen.

»Halt!«, rufe ich. »Was soll ich ihr denn deiner Meinung nach sagen?«

»Nichts!«, ruft er. »Du erzählst ihr nichts von dem Abend. Aber du willst doch was von ihr?«

Ich antworte nicht.

»Oder?«

»Vielleicht schon«, nuschle ich.

»Du redest mit ihr, wenn du sie mal in Ruhe triffst. Und sei bloß nicht schüchtern oder so 'n Scheiß!«

»Und dann?«

»Dann regelt sich das schon von allein.« Damit geht er, gibt der Tür einen Schubs, und ich bin wieder allein.

Gleich als er reingekommen war, hatte ich gewusst, was er wollte. Ich war vorhin in den Keller gegangen und habe ihn mit Torsten streiten gehört. Über die Sache am Fenster. Wenn ich daran denke, fange ich an zu zittern.

Diese Funktionen, irgendwie muss ich das doch lösen können. Den Rest des Abends mache ich Hausaufgaben.

Am Abend steht meine Mutter im Zimmer. Noch mal fast dasselbe Gespräch. Nur ohne Inhalt.

»Warum hast du denn heute aus der Schule angerufen?«, fragt sie. »Antworte mir!«

Ich habe keine Ahnung, was ich sagen soll. Mir fällt einfach keine vernünftige Ausrede ein, eigentlich fällt mir gar nichts ein. Auch sie tritt hinter mich. Ihre Hand mit den roten Nägeln schiebt sich auf meine Schulter.

»Wenn du was angestellt hast, sag es uns. Mir oder Papa. Ja?«

Ich nicke.

»Versprichst du mir das?«

»Ja.«

»Es gibt für alles eine Lösung.« Mit diesen Worten geht sie.

Aber es gibt keine Lösung. Ich habe Angst einzuschlafen. Wenn ich mich hinlege und ruhig werde, fange ich an zu zittern. Von den Beinen aufwärts. Wenn das Zittern an meiner Brust angelangt ist, springe ich auf und greife nach einem Buch oder renne die Treppen hinunter zum Kühlschrank.

Meine Tagträume haben ihre Hauptperson verloren.

Der Bund

Der nächste Schultag ist auch nicht schöner. Und der übernächste auch nicht.

In der Pause zieht es mich in die Nähe der kleinen Mädchengruppe. Ich drücke mich da herum und versuche zu lauschen und habe gleichzeitig schreckliche Angst. Ich sehe Judiths Freundinnen miteinander flüstern. Dann bemerken sie mich. Ihre Blicke treffen mich. Sie wissen alles.

Wenn es während des Unterrichts klopft, fährt mir der Schreck in den ganzen Körper. Ich erwarte, dass die Polizei kommt, um mich abzuholen. Ich kann absolut nichts dagegen machen.

Sobald ich mit meinen Hausaufgaben fertig bin, zieht es mich wieder in den Keller. Eine Weile essen wir Chips und hängen nur so rum, bis Kai anfängt, Witze zu reißen.

»Dein einziger Fehler war, dass du nicht gewartet hast, bis sie sich ausgezogen hat«, sagt er.

Torsten lacht. »Das war dumm mit dem Fenster«, versucht er mich zu trösten, »die hat aus dem hellen Zimmer natürlich nichts durch die Scheibe gesehen.«

Kai wirft ein: »Nee, Quatsch, die hat dich gesehen. Deswegen hat sie ja so gekreischt!«

Ich lache nicht.

»Du musst es ab jetzt jeden Abend machen, dann gewöhnt sie sich dran«, versucht er es noch mal. Mir ist nicht zum Lachen. Aber irgendwie ist es gut, bei den beiden zu sein. Es tut gut, darüber zu reden.

»Lass ihn«, winkt Torsten ab. Zu mir sagt er: »So was passiert halt.«

Irgendwann fängt Kai aus heiterem Himmel wieder von seiner Flamme an.

»Wie komme ich denn nur an Tanjas Nummer?«, überlegt er.

»Das könnte schwierig werden«, zieht Torsten ihn auf, »ihre Clique ist ja nicht so gut auf dich zu sprechen.«

»Leider«, flüstert Kai nur düster.

Da bricht es aus mir heraus: »Kai!«, schreie ich, »ihr beide wisst doch wohl am allerbesten, wie man fremde Telefonnummern und Adressen herausfindet!«

»Beruhige dich«, sagt Torsten und hält mir die Chipstüte mit den letzten Krümeln hin.

»Nein!«, schreie ich. »Woher wisst ihr das mit Judith?«

Kai schweigt. Aber Torsten stupst ihn an. »Sag's ihm doch.«

»Also?«, rufe ich.

»Ich hab mich erkundigt«, gibt er zu. »Wollte eben wissen, was bei dir so geht. Weibertechnisch, meine ich.«

»Bei wem erkundigt?«, dränge ich.

»Zwei Typen aus deiner Klasse. Mit denen spiele ich manchmal Fußball. Die haben erzählt, dass du sie dauernd anstarrst.«

»Welche Typen?«, frage ich fassungslos, aber Kai antwortet nicht.

»Und woher wusstest du den Nachnamen?«

»Ich hab sogar die Telefonnummer!«, ruft Kai ungehalten. Er kramt in der großen Tasche, die die beiden immer hier stehen haben, und wirft einen dicken Schlüsselbund auf den Tisch. Es klirrt, die Chipstüte schwebt zu Boden.

»Der ist von deiner Schule. Hab ich mitgehen lassen, als sie mich rausgeworfen haben.«

Ich starre ihn entgeistert an.

»Ich weiß noch viel mehr über deine Judith. Ich kann dir alle Telefonnummern von allen Mädchen in deiner Klasse geben, wenn du willst. Musst mir nur die Namen sagen.«

Kai hat also einen Schlüssel geklaut. Er kann jede Tür in meiner Schule öffnen. Er kann ein- und ausgehen, wann immer er will. Er kann abends ins Lehrerzimmer schleichen und die Schubfächer öffnen, in denen die Klassenarbeiten, Adressen und Verweise liegen.

»Kai, du bist wirklich blöd«, sage ich, »wenn du es nicht mal mit dem Schlüssel da geschafft hast, durch die neunte Klasse zu kommen.«

»Da hatte er ihn noch nicht«, bemerkt Torsten.

Kai schweigt beleidigt. Dann zuckt er mit den Schultern.

»Findest du es nicht geil, dass wir den Schlüssel haben?«, fragt er mich.

Die beiden sehen mich erwartungsvoll an. Ich stehe auf. Meine Worte sind ganz klar, weil ich so wütend bin: »Ihr hört mir jetzt zu«, verlange ich. »Ihr schwört jetzt beide, dass ihr über diese Sache am Fenster nie –, aber auch niemals ein Wort zu einer Menschenseele sagt! Ist das klar?«

Torsten und Kai sehen sich an. Dann blicken sie zu mir.

»Das ist klar«, meint Torsten. Kai nickt. Ich halte ihnen meine Hand hin. Sie legen ihre Hände darauf.

»Wir schwören«, sagen beide feierlich.

Hühnerhof

Die Schule ist wie ein Spießrutenlauf für mich. Inzwischen ist mir ganz klar: Sie hat mein Gesicht gesehen! Sie muss mich erkannt haben, ich war direkt vor der Glasscheibe! Aber die Polizei kommt nicht. Sie lassen sich Zeit. Aus irgendeinem Grund.

Als es klopft, ist es der Direktor. Er bittet unseren Mathelehrer kurz zu sich auf den Flur. Der legt mürrisch seine Kreide weg und sieht uns drohend an.

»Ihr löst die Aufgabe, und ich will keinen Mucks hören!«, weist er uns knapp an, bevor er das Zimmer verlässt. Leise schließt der Direktor die Tür.

Vor meinen Augen verschwimmen die Zahlen. Ich muss die Aufgabe lösen! Ich brauche ein Ergebnis. Es ist ein Bruch. Über dem Strich sind eine Acht und ein x. Darunter Zahlen und Buchstaben. Wenn ich die Acht umkippe, sieht sie aus wie ein Augenpaar. Der Strich ist das Fensterbrett. Die Zahlen darunter sind Torsten, Kai und ich. Ganz klar.

»Bist du schon fertig? Was machst du da?«, flüstert mir jemand ins Ohr.

»Lass mich!«

Ich bin laut geworden, schnell lege ich meinen Arm auf das Heft und schirme meine Gleichung ab.

Das x ist, was ich nicht weiß: Warum ist Judith heute wieder nicht in der Schule?

Die Tür schwingt auf.

»So!«, ruft der Lehrer uns zur Ordnung. Die ganze Klasse verstummt sofort. Es ist so leise, dass man das zaghafte Kritzeln der Füllerspitzen auf dem Papier vernimmt.

Schritte, dann das Klicken und Streichen der Kreide auf der Tafel. Den Blick des Lehrers auf uns spüren wir, ohne aufsehen zu müssen. Hier tut keiner einen Atemzug zu viel. Mister Seelentod ist niemand, bei dem man gerne auffällt.

»Georg?«, höre ich seine Stimme. Das fährt mir wie ein rostiger Bratspieß in die Speiseröhre. Ich erstarre.

»Ich weiß es! Ich weiß es!«, gackert es auf einmal hinter mir. Die Glucke springt ein. Das tut sie gerne. Sie ist einfach die Beste.

»Georg?«, fragt er erneut. Diesmal noch drängender.

»Ich weiß es nicht!«, gebe ich kläglich zu.

»Aber ich weiß es! Ich weiß es!«, ruft die Glucke und unterstützt ihren winkenden Finger mit einem Hecheln, weil der Lehrer sie ja vielleicht nicht gesehen hat. Sie sitzt aber genau hinter mir. Mir geht es ein wenig besser. Denn während ich aufstehe, schiebt mir mein Nachbar unauffällig sein Heft hin. – Darin steht die Lösung. Er hat sie für mich unterstrichen. Die schnelle Zusammenarbeit funktioniert reibungslos, und ich trete an die Tafel.

»Ich weiß es doch!«, versickert die Glucke enttäuscht und kraftlos wieder hinter ihrem Tisch.

Er hat sie einfach ignoriert. Er hasst sie, denke ich zufrieden und mache mich ans Rechnen.

»Stimmt das?«, ruft der Lehrer danach in den Raum. Niemand meldet sich. Weil sie sich nicht sicher sind. Außer der Glucke, aber die schweigt beleidigt.

Ich sehe es an ihrem betont gleichgültigen Gesicht: Macht mir doch nichts aus. Ich grinse.

»Es stimmt«, erlöst uns der Lehrer und schickt mich mit einem energischen Klaps zurück auf meinen Platz.

»Gut, Mike«, lobt er meinen Sitznachbarn mit vor Sarkasmus triefender Stimme. Den kann man nicht bescheißen, denke ich.

Der Gong löst ein wirres Durcheinander von Rufen, Geraschel und Tritten aus, Stühle werden hin- und hergeschoben, Leute werden angerempelt, Taschen geschultert, es wird gestöhnt und geseufzt.

Im Pausenhof rasen Fünftklässler um die kleinen Gruppen der Älteren herum, rempeln sich an oder halten sich gegenseitig an den Jacken fest.

Es dauert eine Weile, bis ich die Glucke ausgemacht habe. Ihr Kopf ragt aus einer Dreierrunde heraus, sie hält ein Mädchen betulich an den Händen: »Kann man auch anders machen … kommt man auf die gleiche Lösung … will er ja nicht … Na ja, auch Rücksicht auf die Schwächeren …«, höre ich sie erklären.

Ich spiele mich hin. Hier ein Schritt, da eine Drehung, bis ich bei ihnen stehe.

Ohne Judith in der Gruppe fällt es mir leichter, mich in das Gespräch einzuklinken. Ich muss mich einfach nur dazustellen und so tun, als würde ich unheimlich gerne mitdiskutieren. Den Rest macht die Glucke.

»Mhm … mhm«, stimme ich ihr zu und nicke pausenlos.

»Was hat er uns jetzt noch mal alles aufgegeben?«, erkundige ich mich.

Sofort reden alle Mädchen auf mich ein. Sie werfen mit Seitenzahlen und Nummern um sich, beschweren sich über die Hausaufgaben aus den anderen Fächern und teilen mir gleichzeitig mit, was sie von jedem einzelnen Lehrer halten.

»Warum ist Judith eigentlich nicht in der Schule?«, frage ich plötzlich.

»Die ist krank«, sagt die Glucke leichthin. Aber ihre Miene spricht Bände: Es gibt noch mehr dazu zu sagen – aber du bist der Letzte, der davon erfährt.

»Gibst du ihr immer die Hausaufgaben?«, frage ich stockend, um schnell von meinem verräterischen Interesse abzulenken.

Die Glucke antwortet schnippisch: »Natürlich.«

Als die Pause zu Ende ist und wir die Treppen in den Biologiesaal hochsteigen, halte ich mich immer neben ihr.

»Kannst du mir vielleicht mal die Nummer von Judith geben«, frage ich so normal wie möglich und setze schnell hinzu: »Nur weil sie ja krank ist und ich … mal fragen wollte, wie es ihr geht.«

Wir sind auf dem Treppenabsatz angelangt. Die Glucke bleibt stehen und sieht mich misstrauisch an.

»Nein«, sagt sie von oben herab. »Dir? Das kann ich nicht machen. Da müsste ich sie erst fragen.«

Damit dreht sie sich um und stolziert zu ihrem Platz in der ersten Reihe.

Zu Hause angekommen muss ich immer wieder an ihre Antwort denken. Der Satz schwirrt wie ein Echo durch meinen Kopf. *Nein, ich kann dir die Nummer nicht geben.* Oder war es doch: *Nein, DIR kann ich die Nummer nicht geben?*

Der See

»Wo hast du diese Tanja denn kennengelernt?«, fragte ich Kai. Ich hätte ihn nicht angesprochen, wenn er nicht so gut gelaunt und zufrieden ausgesehen hätte.

Weil niemand da war, der ihn zurechtweisen konnte, kam er in voller Montur in die Küche gesprungen. An seinen Fußballschuhen klebte Gras. Schon war er am Kühlschrank, nahm wahllos alles Mögliche heraus und warf es von da, wo er stand, auf den Küchentisch. Käse und Wurstpackungen schlitterten bis an den Rand und blieben gerade noch so an der Kante liegen. Er schob den Deckel vom Brotkorb und holte eine Tüte hervor. Die riss er auf, dann zerbrach er das Brot in vier Teile. Er tat das alles aber nicht in böser Absicht, so machte er es immer, wenn ihn keiner aufhielt oder schimpfte. Er lächelte und pfiff dabei und sah mich mit offenen und klaren Augen an.

Er schwang sein Bein über einen Stuhl und begann, einen Sandwichturm zu bauen. Alles, was da war, kam auf das Brot. Dann biss er hinein. Ich zog eine halb volle Colaflasche aus meiner Schultasche und stellte sie ihm hin. Bevor er runtergeschluckt hatte, trank er sie, warm und durchgeschüttelt, wie sie war. Mit vollem Mund begann er zu erzählen.

»Die war ganz als Letztes noch in der *Rockfabrik.* Und ich auch. Ich hab sie aus Zufall angesprochen.«

Die *Rockfabrik* war eine Dorfdisko in der Nähe. Ich war nur einmal dort gewesen mit Klassenkameraden, seitdem wollte ich nie wieder hin. Noch nie bin ich so wenig angesehen und beachtet worden. Alles ist voller Menschen, überall wartet die Leere. In den Ecken umarmt dich die Einsamkeit. Hier und da strahlt ein hübsches Gesicht auf, aber es ist unerreichbar. Eine Reklame fürs Leben, für das du irgendwie nicht die richtige Währung hast.

»Ich war scheiße drauf, weißt schon, warum«, erzählte Kai weiter. Ich wusste, was er meinte. Seinen Liebeskummer wegen Merle. Aber er hätte es nie so genannt. Er bemühte sich, die Dinge praktisch zu sehen. Es ging weniger um Liebe als um Verfügbarkeit. Den Eindruck erweckte er zumindest.

Torsten erzählte mir später einmal andeutungsweise, was zwischen Kai und Merle so abgegangen war. »Sie hat Kai gesehen und sich in eine Sache mit ihm hineingeschmissen, mit aller Kraft. Weil man bei Kai das Gefühl hat, es gibt keine Probleme«, meinte Torsten. »Wenn sie geheult hat oder mal wieder wahnsinnig geworden ist, hat er sie gepackt und an der Hand nach draußen gezogen, wo das Leben abging.«

Klang ziemlich positiv. So erlebte ich Kai eher selten.

»Was meinst du damit?«, fragte ich Torsten.

»Kai war der Typ, der sie über das brüchige Eis geführt hat, über den See mit dem Psychosenwasser, dem eiskalten, in das sie nicht wieder hineinfallen wollte«, sagte er. Ich verstand schon irgendwie, was er damit meinte.

»Waren sie richtig verliebt?«, wollte ich wissen. Aber Torsten ging nicht darauf ein, sondern erzählte seine Geschichte weiter.

»Sie hat ihn zu früh abgeschossen. Jetzt liegt sie drin. Am Ufer ist sie eingebrochen, und er hat sie liegen lassen. Während sie dalag, ist ein Teil von ihr abgefroren. Sie ist am Arsch. Die kriegt keiner mehr hin.«

Er machte eine Pause.

»Seit Robbies Tod war Merle die Aussätzige in ihrem Dorf«, berichtete Torsten dann weiter. »Es war, als ginge sie immer mit seiner verbrannten Leiche spazieren. Beim Bäcker, im Laden, in der Kirche.

Sie trug seine unappetitlichen Reste mit sich herum oder hielt sie an der Hand. Zumindest sahen sie alle so an, als wäre es so.«

»Und dann hat sie Kai verlassen?«, fragte ich nach.

»Ja, die Scheißkuh«, rief Torsten. »Der hat sich Tag und Nacht um sie gekümmert. Jede zweite Nacht hat sie ihn angerufen und gesagt, sie bringt sich um. Dann hat er sein Fahrrad genommen oder sich das Auto geklaut und ist den ganzen Weg zu ihr gefahren. Sie musste nur Piep sagen. Und dann hat sie Tschüss gesagt.«

»Aber warum?«, fragte ich.

»Marco war so eifersüchtig. Da hat Kai zu ihr gesagt: Ihr beide seid doch nicht ganz normal, so wie ihr zusammenhängt. Da hat sie Schluss gemacht.«

Kai pulte sich einen Grasklumpen aus den Schuhen und warf ihn auf den Tisch zwischen die Essenssachen.

»Das Einzige, was mich richtig fertigmacht«, sagte er, »sind ihre Titten! Verstehst du, Kleiner?«

Ich sah ihn verständnislos an.

»Ihre Titten!«, rief er. »Ich muss immer noch ständig an sie denken. Ich werd' die nicht los, kapierst du das? Und deswegen brauch ich jetzt 'ne Neue, sonst krieg ich schlechte Laune. Ja? Hast du noch Cola?«

Ich schüttelte den Kopf, beugte mich aber trotzdem über meine Tasche und kramte darin herum, weil es irgendwie so komisch war, nur Nein zu sagen oder den Kopf zu schütteln. Ich fand zum Glück Schokolade in einem Fach und bot sie ihm an. Er steckte sie sich in den Mund. »Danke«, sagt er.

»Und du hast diese Tanja einfach angesprochen? Was hast du gesagt?«

Er kreiste mit den Schultern und stöhnte: »Boa, was hab ich gesagt, keine Ahnung. Ich hab den ganzen Abend die Mädchen angestarrt, aber es hat sich nichts ergeben, und dann stand die eben am Ende da, und ich hab was gesagt wie – keine Ahnung, ich glaub, ich hab ihr einen Stuhl unter den Arsch geschoben. Dann kommt man ganz natürlich ins Gespräch.«

»Und dann?« Ich wollte unbedingt wissen, wie man so etwas

macht. Ich wollte wissen, ob Kai auch Probleme damit hatte, mit Mädchen zu reden.

»Man hat immer Probleme, mit Mädchen zu reden!«, rief er. »Na klar. Außer es ist einem egal, dann geht es leicht. Oder man hat eine am Start, dann ist es einem aber auch egal!«

Ich nickte. Das war alles so aufschlussreich für mich. Vor allem, weil Kai es sagte. Kai, der sich alles traute.

»Wie sieht sie aus?«, fragte ich ihn neugierig.

»Wie dreizehn«, sagte er. »Ist sie aber nicht. Ich weiß, dass sie in Merles Clique war. Aber jetzt gibt's keine Merles Clique mehr. Zumindest für mich nicht.«

Damit war für Kai das Gespräch beendet. Er stand auf, schob einige der Aufschnittpackungen zusammen und trug sie in einem Haufen zum Kühlschrank.

»Scheiße. Mach mal auf!«, rief er. Ich sprang hin und öffnete ihm die Tür. Als er alles in das Fach schieben wollte, fiel das ganze Zeug runter auf den Boden.

»Scheiße!«, rief er noch mal. »Du bist schuld. Mach du das!«, schnauzte er mich an.

»He, Kai!«, sagte ich, als er schon fast aus der Küche draußen war.

»Was?«

»Gibst du mir die Nummer von Judith?«

Er sah mich kurz an, dann fing er an zu grinsen.

»Klar!«, sagte er, drehte sich um und ging.

Eine außergewöhnliche Begegnung

Der ganze Aufschnitt war in Folie verpackt, aber Kai hatte alles zerrissen. Was ich hochhob, fiel mir in den Händen auseinander und auf den Boden zurück. Zwischen dem Dreck von Kais Schuhen fischte ich den zusammengeklebten Käse und die Wurstscheiben wieder heraus. Während ich noch dakniete, trat ein Schatten in die Türöffnung.

»Warte, ich hol schnell was zum Schreiben!«, sagte ich und stand auf. Ein Schreck fuhr mir in den Magen. Denn da stand überhaupt niemand. Aber ich hatte ganz deutlich gemerkt, wie sich das Licht im Türrahmen verdunkelt hatte. Unbehaglich sah ich mich um. Graues Licht begann sich in Winkeln und Ecken zu sammeln. Ich ging rückwärts und tastete nach meiner Pistole. Sie hing wie immer unsichtbar an meiner Seite. Ich zog sie und wartete.

Es gibt noch einen Trick: Man fängt an, mit jemandem zu reden. Man spricht wie zum großen Bruder oder zu einem kräftigen Freund. Oder einer ganzen Gruppe. Manchmal klappt das, und die Angst kriegt selber Angst.

Mir blieben die Worte im Hals stecken, als ich etwas hörte. Eine kratzige Stimme, die aus dem Flur kam: »Komm her, ich trag dich.«

Ich verstand das nicht. Die Worte passten nicht zum Tonfall.

»Torsten!«, schrie ich.

»Torsten!«, schrie es und stand plötzlich in der Tür. Es war ein Polizist.

»Torsten!«, rief ich wieder.

»Torsten!«, schrie es noch einmal. Eine zweite Gestalt schwang in den Türrahmen. Ebenfalls ein Polizist.

Von draußen wischte ein blaues Flackern wieder und wieder über mein Gesicht. Die Polizisten schoben die Mützen hoch. Sie wollten mir zeigen, dass sie nicht gekommen waren, um Fragen zu stellen. Sie wollten mir zeigen, wer sie waren, ehe es losging. Ihre Gesichter waren grün. Hätte ich nicht solche Angst gehabt, hätte ich aufgelacht.

»Ihr braucht keine grünen Gesichter zu haben!«, sagte ich voller Abscheu. »Ich check' schon, wer ihr seid.«

Wenn sie schießen, ist es nicht so schlimm. Das Getroffenwerden ist wie im Traum. Es wirkt so unausweichlich, so schrecklich endgültig, aber es ist nicht echt. Schlimmer ist es, wenn sie versuchen, einen zu berühren. Die beiden rannten auf mich zu. Ich zog die Waffe und schoss. Einer wich aus, der andere machte zwei Schritte zurück. Eine

Silhouette schob sich vor das Fenster. Ich erhaschte einen Blick auf ein weiteres grünes Gesicht. Der draußen hob seinen langen Arm und wedelte mit einem Haftbefehl vor der Scheibe herum. Die Panik ist wie eine Kapuze, die dir von hinten übergestülpt wird. Gleichzeitig dachte ein Teil von mir kopfschüttelnd über diese dämlichen Geister nach. Wie billig sie aussahen, als wäre ich ein Idiot – ich! Mir stellen sich doch schon die Nackenhaare auf, lange bevor ich sie sehe. Sie kommen mit Sachen wie einem Haftbefehl – das gibt es doch gar nicht in der Geisterwelt. Ja, genau das dachte ich. Sachen wie Haftbefehle – glaubten die ernsthaft, ich würde das nicht durchschauen? Vielleicht lag es daran, dass es Polizistengeister waren. Die Polizisten, die ich bis jetzt im wirklichen Leben kennengelernt hatte, hatten mich auch alle wie einen Idioten behandelt.

Wenn sie dich berühren, das ist das Schlimmste.

Ich hielt es nicht mehr aus, in meinem Kopf war gar nichts mehr, ich brach durch, sie griffen nach mir und ließen mich durch ihre fädigen Hände rennen, ich schoss und schoss und machte hilflos wie ein Kleinkind das Geräusch von Bomben nach, die explodierten, als würde das irgendetwas helfen. Oben riss ich meine Zimmertür auf, fiel fast auf den Boden und stieß die Tür mit dem Fuß zu. Hier war ich sicher. Ich atmete heftig und begann zu zittern.

»Hallo«, sagte eine dünne Stimme.

Ich schreie. Das Schreien muss so laut sein, dass es jede andere Empfindung in meinem Körper auslöscht. Dass ich nichts mehr höre, sehe, spüre und denke. Wenn ich ein Schrei bin, werde ich gleich vergangen sein.

»Heb mich hoch, bitte!«, sagt die dünne Stimme zu mir. Die Worte gehen direkt in mein Ohr, ohne den Umweg über die Luft zu nehmen.

Es ist die winzige Frau aus meinem Traum! Sie sitzt auf meinem Kopfkissen. Sie stützt sich nach hinten mit den Armen ab und sitzt da. Mit gespreizten Beinen. Sie hat eine Bluse an. Aber untenrum nichts.

»Du musst mich in die Hand nehmen!«, sagt sie.

Ich überlege, ob die Frau hier etwas mit meinem Polizistenproblem unten in der Küche zu tun hat. Immerhin macht sie mir keine Angst. Sie ist ein bisschen so wie meine Feinde im Keller. Mehr *von mir.*

»Du musst mich in die Hand nehmen«, fordert sie mich noch mal auf. Ich bin neugierig, wie sie sich anfühlt, also gehe ich hin und hebe sie vorsichtig hoch.

»Quetsch mich!«, sagt sie auf einmal.

»Was soll ich?« Ich bin nicht sicher, ob ich sie richtig verstanden habe. Sie wiederholt es. Ganz langsam und gleichmäßig beginne ich zuzudrücken. Sie stöhnt auf. Ich schließe meine Finger noch fester um den winzigen Leib. Jetzt schreit sie richtig. »Au!« Sie stöhnt leise unter Schmerzen. Ich drücke noch eine Weile, dann lasse ich sie gehen. Meine Hand springt auf, mein Kiefer fällt herunter.

»Was soll das?«, rufe ich bestürzt. Die kleine Gestalt fliegt auf mein Oberbett.

»Wirf mich noch mal!«, verlangt sie jetzt. Ich nehme sie hoch. Es geschieht etwas Schreckliches, während ich sie immer und immer wieder in die Hand nehme und auf das Bett fallen lasse. Immer heftiger schmeiße ich die winzige Frau in die Kissen. Ich fange an, sie so zu werfen, dass ihr die Bluse verrutscht und ich einen Blick darunter erhaschen kann. Mit der anderen Hand befriedige ich mich selbst. Ich schleudere sie so, dass ich zwischen ihre Beine schauen kann. Als es vorbei ist, sind die Arme und Beine der winzigen Frau abgeknickt. Sie kann nichts sagen vor Schmerzen. Ich packe sie, öffne das Fenster und werfe sie ganz weit hinaus. So weit weg, wie ich kann. Dann breche ich über meinem Bett zusammen und heule. Kann gar nicht mehr aufhören. Was war denn das?, denke ich, was war denn das?

Die Quälerei an der winzigen Frau macht mir sehr zu schaffen. Es ist so schlimm, dass ich überhaupt nur noch an die Dinge zu denken versuche, die wirklich passiert sind, und nicht mehr an die, die ich mir nur eingebildet habe.

Bis vor Kurzem war es mir fast immer möglich, die Geister – oder wie man das nennen will – zu lenken. Das klappte gut, außer bei der weißen Frau aus dem Keller. Die hatte eine Art Eigenleben, auch wenn mir das am Morgen immer vorkam wie ein weit entfernter Traum. Aber das hier? Das war ein regelrechter Überfall. Jetzt bin ich ein Fall für den Psychiater, dachte ich am nächsten Tag, als ich mich wieder einigermaßen gefangen hatte.

Merle fiel mir ein, von der ich wusste, dass sie immer wieder wochenlang in der Klapse gewesen war. Vielleicht würde ich ihr dort bald begegnen.

Ich würde so gerne jemanden fragen, wie ernst solche Geistersachen sind, dachte ich. Vielleicht frage ich sie.

Die Beschwichtigung

Ich wollte schneller im Keller sein als Kai. Ich schmierte mir meinen Toast ungetoastet und rannte die Stufen hinunter. Torsten kniete vor dem Fernseher, zog an einem Kabel und bückte sich über die Buchse im Videorekorder.

»Alles total kaputt, der Kram, den Kai angeschleppt hat!«, beschwerte er sich. »Das dauert noch 'ne Weile, brauchst gar nicht so zu rennen«, begrüßte er mich.

Ich setzte mich.

»Habt ihr mir wenigstens auch ein Brot gemacht?«, fragte er, schon halb enttäuscht.

Ich schüttelte den Kopf. Während er hinter den Fernseher kroch, murmelte er: »Was ist eigentlich mit dir, Kleiner? Bist so gedämpft die letzte Zeit.«

»Hm«, machte ich.

»Nee, sag mal!«, forderte mich mein großer Bruder auf.

»Muss man da nicht irgendwas machen?«, fragte ich.

»Ja, man muss die richtigen Kabel an die richtigen Buchsen anschließen«, erklärte er leicht genervt.

»Nee«, flüsterte ich. »Ich meine wegen der Fenstersache.« Torsten fuhr hoch.

»Denkst du immer noch an diese Sache?«, fragte er mich verblüfft.

»Aber was macht man denn in so einem Fall?«, fragte ich noch mal hilflos.

»Du musst gar nichts machen«, erklärte er. »Das war nichts Schlimmes, verstehst du? Du hast ja keinen totgeschlagen oder so.«

»Aber sie sah so schrecklich aus«, murmelte ich.

»Ja«, sagte er trocken, »und du sahst auch nicht besser aus.«

»Aber das war schon was Schlimmes«, sagte ich ganz leise und kläglich.

»Nein!«, rief er. »Der ist nichts passiert. Die hat sich halt erschreckt. Das ist eben in die Hose gegangen. Aber du musst da jetzt nichts machen oder so.«

»Aber vielleicht mit ihr reden. Ihr das sagen«, schlug ich vor.

»Bist du bescheuert?«, rief Torsten. »Du musst mit der noch jahrelang in eine Klasse gehen! Wie stellst du dir denn das vor?«

Ich sagte nichts, zuckte nur mit den Schultern.

»Du hast nichts verbrochen, Kleiner. Das war ja nicht mal Absicht. Du musst nur eins machen, und zwar mit deinem Schrecken klarkommen.«

»Hm«, seufzte ich.

»Ich wette mit dir, dass die sich darüber nicht halb so ’nen Kopf macht wie du!«, hörte ich Kais Stimme. Er stand in der Tür und schüttelte grimmig den Kopf.

»Das ist gegessen«, entschied er. Dann nahm er einen Toast von seinem Teller, holte aus und warf ihn mir ins Gesicht.

»He!«, schrie ich.

Torsten lachte. Bald lachten wir alle drei.

Aber eigentlich wollte ich schreien. Ihr versteht mich nicht!, wollte ich schreien. Ich habe etwas Furchtbares gemacht! Wenn ich nur an die Sache denke, fährt mir der Schrecken in alle Glieder.

Es ist wie mit der kleinen Frau!, kam mir der blitzartige Gedanke. Ich war zu gierig. Ich war zu wild. Ich habe mich zu sehr nach ihrem kleinen Körper gesehnt. Ich wollte sie streicheln, aber ich habe sie kaputtgemacht.

Esszimmerwelt

Ich wachte auf. Endlich Samstag. Es war, als hätte mich das Morgenlicht wachgestreichelt. So sanft lag es überall im Raum. Ich hatte so gut geschlafen. Gar keine Träume, erinnerte ich mich gähnend und setzte mich auf. Durch das gekippte Fenster wehte es kühl herein. Wie konnte ein Morgen nur so leicht und schön sein? Der Name Judith kam mir in den Sinn, aber auch er war leicht. Es war, als wäre mein Herz noch verschlafen, noch voller Ruhe, und hätte sich noch nicht an all das erinnert, was sonst darin rumorte.

Wie kann mich ein Ereignis, über das alle anderen nur lachen, so sehr erschrecken?, fragte ich mich. Wie ist das möglich? Dieser Gedanke gab mir Hoffnung, trieb mich aus den Federn, und ließ mich die Treppe hinunterhopsen. Unten stieß ich vor Übermut an die Stuhllehne meines Vaters.

»Na«, ermahnte er mich verärgert. Dann griff er in eine Tüte, nahm ein Hörnchen heraus und warf es mir auf den Teller.

»Belohnung für gar nichts«, grummelte er und blickte wieder in seine Zeitung.

Torsten sah so müde und ausdruckslos aus, wie er zusammengekauert vor seinem leeren Teller hockte, dass ich schmunzeln musste.

Wie kann mich überhaupt etwas so sehr bedrücken, das so wenig meine Schuld war?, fragte ich mich noch mal. Wie würde sich das erst anfühlen, wenn ich wirklich mal etwas angestellt hätte? Und dieser Gedanke war es auch, der mich später zustimmen ließ, als Kai mich fragte, ob ich mitkommen würde.

»Ja«, sagte ich, ohne zu zögern. So als hätte ich nichts mehr zu verlieren.

Wenn mein Vater sich an den Frühstückstisch setzte, machte er sich zuallererst Platz. Er schob mit beiden Händen alles weit von sich, was vor ihm stand, bis er genug Raum für seine langen Arme geschaffen hatte. Immer drang er dabei in meinen Raum ein, der ich neben ihm sitzen musste. Wenn ich selbst gemütlich essen wollte, musste ich die Dinge zu ihm zurückschieben. Wenn ich das nicht achtsam genug tat, empfand er es als Provokation oder Respektlosigkeit, und es entstand oft eine Spannung, der ich nicht gewachsen war.

Mein Vater schlief nachts in seinem Sessel und ging in der Wohnung umher wie ein Geist. Er war leise, aber immer war er vorhanden. Sein Geruch erfüllte das Wohnzimmer, ein Geruch nach Kräutertee und scharfen Salben, den meine Mutter jeden Morgen energisch zu vertreiben suchte. Der Geruch meiner Mutter war anders, ihn war ich gewohnt. Sie roch künstlich und nach Nagellack. Aber wenn man ihr ganz nahe kam, war da noch etwas anderes, ein schwerer, bergender Geruch. Mein Vater schrieb die ganze Nacht über seine Gedanken auf ein altes, speckiges Klemmbrett aus dunklem Holz. Wenn wir Kinder es heimlich nahmen oder darauf schielten, konnten wir nichts entziffern. Mein Vater dachte so schnell, dass er eine eigene Schrift hatte lernen müssen, um mit seinen Gedanken mitzuhalten. Seine Gedanken waren wie lange Gänge. Betrat man sie, sah man nicht das Ziel, man machte nur Abzweigungen weit vorne im Dämmerlicht aus; und Türen, die zu beiden Seiten abgingen. »Dialektik« nannte er es, wenn er beim Reden, Spinnen und Sinnen eine von ihnen öffnete, ehe er zielsicher weiter voranschritt. Dass uns das Wort »Dialektik« nichts sagte, schien ihn nicht zu stören. Er hängte fremde und seltsame Wörter in die Luft und lächelte bedeutungsvoll, statt zu antworten, wenn wir ihn danach fragten. Wir würden einfach wachsen und wachsen müssen, ehe wir sie erreichten, die schwebenden Wörter. Unserem Vater genügte es, dass sie uns nicht mehr fremd waren. Was sie bedeuteten, würden wir schon herausfinden. Überhaupt half er uns nie, zu verstehen, er drehte uns nur in eine Richtung und gab uns einen Stoß. Er war weit von uns Kindern entfernt.

Wenn ich heute an meinen Vater denke, sehe ich einen alten, milden Mann vor mir. Ich sehe ihn, wie er gebeugt am Tisch sitzt und mit seinen großen Händen versucht, das Messer aufzuheben. Er vermag es kaum mehr, weil er kein Gefühl mehr in den Fingerspitzen hat. Er sieht auf und lächelt mich hilflos an. In seinem Lächeln ist noch etwas anderes: ein Augenzwinkern. »Tja«, scheint es zu sagen, »das ist das Alter. Auch irgendwie interessant.«

»Setz dich hin!«, forderte mich mein Vater ungeduldig auf. Meine Mutter schüttelte den Kopf: »Er träumt Löcher in die Luft.« Aber ich hatte nicht geträumt. Ein grün-weißer Schatten war draußen vorbeigeflitzt, so schnell, wie einen manchmal ein Sonnenblitz trifft, wenn ein Fenster irgendwo aufgeht. Es war ein vorbeifahrendes Polizeiauto gewesen.

Eigentlich hatte ich es gar nicht richtig gesehen. Nein, ich hatte es überhaupt nicht gesehen. Mein Bauch hatte es gesehen und hatte das mit einem fahlen Gefühl hinauf in meinen Kopf gemeldet. Dort drin, irgendwo in meinem Hirn, fühlten sich plötzlich zwei Gestalten angesprochen und hoben die grünen Gesichter. Aber schon ein paar Sekunden später dachte ich nicht mehr daran.

»Wie bist du denn nach Hause gekommen?«, fragte meine Mutter. Torsten grunzte nur und griff über den Tisch.

»Kann ich Kaffee haben?«, bat er Vater. Der nahm ihm die Kanne aus der Hand, schüttelte sie und antwortete: »Da wird wohl noch jemand welchen kochen müssen.« Meine Mutter seufzte und sah mich an, aber ich schüttelte den Kopf. »Ich nicht. Das ist nicht fair, ich trinke ja gar keinen.« Also stand sie umständlich auf, nahm die Kanne und ging in die Küche. Vater sah uns nicht an.

»Kaffee ersetzt auch keinen Schlaf«, belehrte er uns besserwisserisch. »Du bist ohne Jacke nach Hause gekommen. Falls du das überhaupt noch mitgekriegt hast«, machte er dann – zu meinem Bruder gewandt – weiter.

»Da musst du ja lange aufgeblieben sein, wenn du mich hast heimkommen sehen«, nuschelte Torsten nach einer Weile. Das war zu viel für unseren Vater. Er legte die Zeitung ganz bewusst hinter sich und sprach mit schneidender Stimme: »Solche Antworten werden hier an meinem Frühstückstisch nicht gegeben!« Torsten machte nur ein abfälliges Geräusch und zuckte mit den Schultern.

»Hast du mich verstanden?«, beharrte mein Vater und stieß einen Zeigefinger neben seinen Teller. Aber Torsten antwortete nicht.

Plötzlich geschah etwas Seltsames. Dennoch kam es mir überhaupt nicht seltsam vor, es fühlte sich einfach viel zu vertraut an, während es geschah: Mein Stuhl wurde kleiner und kleiner. Während mein Vater vor sich hin zankte und Torsten ihn überhaupt nicht mehr anschaute, ihn immer mehr ignorierte, schrumpfte ich. Bald konnte ich meinen Vater nur noch über den Rand des Tisches hinweg sehen. Mein Gedeck rückte immer näher zu mir heran. So lange, bis sich der harte Tellerrand kalt in die Grube unter meinem Mund drückte. Mein Vater wurde lauter. Ich wollte den Teller von mir wegschieben, wollte ihn am liebsten durchs Zimmer schleudern, aber meine Ellenbogen wurden mehr und mehr gegen meine Seiten gepresst. Ich wurde ganz klein, während mein Vater sich immer heftiger ereiferte. Er wiederholte wieder und wieder: »So geht das nicht!« Aber ich verstand nicht, was so nicht gehen sollte. Denn es ging ja alles wie immer. Das Zimmer wurde größer und größer, mein Vater wurde dabei länger und länger, als wären seine Füße fest mit dem Teppich und seine hohe Stirn untrennbar mit der Kastendecke verwachsen. Mit Torsten war es anders. Er fiel zusammen und wurde mit der Zeit zu einem formlosen Klumpen. Ohren, Mund und Hände verschwanden darin. Die Masse wurde dicker und zäher. Ihre provokante Trägheit stachelte den langen Mann nur an. Nun war die Decke so weit entfernt, dass der ganze Vater gespannt war wie eine Geigensaite. Sie fing an zu vibrieren und zu singen, und ich wollte mir die Hände auf die Ohren halten. Aber meine Arme waren immer noch – als wären sie gefesselt – an meinen Oberkörper gepresst. Der Teller drückte mein Gesicht immer weiter hinunter, dass ich fast nur noch zu Boden sehen konnte, als wollte mich mein Teller zu einer demütigenden, bösen Verbeugung zwingen. Das Singen der Saite wurde immer scheußlicher, so scheußlich, dass die Luft davon zu flirren begann. Torsten, der formlose Klumpen, wurde weicher. Er schmolz fast von seinem Stuhl herunter. Was hatte meinen Vater so aufgebracht, was sang er da von ganz oben herab für ein Lied? »Respekt!« Und: »Wer bin ich denn?«, donnerte er. Plötzlich platzte die Saite und schnitt mit schrecklicher Schärfe durch den Raum. Sie traf Torsten, ging aber durch ihn hindurch, der Klumpen war viel zu weich, zu nachgiebig. Eine Tasse wurde glatt durchtrennt und klirrte zu Boden. Die Oberfläche meines Tellers zerbarst in ein feines Netz von Sprüngen. Da traf sie mich, die Saite, und riss mir einen Striemen über die Wange.

Die Tür flog auf. Meine Mutter trat ein. Sie brauchte keine Zeit, um heiß zu laufen. Sie legte los wie ein glühender Motor. Ansatzlos begann sie zu kreischen.

»Was ist hier schon wieder los? Was habt ihr schon wieder gemacht!« Es geschah nichts, was nicht schon hundertmal geschehen wäre. Es fiel kein Wort, das nicht jedes Mal gefallen wäre. Und dennoch sagte niemand etwas. Denn schon als mein Vater morgens das Zimmer betreten hatte, hatte er ein Leben gelebt, dem nie genug Achtung entgegengebracht worden war. Und schon bevor meine Mutter hinausgegangen war, um Kaffee zu kochen, hatte sie ein Leben gelebt, dem die Befriedigung fehlte. Aber wir, seine Kinder. Wir hatten kein Leben gelebt, bevor wir uns zum Frühstück an diesen Tisch gesetzt hatten. Oder doch? Mein Stuhl war verschwunden. Ich war zwanzig Zentimeter groß geworden. Zum Glück war ich klein, denn so achtete niemand auf mich, und ich verstand nicht, was sie schrien und riefen und brüllten. Aber dass sie mich nicht sahen, war auch sehr gefährlich, denn nun begannen sie, wild im Zimmer hin- und herzulaufen. Panisch versuchte ich, den Beinen und Schuhen, die kreuz und quer über mich hinwegtrampelten, auszuweichen.

»Hier bin ich! Hier bin ich!«, schrie ich immer wieder, als ich plötzlich ein Fiepen hörte. Ich sah mich um und entdeckte die winzige Frau. Sie hatte sich auf die Heizung gerettet und klemmte nun zwischen dem kalten Metall und dem Fensterbrett fest. »Hier!«, piepste sie und reichte mir ihre Hand. Aber so hoch ich auch sprang, ich erreichte sie nicht. Eine Schuhspitze traf mich, ich stolperte und fiel hin. Eben näherte sich mir erneut ein Absatz in hoher Geschwindigkeit, da rutschte ich auf einmal fort. Ich wurde aus dem Zimmer hinausgespült. Das Nasse, das Torsten geworden war, schwemmte mich hinweg. Es spülte mich aus dem Zimmer und ließ mich die Treppe hinabgleiten bis in den Keller. Erst vor der Tür gelang es mir, mich aufzurappeln. Ich sah mich um, ob die kleine Frau noch da war, entdeckte sie aber nirgends. Dann trat ich ein.

Die Verschuldung

»Wichser!«, spuckte Torsten das Wort ungerührt auf den fleckigen Teppich.

»Ich?«, fragte Kai, der sich eben verschlafen aufrichtete. Er lag auf dem Sofa unter einer braunen Decke.

»Nee, der Arsch hat mal wieder eine Scheißlaune! Geh bloß nicht hoch.«

Kai machte ein Grunzgeräusch.

»Ich hab dir ein Hörnchen mitgebracht«, sagte ich und setzte mich zu Kai. Der warf die Decke von sich und griff nach dem Hörnchen.

»Ist ja angebissen!«, rief er empört und gab mir einen Klaps auf den Hinterkopf.

»Lass ihn«, verteidigte mich Torsten. Er atmete aus und ließ sich auf einen Sessel fallen.

Kai kaute. Torsten sah schlecht gelaunt im Zimmer umher, und ich hockte da.

»Wo kriegen wir jetzt Kaffee her?«, fragte Kai schließlich.

»Ich geh nicht hoch!«, schnaubte Torsten.

»Ich auch nicht«, sagte ich.

»Der Arsch.«

Kai streckte sich und grinste uns an. »Dann werd' ich mal die Lage klären«, meinte er und stand auf.

Aber er ging nicht. Wir blieben unten, saßen einfach nur so herum und redeten ein bisschen, was uns gerade so einfiel.

»Na, rufst du sie heute an?«, fragte mich Torsten auf einmal.

»Wen?«, rief ich und tat so, als hätte ich keine Ahnung, wen er meinte.

»Judith«, antwortete Torsten, und Kai begann gleich einen kleinen Spottgesang: »Ju-huhu-dith, die Schreck-liche!«

Wir lachten. Als die beiden sich beruhigt hatten, fragte mein ältester Bruder mich noch mal ernster: »Na, machst du's?«

»Kann er ja gar nicht!«, fiel Kai ihm ins Wort. »Er hat die Nummer ja gar nicht!«

»Na, dann gib sie ihm«, forderte Torsten ihn auf.

»Wie wär's mit Telefonbuch?«, machte er uns scherzhaft an.

»Ja, super Idee«, seufzte ich genervt, »wär mir nie gekommen. Die steht nicht drin!«

»Tja, dann musst du leider ran«, meinte Torsten süffisant.

»Das könnte ein Problem geben«, begann Kai und kratzte sich am Kopf. »Es ist nämlich so, dass ich sie gar nicht habe.«

»Was? Aber du hast gesagt –«, rief ich.

»Ich habe sie nicht«, unterbrach er mich, »aber ich weiß, wie wir unauffällig drankommen.«

Wir waren kurz still, bis Torsten spöttisch bemerkte: »Schau, wie interessiert unser Kleiner auf einmal ist!«

Ich sah ihn böse an. Kai aber holte nun zum zweiten Mal den Schlüsselbund hervor und warf ihn mir zu.

»Das ist der Schlüssel zu ihrem Herzen«, sagte er lächelnd.

In diesem Moment schwang die Tür auf, und meine Mutter stand da. Wir erschraken alle drei, ich am meisten. Schnell legte ich meine Hände über den Schlüsselbund in meinem Schoß.

»Was heckt ihr drei denn aus?«, fragte sie. Sie redete ganz normal; von der Wut von vorhin war nichts mehr zu merken.

»Wir planen zum Beispiel, wie wir an Kaffee und Brötchen kommen, ohne dem Mann da oben in die Quere zu kommen«, antwortete ihr Kai. Meine Mutter trat ins Zimmer und legte ihre Hand auf sein Haar.

»Ich bring euch was runter«, sagte sie milde. »Aber«, fügte sie scharf hinzu, »du entschuldigst dich bei deinem Vater, Torsten!«

»Mach ich, wenn's nicht gleich sein muss«, versprach er seufzend und so normal, wie er konnte. Kai hob heimlich eine Augenbraue.

»Wo warst du eigentlich?«, fragte die Mutter nun. Aber Torsten zuckte wieder nur die Schultern. Sie ließ nicht locker: »Deine Jacke ist weg, das weißt du. Ich hab geschaut, sie ist nirgends.«

»Eh, meine Jacke ist mir egal«, antwortete er.

»Es wäre halt schlau, hintenrum reinzugehen, wenn du erst in der Früh nach Hause kommst«, riet ihm meine Mutter nun.

»Ich bin erwachsen«, sagte Torsten nur. Aber dann reichte es ihm doch, und er rief: »Was will der eigentlich von mir? Kannst du mir das mal sagen?«

Mutter schwieg.

»Er war bei Esther«, sagte Kai zu ihr.

»Aha, eine Esther«, wiederholte meine Mutter. »Und ist sie hübsch, die Esther?«

Kai antwortete für seinen Bruder: »Halt so in der Kategorie wie Torsten«, und grinste.

Eine Weile sah sie noch zwischen ihren beiden großen Söhnen hin und her, dann ging sie raus.

»Hättest ihr nicht alles erzählen müssen!«, schnauzte Torsten Kai an. Ich aber fragte gleichzeitig: »Warst du mit Esther weg?«

Wieder antwortete Kai für Torsten: »Weg nicht, aber er hat mal bei ihr angeklopft, wie man das halt so macht.« Da lachten wir alle drei.

Torsten entspannte sich wieder und ließ sich in den Sessel fallen: »Ich war mit ihr im Kino, aber es waren noch andere dabei«, erzählte er.

Nachdem unsere Mutter uns heimlich auf einem Tablett Frühstück gebracht hatte, kam Kai noch mal auf die Sache mit der Telefonnummer zurück.

»Ich biete dir einen Deal an«, begann er. »Ich nehme dich heute mit in die Schule. Dann können wir uns auch Judiths Nummer holen. Aber du tust mir dafür einen kleinen Gefallen.«

»Und was soll das sein?«, fragte ich misstrauisch.

»Mal sehen. Lass uns erst mal das heute Nachmittag über die Bühne bringen, okay? Und wenn's klappt, dann hab ich was gut bei dir, ja?«

»Heute Nachmittag?«, rief ich.

Kai bot mir seine Hand. Es ist gut, nicht mehr allein dazustehen, dachte ich. Dann schlug ich ein. »Gebongt«, antwortete Kai. Torsten fing an zu lachen.

Als wir später besprachen, wie wir vorgehen würden, um in die Schule einzubrechen, machte sich Torstens Kater bemerkbar. Zweimal sprang er ohne Vorwarnung auf, stürmte aus dem Zimmer und rannte zur Toilette. Kai und ich grinsten uns jedes Mal an.

»Papa ist weg«, sagte Torsten, als er vom dritten Toilettengang zurückkam.

»Fahren wir mit dem Auto?«, fragte ich.

Kai schüttelte den Kopf. »Besser nicht. Ist auch nicht nötig, wir müssen ja nichts transportieren.«

Eigentlich war alles klar, und ich wusste nicht, worauf die beiden warteten. Aber Kai wartete darauf, dass Torsten sich bewegte. Torstens Blick prallte an irgendetwas Unsichtbarem ab.

»Du bist bleich!«, sagte ich und sah zu ihm hinauf. Er machte nur »Hm.« Kai aber lachte.

»So eine Scheiße!«, schrie Torsten plötzlich und setzte sich wieder. »Ich hab die ganze Zeit versucht, irgendwas Normales zu ihr zu sagen. Aber das ging einfach nicht. Nicht mal, als wir kurz alleine waren.

Und dann hab ich sie die ganze Zeit anschauen müssen!« Er gab dem schweren Glasaschenbecher auf dem Tisch einen Schubs. Kai rettete ihn vor der Havarie.

»Wie sieht sie denn aus?«, fragte ich leise.

»Immer willst du wissen, wie die aussehen«, maulte mich Torsten an.

»Die sehen aus, wie Mädchen eben aussehen!«, klärte mich Kai auf.

Als ich Esther das erste Mal sah, verstand ich Torsten. Das war vor unserer Haustür. Sie bestand aus vielen Haaren, die sie wie ein kleines Schiff auf dem Kopf durch die Luft trug. Es waren so viele, dass man sie zusammenschlingen musste. Dauernd aber stachen welche hervor und lockten sich in Strähnen um ihre Stirn wie kleine Wellen. Das Boot trug sie auf dem Kopf, um das Licht einzufangen. Die Strahlen verfingen sich in den Haaren und blieben da glitzernd hängen. Ich stellte mir vor, wie Torsten sie küsste. Wenn sie dann die Augen schloss, würde er ihr heimlich mit spitzen Fingern in das Nest fahren und die Strahlen herauszupfen. Ich verstand Torstens Liebe zu Esther. Vom Gesicht abwärts wurde sie ein bisschen weniger schön. Aber es war nicht so schlimm. Wenn sie sich umdrehte, blendete einen das Licht.

»Ich hab immer in ihre Haare langen wollen«, erzählte Torsten eben lachend. »Ich saß im Kino hinter ihr.«

»Einen Kasten Bier, wenn du es schaffst, ihr eine Strähne abzuschneiden«, bot Kai an.

Torsten schüttelte nur den Kopf und lächelte zufrieden.

»Gehen wir«, sagte Kai und stand auf. Torsten zeigte noch auf die große Tasche und verschwand im Gang. Als ich sie eben aufheben wollte, knarrte es. Die Schranktür – die Tasche stand direkt davor – wurde ein kleines bisschen aufgestemmt. Ich erschrak, konnte aber trotzdem nicht wegsehen. Aus dem engen, dunklen Spalt schlüpfte blitzschnell eine winzige Gestalt. Sie hüpfte auf die Tasche und verschwand im nächsten Augenblick in ihrem Inneren. Ich wusste gar nicht, was das bedeuten sollte, aber es rührte sich nichts mehr. Also schulterte ich sie und folgte meinen Brüdern.

Das große Rennen

Ich stellte die Tasche ganz vorsichtig vor unseren Füßen im Zug ab. Wir mussten stehen, weil überall alte Leute saßen, die uns anstarrten, nur weil *wir* noch ein paar Jahre vor uns hatten und es wagten, nicht vor Glück zu pfeifen. Ich betete im Stillen, dass weder Kai noch Torsten auf die Idee kämen, sich einfach auf die große, weiche Tasche zu hocken. Wegen Kai machte ich mir weniger Sorgen, der krallte sich an der Haltestange fest und starrte aus dem Fenster. Es war klar, dass er irgendwas ausheckte. Aber Torsten mit seinem schrecklichen Kater und seinen butterweichen Knien hing förmlich in den Haltegriffen. Bitte nicht setzen!, betete ich lautlos vor mich hin, bereit, mich wie der Blitz zwischen meinen ältesten Bruder und die Ledertasche zu werfen. Ich weiß nicht, aber ich konnte mir kaum etwas Peinlicheres vorstellen, als meinem liebeskranken ältesten Bruder erklären zu müssen, warum ich am Samstagnachmittag eine zwanzig Zentimeter große Frau in seiner Ledertasche mit zu einem Einbruch nahm. Und Kai? Der schoss mit Vaters Luftgewehr auf Katzen.

»Lass den Reißverschluss zu!«, fuhr mich Torsten an. Meine Hand zuckte zurück. »Aber sie braucht Luft!«, rief ich leise, unterbrach mich aber selbst mitten im Satz. Kai wandte sich mir zu: »Wer braucht Luft?«, fragte er betont langsam und sah mich bohrend an.

»Ich spiele nur«, murmelte ich und senkte beschämt den Kopf. Kai warf Torsten einen vielsagenden Blick zu und wandte sich wieder ab.

»Sie braucht Luft«, wiederholte er dabei kopfschüttelnd.

Torsten fing an zu jammern. Er müsse aufs Klo, und zwar bald.

»Zieh's hoch, spuck's aus!«, fuhr Kai ihn an und stieß ihm den Finger in den Bauch.

»Lass mich, davon wird's auch nicht besser«, sagte Torsten nur. Es musste ihm wirklich schlecht gehen, wenn er sich von Kai so tyrannisieren ließ.

Es war seltsam, an einem freien Nachmittag zur Schule zu fahren, aber auch cool. Ich kam mir auf einmal so erwachsen vor. Wir stiegen am Bahnhof aus und nahmen den Umweg durch die Unterführungen und an den Wiesen entlang. So gelangten wir durch ein Dickicht von hinten auf das Schulgelände. Es gab in einem der Zäune unten ein Stück Maschendraht, das man aufrollen konnte. Da schlüpften wir durch. Ich ging zuerst. Torsten bückte sich umständlich, als wollte er es vermeiden, in seinem Körper zu viel Druck aufzubauen. Während er sich aufrappelte, hielt ich das Zaunstück für Kai hoch. Der aber hatte noch die Tasche. Er wuchtete sie hoch und schmiss sie mit einer kraftvollen Bewegung über den Zaun.

»Nicht!«, brüllte ich und stolperte rückwärts, um sie aufzufangen. Es gelang mir so halb, ich erwischte einen der Tragegriffe. Da war Kai schon bei uns drüben und packte mich: »Wenn du ab jetzt nicht deine scheißdumme Fresse hältst, drück ich dich hier eigenhändig durch den Zaun.« Er schubste mich energisch voran, während mein Herz noch wie wild klopfte und ich noch nicht mal die Tasche wieder in beiden Händen hatte.

Torsten lief voran. An der verschlossenen Tür zu dem gläsernen Verbindungsgang blieb er stehen und wackelte nervös hin und her.

»Mach auf!«, rief er. Man sah ihm seine Not deutlich an: Wenn er nicht bald ein Klo fände, hätten wir keinen Spaß auf dem Heimweg. Also zückte Kai den großen Schlüsselbund und sperrte auf. Ich wusste nicht, ob es Zufall war, aber er griff sofort zum passenden Schlüssel. Torsten stieß die Tür auf und verschwand, einen scheußlichen Gestank hinterlassend.

»Komm!«, trieb mich Kai an. Wir betraten die dunklen Gänge und stillen Flure, und mich überkam so eine Freude, dass ich anfing zu kichern. Dieser Schlüsselbund bedeutete Macht und versprach eine Befriedigung, auf die irgendetwas in mir lange gewartet hatte.

»Wohin gehen wir?«, flüsterte ich.

»Ey, du musst jetzt nicht mehr flüstern. Hier ist niemand«, machte er mich an. Dann aber drehte er sich um und grinste. »Wohin willst du gehen?«

Wir rannten lachend durchs Schulhaus. Kai sperrte mir Tür um Tür auf. Ich trat in die dämmerigen Räume, die staubig wirkten und nach Kreide rochen. Ich schob die Stühle hin und her, die Tafeln rauf und runter und rüttelte an den Schubladen der Lehrerpulte. Ein komisches Gefühl machte sich in mir breit, wie wenn tausend Stumme auf einen einredeten oder wie wenn man in der trockenen Luft schwimmen würde. Mir fiel absolut nichts ein, was ich anstellen könnte, also brachen wir unsere Besichtigungstour bald ab.

»Gehen wir ins Lehrerzimmer oder warten wir auf Torsten?«, fragte ich.

»Auf den Scheißer? Nee«, antwortete Kai und eilte mir den Weg hinauf ins Allerheiligste der Lehrer voran.

Wieder steckte er sofort den richtigen Schlüssel ins Schloss. Die Tür schwang auf, das Lehrerzimmer lag vor mir. Rechts an der Wand hing das riesige schwarze Bord, auf dem alles eingetragen wurde: alles, was momentan an dieser Schule passierte. Staunend las ich die Einträge und Bemerkungen. Ich versuchte, die Handschriften den jeweiligen Lehrern zuzuordnen, oder las die Listen mit den Kommentaren durch, ob ich etwas Interessantes über jemanden fand, den ich kannte.

Während ich mich noch wunderte, wusste Kai genau, was er tat. Er leerte das Sparschwein im Sekretariat, als würde er das täglich machen, ging zielstrebig zur Kaffeekasse in der Lehrerküche und räumte auch diese aus. Dann kam er auf mich zu und schnitt eine absurde, aufgedrehte Grimasse.

»Das ist das Beste!«, lachte er und zog mich mit sich. Er öffnete eines der vielen Fächer. Ich kannte den Namen darauf natürlich. Obwohl es ein Schloss hatte, war es nicht abgesperrt. Kai griff ganz nach hinten in die Schwärze und zauberte ein Einmachglas hervor.

»Weihnachten!«, rief er. »Es wird Weihnachten!« Das Glas war voller Geld. Er nahm sich die Hälfte heraus, drückte mir die Scheine in die Hand und stellte das Glas zurück.

»Was ist das für Geld?«, fragte ich.

»Wandertagsgeld. Skilagergeld. Lektüregeld!«, kicherte er vor sich hin. »Immer was anderes, aber immer voll!«

Die Scheine in meiner Hand fühlten sich brüchig und speckig an. Schnell steckte ich sie in die Tasche. Kai richtete sich auf und war plötzlich wieder ganz ernst.

»Da«, sagte er und deutete auf einen großen Schrank. »Such die Notenbögen, die sind in einem fetten Heft. Die Klassen stehen drauf. Nimm nur die beiden Bögen, die du brauchst. Kopier sie hier drüben im Büro und dann leg sie zurück, klar?«

»Klar«, sagte ich und nickte brav. Dabei hatte ich noch nie alleine kopiert, und ich wusste auch nicht gleich, welchen zweiten Bogen er meinte. Aber ehe ich ihn fragen konnte, drehte er sich auf dem Absatz um und ging mit langen Schritten aus dem Raum.

Da fiel mir die Tasche wieder ein. Schnell bückte ich mich und zog den Reißverschluss auf. Da war nichts. Ich wühlte mit beiden Händen den Inhalt durch: Kleider, eine Zahnbürste, Werkzeug, ein paar Tüten, ein kleines Lederetui und eine Mappe. Scheiße, dachte ich. Ich wünschte mir nichts sehnlicher, als die kleine Frau zwischen meinen Fingern zu spüren.

»Hier bin ich!«, rief es auf einmal hinter mir. Ich fuhr herum. Da saß sie. Sie hockte auf dem Aktenschrank und ließ die Beine baumeln.

»Ein Glück!«, flüsterte ich und wollte nach ihr greifen, sie aber sprang auf und schrie mit kleinen, spitzen Schreien: »Nichts da! Nimm deine Finger weg! Du hast das Geld angefasst.« Schuldbewusst, wie um sie zu verstecken, fuhr ich mit der Hand in die Tasche.

»Du kannst mich mit der anderen Hand nehmen!«, erlaubte sie mir nun mit samtiger Stimme.

Aber dazu kam es nicht. »Mach den Schrank auf!«, hörte ich plötzlich Kais Stimme hinter mir. Ich erschrak. Hatte er die kleine Frau gesehen? Aber da trat er schon neben mich und rüttelte an der großen Schublade.

»Verdammt, zu!«, fluchte er. »Der war das letzte Mal nicht abgesperrt!« Er kniete sich hin und probierte ein paar Schlüssel.

»Das geht nicht«, murmelte er, »der ist nicht dabei.« Er sprang auf.

»Scheiße!«, zischte er. »Schau, ob du die obere kleine Schublade rauskriegst, und dann probier, durch den Spalt durchzulangen!«

Während ich die flache obere Lade ganz herauszog und neben mich legte, durchsuchte Kai jedes Fach und jedes Schränkchen im Lehrerzimmer, dann machte er drüben im Sekretariat weiter. Ich hörte, wie er die Klappen und Türchen aufriss. Sie beschwerten sich knarrend und quietschend und gaben ihren Inhalt nur mit leisem, klirrendem Protest heraus.

»Ah!«, hörte ich Kai auf einmal erfreut ausrufen, als er etwas fand, das er wohl gut gebrauchen konnte. Dann stöberte er weiter. Ich schob derweil meinen schmalen Arm durch den Schlitz und angelte nach den dicken Mappen. Aber das war schwierig, die Mappen lagen weit unten, und sie glitten mir immer wieder aus den gestreckten Fingern. Außerdem war das nur die erste Lade, darunter gab es noch eine, und ich hatte keine Ahnung, wo ich nach Judiths Bogen suchen musste.

»Scheiße!«, rief nun auch ich, zog den Arm zurück und ließ mich auf den Hintern fallen.

»Ey! Zerdrück mich nicht!«, rief es hinter mir. Es war wieder die kleine Frau. »Was machst du da?«, fragte sie mich und trat neugierig näher heran.

»Ich suche was«, sagte ich mutlos.

»Und was?«, wollte sie wissen.

»Notenbögen«, antwortete ich. »Von Judith und Esther.«

Die kleine Frau verzog missmutig das Gesicht und wollte weggehen. Da besann ich mich.

»Halt!«, rief ich. »Komm her! Du kannst mir helfen.«

»Vergiss es!«, rief sie empört und versuchte schnell unter den Tisch zu entwischen, aber ich war schneller, packte sie und hob sie durch den Schlitz in den Schrank hinein.

Die kleine Frau verrichtete wütend ihre Arbeit, kletterte in den Schubladen herum und blätterte Mappe für Mappe durch. Sie brauchte all ihre Kraft dazu. Dazwischen keuchte sie Flüche und Verwünschungen.

»Diese Nutte!«, schimpfte sie. »Wie soll die heißen?«

»Judith«, antwortete ich geduldig. Nach einer Weile behauptete die kleine Frau, es gäbe keine Judith in der entsprechenden Klasse und sie fände das Blatt nicht. Aber das stimmte nicht. Ich hatte genau gehört, wie sie innegehalten und scharf eingeatmet hatte. Das Rascheln, als sie den Notenbogen herausgezogen hatte, hatte ich auch gehört.

»Gib ihn mir, verdammt!«, flüsterte ich in den Schlitz.

»Fick dich, du Arschloch!«, schrie sie zurück. Aber ich drohte: »Wenn du mir nicht hilfst, schiebe ich die Lade wieder rein und lasse dich nie wieder raus!«

Es war kurz still, dann schob sich ein weißer Rand über die Öffnung. Ich packte den Bogen. Es war der von Esther.

»Den anderen!«, verlangte ich. Aber sie schwieg beleidigt.

»Komm schon, dann lasse ich dich raus«, sagte ich weich.

Ich musste sehr viel Geschick aufbringen, um die kleine Frau zu beruhigen. Ich schmeichelte ihr und versprach ihr wer weiß was, ehe sie mir zögernd auch den zweiten Bogen hinaufreichte. Ich zog daran, aber sie hielt ihn an der anderen Seite fest, stemmte sich mit aller Kraft dagegen.

»Gib her!«, zischte ich böse. Sie aber ließ nicht los. Ich zerrte das Papier heraus, sie klammerte sich an der unteren Kante fest, hievte sich über den Holzrand und purzelte zu Boden.

»Danke«, sagte ich.

»Dafür verrate ich dich!«, rief sie. »Ich verrate dich an die grünen Polizisten, weil du an das Fenster geklopft hast und alles!«, keifte sie.

Ich zuckte zusammen. Das hatte gewirkt. Allein bei der Erwähnung der beiden war es mir kalt den Rücken hinuntergelaufen.

»Hab ich euch erwischt!«, dröhnte plötzlich eine bedrohliche Stimme hinter mir. Ich sprang auf die Füße und knallte mit dem Rücken gegen den Schrank, die winzige Frau schlüpfte blitzschnell in die geöffnete Tasche und verschwand.

Aber vor mir stand niemand anderes als Torsten. Er lachte. Grün schimmerte es von draußen durch die Blätter auf sein Gesicht. Erneut überlief mich ein Schauer. Ich sah genau hin. Ich wusste, das hier war mein großer Bruder Torsten. Und trotzdem. Irgendwie wurde ich den Gedanken nicht los, dass dieses Erschrecken kein reiner Zufall war – und auch nicht, wie er auf den ersten Blick für mich ausgesehen hatte. Da merkte ich, dass Torsten kreidebleich im Gesicht war. Er sah aus, als hätte es ihn innerlich zusammengezogen. Er schlotterte in seinen Kleidern hin und her, als wären sie ihm drei Nummern zu groß. Ich riss mich zusammen und wandte mich wieder den Tatsachen zu.

»Hier ist Esthers Bogen«, sagte ich und zeigte ihm das Blatt. Er lächelte.

Dann eilte ich in den Kopierraum. Kai rumpelte im Direktorat hin und her, ich entzifferte die verblichene Anleitung, die jemand mal für solche Fälle auf den Deckel des Kopierers geklebt hatte.

Kurz danach standen wir alle drei vor dem versperrten Aktenschrank.

»Und wie sollen wir die Bögen jetzt wieder reinkriegen?«, fragte mich Torsten. Ich zuckte die Achseln.

»Idiot!«, schimpfte Kai und kniete sich hin. Aber auch mit all seiner brachialen Gewalt gelang es ihm nicht, die richtigen Mappen herauszuziehen.

»Scheiße, geben wir's auf«, quengelte Torsten und ließ sich auf einen Stuhl fallen.

»Nein!«, rief Kai. »Wenn wir das nicht wieder zurücklegen, werden die die Bögen über kurz oder lang vermissen. Und wenn die dann erst mal anfangen, hier alles auf den Kopf zu stellen, dann wird denen aber ein Licht aufgehen, das kann ich dir sagen.«

Nach dieser Predigt war er kurz still und grummelte vor sich hin. Dann packte er mich an der Schulter, zog mich nahe zu sich heran: »Du bringst das wieder in Ordnung, Kleiner. Hast du verstanden?« Ich nickte. Während er mich mit einer Hand auf den Boden drückte, sodass ich vor ihm auf die Knie fiel, fischte er mit der anderen einen Schlüsselbund aus seiner Tasche. Er hielt ihn vor mein Gesicht und grinste. Dann sagte er auf einmal ein Zitat, das wohl aus der Bibel stammte: »All diese Macht will ich dir geben, denn sie ist mir übergeben, und ich gebe sie, wem ich will!« Und damit ließ er den Schlüsselbund schwer in meine Hand plumpsen.

Verdutzt kam ich auf die Beine.

»Was meinst du damit?«, fragte ich. Aber Kai beachtete mich gar nicht. Torsten hatte ihn zur Seite genommen und redete auf ihn ein. »Was hast du ihm jetzt da für Schlüssel gegeben?« fragte er verärgert.

»Das ist gar nicht so schlecht«, begann Kai. Er bemühte sich nicht, leise zu sprechen. »Das sind die Schlüssel für die neuen Lehrer. Die hab ich im Sekretariat gefunden. 'Ne ganze Kiste voll. Jetzt legen wir unseren alten Schlüsselbund hier zurück, dann vermisst den niemand mehr, und wir sind komplett aus dem Schneider!«

»Und die in der Kiste?«, wandte Torsten ein.

»Da ist 'ne Liste dabei gewesen.« Er sang jetzt fast vor Schadenfreude.

»Und wen hast du da eingetragen? Uns vielleicht?«, meinte Torsten sarkastisch.

»Ich hab einfach einen Namen von ganz weit hinten genommen und vorne noch mal draufgeschrieben.«

Da ließ Torsten ihn los und konnte nur noch lachen. So lange, bis er hustete. »Du Teufel!«, rief er und schlug Kai anerkennend auf den Rücken.

Wir verließen die Schule, nachdem wir alles sorgsam wieder aufgeräumt hatten. Die beiden Notenbögen nahmen wir in Original und Kopie mit, die würde ich ein andermal zurückschmuggeln müssen.

»Notfalls«, ermahnte mich Kai, »wenn das Ding jetzt immer abgesperrt ist, legst du die beiden Originale einfach irgendwelchen Lehrern ins Fach.«

Mir war ganz egal, was er sagte. Für mich zählte nur eines: Ich hatte die Schulschlüssel!

Außerdem hatte ich noch etwas erledigt.

»Geht schon mal vor! Ich hab was vergessen«, hatte ich Kai und Torsten zugerufen und war blitzschnell wieder die Treppen zum Lehrerzimmer hochgerannt. Oben angekommen, stellte ich die große Tasche ab. Ich öffnete den Reißverschluss einen winzigen Spalt weit.

»Bist du da drin?«, flüsterte ich hinein. »Ja«, kam die gehauchte Antwort aus dem Dunkel.

»Ein Glück«, sagte ich und hob die Tasche auf den Rücken. Dann aber stellte ich sie noch einmal auf dem Aktenschrank ab. Ich schlich zu dem Fach, das nicht versperrt war. Wie Kai griff ich bis ganz nach hinten und holte das große Glas hervor. Ich schraubte den Deckel ab und entnahm ihm noch den Rest des Geldes.

»Komm noch mal raus. Du musst mir noch einmal helfen!«, flüsterte ich durch den Reißverschluss. »Aber sei vorsichtig, meine Brüder dürfen nichts merken.«

»Okay«, kam die kaum hörbare Antwort. Einen sehr kleinen Spalt breit öffnete ich die Tasche. Über die Öffnung stülpte ich das Glas. Die winzige Frau schob sich mühsam durch das enge Loch. Als sie hindurch war, schlug ich den Deckel auf das Glas – und hatte sie darin gefangen. Entsetzt sah sie mich an. Ihr winziges Gesicht war spitz verzerrt durch die Wölbung des Glases. Sie wehrte sich nicht, ihre Arme fielen herab. Nur ihre Augen, die blieben an mir haften. Sie folgten mir, als ich das Glas ganz hinten in die Schwärze des Fachs stellte. Sie schienen immer noch in meinen Rücken zu stechen, als ich das Lehrerzimmer verließ und die Treppe hinuntersprang. Unten wartete Kai. Torsten war noch einmal zum Klo gerannt.

»Das kommt davon, wenn man mehr schluckt, als man verträgt«, meinte mein Bruder spöttisch.

Als Torsten wiederkam, schüttelte er wild den Kopf. »Scheißescheißescheiße!«, murmelte er und lachte ein wenig seltsam vor sich hin.

»Lasst uns abhauen!« Kai ging los.

»Man soll nicht so viel saufen!«, sang Torsten leise vor sich hin. Ich verschloss stolz die Türen hinter uns. Als wir beim Zaun angekommen waren, stieß Kai Torsten an: »Was hast du, Mann?«, fragte er.

»Oh Mann«, wand sich Torsten. »Ich soll nicht so viel saufen. Ich hab eben Blut geschissen!«

»Bäh!«, machte Kai und schlüpfte durch das Loch. Ich machte es genauso. Torsten stand da, dann zuckte er mit den Schultern, sagte »na ja« und folgte uns.

Es war bereits dunkel, als wir zu Hause ankamen. Ich schloss mich in meinem Zimmer ein und überflog aufgeregt Judiths Notenbogen. Oben war die Anschrift mitsamt der ersehnten Telefonnummer, darunter standen die Erziehungsberechtigten und Angaben über die Schulen, die sie vorher besucht hatte. Und dann sah ich es: Auf einem kleinen, gelben Klebezettel war ein Vermerk in der sauberen Handschrift unseres Klassenleiters: *Judith leidet unter besonderer psychischer Belastung.*

Der Bogen fiel mir aus der Hand. Von der Tür hörte ich ein Klopfen.

Hausdurchsuchung

Judith leidet, dachte ich entsetzt. Ich wusste, warum. Immer heftiger wurde das Klopfen. Ich erstarrte vor Angst. Die Tür begann zu knacken. Ich sprang auf. Das Papier verstecken!, fiel mir siedend heiß ein. Ich riss es vom Boden hoch und schob es unter meine Schreibtischunterlage. Dann sah ich etwas Schreckliches: Der Schlüssel, der in der Tür steckte, begann sich von selbst zu drehen. Ohne noch denken zu können, schlüpfte ich in den engen Spalt zwischen Kleiderschrank und Wand und versuchte, meinen Atem zu beruhigen. Die Tür ging auf, und zwei Gestalten betraten den Raum. Sie trugen Uniformen, ihre Gesichter erkannte ich nicht, aber ich spürte deutlich, dass es die beiden Grüngesichter waren. Sie gingen im Zimmer umher und blickten sich um. Der eine beugte sich zu den Schubladen im Schreibtisch und wollte danach greifen, überlegte es sich dann aber doch anders. Sie zeigten hierhin und dorthin und flüsterten. Ich drückte mich noch weiter in die Nische. Auf einmal stieß der eine den anderen an, zeigte auf den Boden und sagte etwas, das ich nicht verstand. Nun schauten sie beide auf ihre Füße. Der eine, der mit dem helleren Grün im Gesicht, hob dauernd seinen Schuh und setzte ihn wieder auf den Boden. Dann untersuchten sie beide aufmerksam den Teppich und ihre Stiefelsohlen.

»Wir machen gar keine Abdrücke!«, sagte er zu dem anderen. Sie sahen sich ratlos an.

»Aber in einen Teppich?«, gab der andere, der Dunkelgrüne, dann zweifelnd zu bedenken.

»Auch in einen Teppich. Es müsste doch Abdrücke geben!«, beharrte der Erste. Der Zweite zuckte die Schultern.

»Aber in so einem dünnen Teppich? Wir sind ja nicht übergewichtig. Das ist schon normal. Doch«, versicherte der Dunkle dann.

»Scheiße«, murmelte der Erste. Er stellte die Füße nebeneinander hin, machte sich ganz gerade, presste die Hände an die Hosennaht und atmete tief ein. Dann hielt er die Luft an und bedeutete seinem Kollegen mit stummen Blicken, dass er irgendetwas tun solle. Sein Gesicht wurde dabei ganz rötlich, aber der Dunkelgrüne begriff nicht. Schließlich fing der Erste an, in seiner komischen Haltung Kniebeugen zu machen. Die Bewegung nach unten betonte er immer besonders. Da schlug sich der andere an die Stirn und kniete sich schnell hin. Der Hellgrüne trat beiseite, der andere sah auf den Teppich.

»Nichts«, berichtete er und schüttelte den Kopf. Der Hellgrüne gab auf und ließ die Luft ab.

»Scheiße!«, sagte er noch mal.

Da wurde der Dunkelgrüne böse. Er kniff die Augen zusammen und zischte.

»Das sagt gar nichts! Der Junge macht auch keine Abdrücke beim Gehen! Das ist ganz normal.«

Eine Weile taten sie nichts. Der eine schnappte noch nach Luft, der andere ging schlecht gelaunt herum und untersuchte mal die, mal jene Stelle oder roch am Boden.

Dann kam ihm plötzlich ein Einfall, er wandte sich noch einmal an seinen Kollegen und erklärte energisch: »Und außerdem: Man wird doch nicht schwerer, wenn man die Luft anhält. Denk doch mal nach, Mensch!«

Der Hellgrüne sah zu Boden und grummelte vor sich hin. Sie suchten weiter, schließlich knieten sie sich an mein Bett. Nach einer Weile rief der eine triumphierend: »Da ist es!«, deutete auf eine Stelle und stand auf. Der andere legte das hellgrüne Gesicht ganz nah an eine kleine Kuhle in der Bettdecke.

»Dieser Wichser!«, sagte der Dunkelgrüne voller Abscheu. »Dieser kleine Wichser.« Er schüttelte den Kopf, drehte sich weg und sah aus dem Fenster.

»Die Kuhle im Federbett – da hat er sie reingeworfen.« Er schüttelte sich, als wollte er ein hässliches Bild vertreiben. »Da hat er sie immer und immer wieder reingeworfen!«

Der andere stand nun auch auf. Er sah bleich aus. Ganz fahlgrün. Erschüttert murmelte er: »Widerlich!«

Er erinnerte mich an Torsten, wie er vorhin in der Schule plötzlich vor mir gestanden hatte. Ich schloss kurz die Augen, um den Gedanken loszuwerden, riss sie aber gleich wieder auf, als ich den Hellgrünen plötzlich schreien hörte: »Da! Da ist es!«

Sie hatten etwas gefunden! Präzise und schnell untersuchten sie eine weitere Stelle, jeder Handgriff saß, als sie konzentriert ihre Arbeit verrichteten.

Dann erhoben sie sich beide wieder, und der Hellgrüne fragte mit gerunzelter Stirn seinen Kollegen: »Was bedeutet das alles?«

»Wir haben es hier mit einem Jungen zu tun«, begann der seine Erklärung, »der keinerlei Kontrolle über seine Impulse hat. Er ist gestört, unnormal – und gefährlich. Hier hat er die kleine Frau misshandelt. Der komische Fleck neben dem Bett deutet auf eine Sexualstraftat hin.«

»Es passt alles zusammen«, stimmte der Hellgrüne zu. »Aber eines verstehe ich nicht: Die weiße Frau im Keller hat beim Verhör angegeben, er sei ›ein netter, ganz harmloser Junge‹. Warum schützt sie ihn? Wovor hat sie Angst?«

»Das ist doch klar!«, rief der andere. »Sie hat gelogen, weil sie auch so eine ist. Die machen doch gemeinsame Sache. Diese Frau – ich meine, wie sie schon aussah. Man konnte ja überall reinschauen, wenn sie sich bewegt hat. Und wie sie sich bewegt hat! Wie eine Katze!« Und nach einer Pause sprach er leise weiter: »Es gibt Menschen, so wie diese zwei hier, die sind gefährlich. Die haben keine Macht über ihre Triebe. Die sind rücksichtslos in ihrer Gier. Und sie gehen über Leichen. Das ist klar.«

»Was machen wir mit ihm?«, fragte der Hellgrüne nun.

»Der ist schlau«, überlegte der andere, »wir müssen warten, bis er schläft, dann schleichen wir hier rein. Und dann legen wir uns beide auf ihn. Wenn er aufwacht, kriegt er so einen Horror, dass er sich in die Hosen pisst.«

»Das ist gut«, stimmte der Hellgrüne zu, »aber was bringt das? Ich meine, was ändert das?«

»Der Junge wird dann nicht mehr schlafen vor Angst«, erklärte sein Kollege.

»Und das ist die Strafe?«, fragte der andere.

»Nein«, grinste der Dunkelgrüne. »Wir machen das jede Nacht, so lange, bis er verrückt wird. Das ist die Strafe.« Und damit gingen sie. Ich sank aus meiner Nische zu Boden und fragte mich, wie ich je wieder einschlafen sollte.

Esther

Wenn der Sonntag ins Haus strahlt und alle Winkel ausfüllt, ist es schön. Aber dieser Sonntag war nicht hell. Fahles Licht waberte an die Scheiben. Statt träumerischen Sandes lauerte in den Augenwinkeln der anderen eine ungemütliche Hast. Meine Mutter hatte sich schon schön gemacht. Sie stolzierte ins Wohnzimmer und balancierte mit ihren hohen Absätzen auf dem flauschigen Teppich.

»Dann sind wir also heute einer weniger!«, sagte sie und sah auf mich herab. Ich lag auf dem Sofa, das füllige Federbett schmiegte sich um meinen Hals.

»Er ist krank«, verteidigte mich mein Vater. Er saß in seinem Parka und seinen Stiefeln auf dem Sessel und blätterte in einem dicken Buch.

»Heute ist Abendmahl«, war der einzige Kommentar meiner Mutter. Sie drehte sich auf dem Absatz um und stöckelte in die Garderobe, dort hörte ich sie murrend die dicken Jackenberge umschlichten, um an ihren Mantel zu kommen.

Schon seit einigen Minuten stellte mein Vater mir Fragen, die sich auf meinen Zustand bezogen.

»Bessert Wärme oder bessert Kälte?«, fragte er. Mich sah er dabei nicht an, immer nur zwischen die Seiten seines gelehrten Buches.

»Wärme«, antwortete ich.

»Fühlst du dich elend?«, forschte er weiter. Ich war gar nicht krank. Natürlich nicht. Trotzdem fühlte ich mich elend. Lange hatte ich am Sonnabend nicht einschlafen können, schließlich hatte ich mein Bettzeug gepackt und war ins Wohnzimmer gegangen, wo mein Vater fernsah.

»Kannst du nicht schlafen?«, hatte er gefragt. Ich hatte den Kopf geschüttelt. »Leg dich her«, hatte er nur gesagt und auf das Sofa gedeutet. Er hatte etwas über den Ersten Weltkrieg angeschaut, den Ton hatte er aus Rücksicht eine Nuance leiser gedreht. Mit dem Rücken zum Fernseher, die Knie gegen die Sofalehne gedrückt, war ich irgendwann in einen unbequemen Schlaf gefallen.

»Hast du einen trockenen Mund?«, fragte mein Vater. Ich schüttelte den Kopf. Immer wenn ich krank war, stellte mir mein Vater diese Fragen. Hatte ich alle beantwortet, ging er in sein Zimmer, wo eine große Kommode stand, deren Fächer bis oben hin mit Medikamenten gefüllt waren. Er suchte lange nach dem richtigen und verordnete es mir dann. »Komm jetzt! Ich will nicht jedes Mal zu spät kommen«, rief meine Mutter aus dem Flur. Mein Vater legte mir das Buch auf den Tisch. Viele Lesezeichen lugten aus den Seiten hervor, bedeckt mit den kleinen Kringeln von Vaters Geheimschrift.

»Du kannst das Kapitel selber lesen«, empfahl er mir noch und deutete auf den längsten der Papierstreifen.

»Komm!«, schrie Mutter. Vater lächelte nicht, streichelte unbeholfen meine Bettdecke und ging dann aus dem Zimmer. Ich hörte das Auto aus der Einfahrt und die Straße entlangfahren. Meine Mutter saß am Steuer, das hörte ich auch.

Kai und Torsten waren noch im Bett. Sie mussten nicht mehr zur Kirche.

Ich sprang auf und ließ eine große Handvoll Cornflakes in eine Schüssel rieseln. Dazu machte ich mir Kakao. Die Schatten der Nacht waren verschwunden. Ich stahl mir die Fernbedienung vom Beistelltisch meines Vaters. Mit geübten Griffen wählte ich für Videorekorder und Fernseher die richtigen Einstellungen, dann öffnete ich den hohen Videoschrank meiner Mutter und las Etikett für Etikett. Bis es klingelte. Ich eilte zur Tür und öffnete sie, weil ich dachte, es sei vielleicht der Mann mit dem *Sonntagsblatt* oder ein Nachbar.

Ich stand im Schlafanzug einem Mädchen gegenüber. Ich hatte sie noch nie gesehen, und hier aus dem Dorf war sie nicht, das war klar.

»Ich weiß, wer du bist«, sagte ich. Sie blickte mich überrascht an.

»Na, wer bin ich denn?«, fragte sie.

»Du heißt Esther«, antwortete ich. Sie machte große Augen.

»Woher weißt du das?«

Stumm deutete ich auf die Jacke, die sie in den Händen hielt. Es war Torstens.

»Ach so!«, rief Esther, warf den Kopf in den Nacken und lachte ein herzliches Lachen.

»Die hat er bei mir im Auto vergessen«, erklärte sie. Ich sagte nichts, sie sah mir freundlich ins Gesicht.

»Du bist schön«, sagte ich. Esther legte den Kopf schief.

»Und du bist im Schlafanzug«, erwiderte sie nach einem Moment.

»Komm rein«, forderte ich sie auf und trat beiseite. Ich führte das Mädchen ins Esszimmer.

»Nimm Platz!«

Esther setzte sich schräg auf die Sitzfläche, die Jacke im Schoß gefaltet, den eigenen Mantel nicht mal geöffnet, als wollte sie sofort wieder aufbrechen.

Ich rannte ins Wohnzimmer und brachte ihr den Kakao, den ich mir eben gemacht hatte.

»Trink doch was«, bat ich, »ich hole Torsten.«

»Ich wollte nicht stören«, sagte Esther. »Nur kurz die Jacke abgeben. Sind deine Eltern da?«

»Zum Glück nicht!«, rief ich laut und grinste. Dann holte ich aus dem Nachttisch meiner Mutter schwarze Schokolade.

»Die musst du probieren«, schwärmte ich, setzte mich ihr gegenüber und sah sie an. Sie nippte erst an dem Kakao, bevor sie schnell die ganze Tasse leer trank.

»Gut gemacht«, lobte sie mich. Als nichts weiter geschah, fragte sie etwas unsicher: »Gibst du Torsten die Jacke?«

Ich nickte: »Ja.« Dann schüttelte ich den Kopf: »Nein!«

Wieder lachte sie.

»Warte!« Ich flitzte nach oben und brach in Torstens Zimmer ein, ohne anzuklopfen.

»He!«, schrie er verärgert. Er hatte gelesen. Ich kniete mich an sein Bett und flüsterte eilig: »Da ist jemand für dich unten. Schnell!« Er stieg aus dem Bett und wollte schon hinunter, da hielt ich ihn auf. »Nein!«, rief ich. »Zieh dir was an. Was Schickes. Und dann komm schnell runter!«

Schon war ich wieder aus dem Raum. Unten ging Esther in der Wohnung herum und betrachtete die Bilder. Und ich betrachtete sie. Plötzlich bemerkte sie mich und fuhr herum.

»Ich seh mich nur um«, sagte sie schnell. Ich nickte. »Ja, ja.« Wir standen stumm da. Manchmal machte sie ein paar Schritte und guckte interessiert irgendwohin. Aber eigentlich wartete sie nur oder maß mich mit ihren Augen.

Ich hörte Torsten die Treppe herunterkommen, er hatte sehr lange gebraucht. Sie sah auf.

»Da ist er«, sagte ich, wandte mich aber nicht von ihr ab.

Torsten kam hereingestolpert. Er sah überhaupt nicht glücklich aus. Eher erschreckt und bleich.

»Oh!«, machte Esther.

»Hallo«, sagte Torsten verblüfft. Dann sagte er nichts mehr. Als er seine Jacke sah, die sie sich über den Arm gehängt hatte, machte er einen großen Schritt auf sie zu und nahm sie ihr ab.

»Hab ich dich geweckt?«, fragte sie. Torsten schüttelte den Kopf.

»Ist alles in Ordnung?«, wollte sie wissen, weil die bleichen Falten einfach nicht aus seinem Gesicht verschwinden wollten. Vorhin im Bett hatte er die noch nicht gehabt.

»Es ist alles in Ordnung«, sagte er. Dann aber korrigierte er sich: »Nee, es ist nicht alles in Ordnung.«

»Soll ich gehen?«, rief Esther jetzt erschrocken.

»Nein!«, riefen wir beide, Torsten und ich. Da sah sie uns an und musste wieder lachen. Dazu klappte sie ihren Kopf nach hinten, und das Lachen sprudelte aus ihrem Bauch hervor und sprühte in die Luft wie eine Fontäne bei einem Wal.

»Hast du schon gefrühstückt?«, fragte Torsten nun. Er hatte sich endlich wieder gefangen. Esther nickte. Ich ging aus dem Zimmer.

Schon seit ich Esther erkannt hatte, hatte ich gespielt, ich sei der Diener eines reichen Mannes. Eine Frau besucht ihn. Sie ist sehr wichtig für ihn, weil sie ihm seine Jacke bringt. Er hat sie verloren, als er nachts durch die Straßen gezogen ist und gegen die Soldaten des Königs gekämpft hat. Der Herr weiß nicht, ob sie ihm helfen oder ihn in eine Falle locken will. Um das herauszufinden, habe ich sie mit aller Kunst und Galanterie dazu gebracht, zu bleiben.

Schnell holte ich ein frisches Gedeck. Der Herr und die Dame saßen schon zusammen am Tisch und unterhielten sich. Ich trat hinter ihren Stuhl und stellte ihr Tasse und Teller hin.

»Ich habe zu Anfang nicht gewusst, wem die Jacke gehört«, erklärte die Dame. »Ich habe in die Brieftasche sehen müssen, es tut mir leid.« Die Dame zuckte die Schultern. Der Herr auch. »Egal«, sagte er. Auf einmal legte sie wieder den Kopf schief und musterte ihn: »Da war noch etwas anderes drin!«, sagte sie leise. Der Herr fuhr auf. »Das hier!« Sie holte etwas aus ihrer Tasche und legte es vor ihn auf den Tisch. Es waren ein Pfefferspray und ein paar silberne Handschellen. Er verzog den Mund. »Hm«, machte er.

»Warum brauchen Sie denn dieses Zeug?«, fragte die Dame.

»Für den Notfall«, erklärte mein Herr knapp. »Die Straßen sind voller Dreck und Abschaum. Das wissen Sie so gut wie ich.«

»Aber Freitagabend im Theater! Waren da auch –«, sie zögerte, »Dreck und Abschaum?«

Es war dem Herrn unangenehm, das sah ich an seinem Gesicht. Aber da war noch etwas anderes. Etwas Hartes. Er wollte sich vor ihr nicht rechtfertigen.

»Das ist meine Sache«, sagte er.

Sie lächelte. Dann schob sie mit spitzen Fingern die beiden Gegenstände zu ihm hinüber.

»Wenn Sie mit mir ausgehen«, erklärte sie scharf und klar, »brauchen Sie das nicht. Merken Sie sich das!« Dann nahm sie mit ihrer schmalen Hand die Tasse auf und ließ sich von ihm Tee nachschenken. Während sie sich noch in die Augen sahen, blickte ich unbemerkt auf ihre Schuhe. Sie waren mit nasser Erde verschmiert. Ich sah den Herrn bedeutungsvoll an. Die Erde wies darauf hin, dass die Dame den Weg durch den Wald gekommen war. Und dafür gab es nur eine Erklärung. Sie wollte auf keinen Fall gesehen werden. »Sie meint es gut!«, flüsterte ich fast unhörbar.

Dennoch laut genug. Torsten und Esther wandten beide die Köpfe und sahen mich überrascht an. »Du zischst jetzt mal ab!«, rief Torsten. Esther aber zwinkerte mir zu, als ich das Zimmer verließ.

Kai stürmte ins Wohnzimmer. Er entdeckte mich und griff sofort an. Ein Kranker, der sich nicht wehren konnte, war für ihn Freiwild.

»Nein!«, kreischte ich. Er aber hatte mir schon die Decke weggezogen und sie auf die Terrasse geschmissen. Jetzt packte er mich und zerrte mich vom Sofa, um mich gleich hinterherzuschubsen. Er hätte mich ganz sicher ausgesperrt, wenn er es geschafft hätte. Aber Kai gab vorher auf und ließ sich in den Sessel fallen.

»Alle Achtung«, sagte er und blickte mich anerkennend an. Als ich nur verständnislos zurückstarrte, schrie er plötzlich: »Ey, zieh dir mal was an! Es ist gleich Mittag!« Damit stand er auf und trieb mich aus dem Wohnzimmer bis zur Treppe.

»Ich bin krank!«, beschwerte ich mich.

»Du bist 'n Scheiß krank!«, brüllte er mir in die Ohren. »Geh hoch und zieh dich an!«

Mir blieb nichts anderes übrig. Außerdem hatte er ja recht: Ich war gar nicht krank. Dass ich von zwei dummen, bösen Geistern verfolgt wurde, zählte wohl kaum als Entschuldigung.

Oben beeilte ich mich, in meine Kleider zu schlüpfen. Trotzdem ging es Kai nicht schnell genug. Er trampelte hinter mir her, boxte die Zimmertür auf und blieb im Rahmen stehen.

»Komm mit«, rief er. Also trottete ich los. Wir gingen nach draußen und ums Haus herum. Kai bedeutete mir, ruhig zu sein, als wir uns vor dem Kellerfenster hinknieten. Das Glas war so trüb, dass man fast gar nichts erkannte, außerdem hing ein altes Gitter davor. Ich beugte mich nahe an die Scheibe und lugte durch. Da war Torsten. Er hatte sich der Länge nach in die Kissen geworfen. Neben ihm sah ich Esther, die ein bisschen Sicherheitsabstand hielt. Sie hockte ganz knapp auf der Kante, sodass ich mich wunderte, wie ihr Po auf dem Polster hielt. Richtig gut erzogen sah sie aus. Hatte die Hände um die Knie gelegt und hielt sich ganz aufrecht. Als könnten ihr Vogeleier aus dem Haar fallen.

»Zurückhaltend«, flüsterte Kai und stieß mich an. Er sagte das Wort, als hätte er es vorher noch nie ausgesprochen. »Wo hat Torsten die nur her?«, murmelte er, dann fragte er mich: »Gefällt sie dir?«

»Die ist prima!«, rief ich leise. Kai lachte.

»Die zwei da unten. Das hast du richtig gut gemacht«, sagte er. »Hätt' ich dir gar nicht zugetraut. Du bist ein Profi.«

Ich nickte stolz. Da schlug er mir auf den Hinterkopf: »Und so ein Idiot, was deine eigenen Angelegenheiten angeht. Unglaublich«, fügte er hinzu.

»Wenn du wieder so eine Judith findest, dann machst du das genauso! Hörst du, genauso!«, trichterte er mir ein.

Plötzlich bekam er glühende Augen: »He, kannst du mir auch so ein Rendezvous organisieren?«, stieß er mich an. Und dann bestimmter: »Du machst mir genau so ein Rendezvous. Ist das klar?!«

Ich sah ihn verdutzt an. Was wollte er von mir?

»Ich gebe dir sieben Tage«, fuhr er fort. »Dann sitze ich mit Tanja da unten im Keller. Und dann kniet ihr hier draußen, du und Torsten, und stiert neidisch rein, wenn ich mich um sie kümmere. Hast du kapiert?«

Nein, hatte ich nicht. Ich schüttelte den Kopf.

»Da schau!«, rief er begeistert und deutete auf das Fenster. Ich sah hin: Torsten strahlte glücklich. Er musste eben etwas Lustiges gesagt haben, denn Esther warf wieder auf diese ganz besondere Weise den Kopf zurück und konnte nicht aufhören zu lachen. Man sah das Glück, das sich um die beiden ausbreitete. Wie bei zwei Elementen, die anfangen zu reagieren, wenn sie in Berührung kommen. Es war etwas Drittes im Raum, das aus den beiden kam, aber mehr war als sie. Bei Esther stellte ich mir vor, es sei unsichtbares, fliegendes Wasser. Sie sprudelte ihr Lachen hinein, und Torsten öffnete den Mund, als wollte er etwas sagen, aber in Wirklichkeit schnappte er nur nach den Luftblasen. Er wollte mehr und mehr davon trinken.

»Träum nicht!«, machte Kai mich derb an. »Ich und Tanja!«

»Ich denk nicht dran!«, sagte ich. Kai aber packte mich am Kragen: »Nee, nee!«, rief er. »So nicht!« Er zog mich weg von dem kleinen Fenster mit der schönen Aussicht. Weg von meinem strahlenden Bruder und dem gut erzogenen Mädchen, das so gar nicht in unseren Keller passte.

Kai blickte mich ernst an: »Du hast es mir versprochen, erinnerst du dich? Du bist mir was schuldig!«

»Aber Kai«, widersprach ich hilflos, »wie soll ich das denn anstellen? Ich hab keine Ahnung, wie ich das machen soll!«

Er sah mich energisch an. »Denk dir was aus! So kompliziert ist das nicht. Und außerdem brauchst du Übung.« Damit ließ er mich stehen und stapfte durch den Garten davon.

Meine Eltern ließen sich Zeit mit dem Heimkommen. Sicher gab es genug zu reden. Meine Mutter würde ihre Absätze ins Parkett des Gemeindesaales rammen und den Leuten ihr Lächeln ins Gesicht klatschen. Mein Vater würde an einem Tisch dösen oder eine Tasse Kaffee nach der anderen trinken. Er würde seinen Tischnachbarn Sachen erzählen, die sie nicht verstanden. Sein hintergründiges Lächeln dabei konnte ich vor mir sehen. Der Kaffee im Gemeindesaal kam aus Thermoskannen und war meist sauer und nicht heiß genug. Der Kuchen war auch nur selten gut, aber man musste ihn loben, weil die, die ihn gebacken hatten, mit am Tisch saßen. Meine Mutter würde alles erfahren, was sie für den Fortgang der Woche brauchte. Für die Telefonate mit ihren Freundinnen und die Treffen mit anderen Müttern. Sie würde erfahren, wer krank geworden war, was in den Ehen vorging und ob etwas Schlimmes passiert war. Das war ihre Art, ihr Leben bunt und abwechslungsreich zu gestalten.

Irgendwann würde mein Vater einen Gesprächspartner finden, der ihm interessiert zuhören würde. Sie würden die Zeit vergessen, Welten umspinnen und die Seele sezieren. Meine Mutter würde sich irgendwann ungeduldig und skeptisch dazusetzen. Sie würde eine Weile lauschen. Ab und zu würde sie eine Bemerkung machen, die abfällig klingen würde, ohne dass sie das beabsichtigte. Dann würde sie wieder durch den Saal streifen und etwas suchen, das sie nie fand.

Also hatte ich Zeit, mein Krankenlager nach oben in mein Zimmer zu verlegen. Dort war ich einigermaßen sicher vor Kai und konnte tun, was ich wollte. Mein Plan war, meinen Vater zu überzeugen, mich am Montag noch zu Hause bleiben zu lassen. Mittags schlich ich die Kellertreppe hinunter. Ich musste mit Torsten reden, aber als ich eben eintreten wollte, hörte ich, dass Esther immer noch da war. Also ging ich wieder hoch.

Das Mittagessen brachte mir Kai in mein Zimmer. Er sah mich an, und ich wusste, er durchschaute mich völlig. »Tanja!«, war das einzige Wort, das er mir sagte, ehe er das Zimmer verließ. Mein Vater brachte mir Medikamente, meine Mutter kam nur einmal, um nach mir zu sehen. Sie lud mich ein, unten fernzuschauen, und nahm die Wäsche mit, als sie ging.

Dann kam der schreckliche Abend.

Die Sonne scheint rot und schräg in die Fenster. Alles Metall, das sie berührt, zündet sie an. Sie zwingt mich, nach unten zu schielen. Es scheint eine direkte Verbindung zwischen dem Weltall und unserem Haus zu geben, so drängt das Abendlicht vor der Dunkelheit noch einmal herein.

Unten höre ich Stimmen. Ich stelle mir vor, wie das rote Licht da, wo es hintrifft, Pfützen bildet, die immer heller werden. Sie breiten sich aus, das flüssige Feuer steigt an und erfüllt die Räume. Es leckt die Stufen hoch und schimmert den Flur entlang. Ich stelle mir meine Familie vor, wie sie in diesem Licht schwimmt. Meine Mutter beschwert sich überrascht, als es sie anhebt und durch den Raum trägt. Sie achtet darauf, dass ihr Rock nicht hochrutscht, da spült es sie gegen den Türrahmen. Mein Vater blickt nur kurz von seinem Buch auf, als sein Sessel sich in die Luft erhebt und wackelig durchs Zimmer schwebt. Torsten und Esther treiben von unten an die Oberfläche. Sie finden es lustig. Sie rumpeln glucksend die Kellertreppe hinauf und ecken überall an. Dabei lassen sie sich gegenseitig nie zu weit wegdriften. Kai kommt aus seinem Zimmer. Er beobachtet verblüfft das Glitzern, das schon fast den ersten Stock erreicht hat. Er zögert nur kurz, dann macht er einfach einen Kopfsprung hinein. Er untersucht alles, lässt das flüssige Feuer durch seine Finger rinnen und runzelt die Stirn. Dann taucht er mit kräftigen Bewegungen hinab und durchschwimmt das ganze Haus. Er sieht misstrauisch den Luftblasen nach, die beim Ausatmen entstehen, und füllt seine Lungen, so tief er kann, ehe er nach unten in den Keller taucht.

Unten höre ich sie jetzt alle lachen und scherzen. Zufällig fällt mein Blick auf meine Pistole, die über der Stuhllehne an meinem Gürtel hängt. Es ist eine schöne Waffe. Der Holzschaft ist schwarz lackiert, vorne ragen zwei abgesägte Alurohre als Doppellauf heraus.

Der Abzug ist ein umgebogener Nagel, aber den Abzugsbügel habe ich sorgfältig aus einem Blech ausgeschnitten. Er gibt der Waffe etwas Echtes. Ich will gerade aufstehen und sie in die Hand nehmen, da fliegt meine Tür auf.

»Anklopfen!«, rufe ich empört. Aber dann erstarre ich. Da steht er. Umrahmt von rotem Strahlen: der dünne Polizist. Es ist der mit dem hellgrünen Gesicht. Seine Uniform ist ihm zu groß, er schlottert darin herum. Das macht ihn irgendwie ekelhaft.

»Du sollst runterkommen!«, sagt er hämisch. Mein Blick wandert zu meinem Gürtel mit der Waffe, aber der Grüne ist schneller. Er stellt sich zwischen mich und den Stuhl.

»Nee, nee«, macht er schadenfroh und zeigt mit dem Daumen zur Tür.

»Runter, mein Lieber! Das war's.«

Ich schlage die Decke zurück und gehe mit wackeligen Knien zur Tür hinaus. Im Flur schreie ich fast auf. Genau hinter der Tür steht der andere, der Dunkelgrüne, und grinst mich böse an. Ich gehe die Treppe hinunter, das Licht liegt mir in den Augen, es blendet mich. Stufe um Stufe taste ich mich hinab. Als ich unten ankomme, sind die beiden dicht hinter mir, stoßen mich durch eine Tür in einen großen Saal. Er sieht aus wie unser Wohnzimmer, nur viel größer. Unsere Möbel stehen ganz klein an der Wand und in den Ecken herum. Dazwischen sind Holzgeländer, Stufen und blanke Bänke. Durch die hohen Bogenfenster strahlt das gleißende Licht herein. Es wirft eine Gasse auf den Boden, sie führt von meinen Fußspitzen direkt zu einem Podest am anderen Ende des Saales. Ich gehe darauf zu. Im Halbdunkel sehe ich Leute herumstehen oder miteinander tuscheln. Sie verstummen und blicken mich an, wenn ich an ihnen vorbeischreite. Aus dem Schatten einer Säule lugt jemand hervor. Die Gestalt schiebt sich ein wenig aus der Dunkelheit. Es ist die weiße Frau. Sie blickt sich ängstlich um, bevor sie mir zunickt. Sie scheint etwas flüstern zu wollen, zögert, dann tut sie es doch. Ich verstehe sie aber nicht. Hat sie »Kai!« gerufen? Als ich ihr antworten will, ist sie schon wieder in ihrem Winkel verschwunden.

Ganz vorne angekommen trete ich vor das Podest. Darauf steht der Sessel meines Vater. Meine Mutter sitzt neben ihm auf der Couch. Vor ihr auf dem Tischchen liegt etwas, aber sie hat die Zeitung darübergebreitet, damit ich es nicht gleich erkenne.

»Wir wollten mal mit dir reden«, sagt mein Vater. Meine Mutter verzieht nur den Mund. Plötzlich erinnere ich mich an eine Szene von früher. Meine Mutter kniet vor mir und drückt ihren roten Fingernagel in meine Wange. So lange, bis es weh tut. Ich fange an zu weinen, aber sie hört nicht auf. Nachher stehe ich vor dem Spiegel und betrachte den dunklen Abdruck auf meiner Haut.

Das ist nie passiert!, denke ich.

»Kannst du dir denken, warum?«, fragt mich meine Mutter in beiläufigem Ton.

Ich schüttle nur den Kopf. Mir wird so heiß! Gedanken schießen mir durchs Bewusstsein: Jemand hat die Nummer des Wagens notiert, als wir von Judiths Haus geflohen sind. Jemand hat uns am Samstag in der Schule gesehen. Judith hat mich doch erkannt und gewartet, ehe sie mich angezeigt hat. Noch mehr Bilder tauchen auf, unangenehme, widerliche Bilder. Ein Junge schiebt seinen Schwanz in die engen Ritzen zwischen den Sofakissen. Ein Junge zappt nachts mit wild schlagendem Herzen durch die Kanäle. Der Ton ist ausgeschaltet. Er will Bilder sehen. Bilder, die ihn das Gefühl verstehen lassen, das in ihm ist.

»Weißt du nicht, worum es geht?«, fragt mein Vater.

Ich schüttle den Kopf und hebe die Schultern.

»Er hat keine Ahnung«, übersetzt meine Mutter spöttisch. Sie zieht die Zeitung weg. Darunter liegt ein kleines Bündel Geld. Die Scheine sind dreckig, aber die Kanten liegen haargenau übereinander.

»Woher ist denn das Geld?«, fragt sie mich. Immer noch klingt es wie die normalste Unterhaltung der Welt.

Keine Ahnung, sagen meine Schultern noch mal. Mein Vater blickt mich an.

»Das Geld war in deiner Hosentasche. Woher hast du das?«, fragt er ruhig.

»Es wäre zum Beispiel ganz gut zu wissen, ob das dein Geld ist oder ob der rechtmäßige Eigentümer demnächst hier bei uns anklopft«, spricht er weiter.

Ich sage immer noch nichts. Auf einmal erschrecke ich. Von hinten packen mich die Hände der Polizisten an den Armen. »Er ist ein Dieb und Mörder«, ruft der dicke Dunkelgrüne. »Fragen Sie ihn mal, was er mit der kleinen Frau gemacht hat!«, quäkt der Hellgrüne.

»Schau«, sagt mein Vater. Er klingt resigniert, aber immer noch völlig ruhig, »das ist keine Lappalie. Wir wollen nicht, dass du in Schwierigkeiten kommst, verstehst du?«

Ich nicke. Meine Mutter fragt: »Wolltest du dir etwas kaufen?« Als ich nicht antworte, fährt sie fort: »Hast du dir das Geld geliehen oder hast du es jemandem weggenommen?«

»Ich habe es Kai weggenommen!«, rufe ich plötzlich.

»Du dreckiger Lügner!«, zischt es links und rechts in meine Ohren.

»Kai?«, fragt Vater überrascht.

Meine Mutter zieht die Brauen hoch.

»Und warum?«

»Wir haben uns gestritten.«

Vater schüttelt den Kopf. Mutter wird lauter: »Das ist doch kein Grund, deinem Bruder einfach Geld wegzunehmen. Das geht nicht. Wir können hier nicht alles wegsperren, nur weil einer anfängt zu klauen! Das geht nicht! Das mache ich nicht!«

Mein Vater sieht mich durchdringend an. »Wo hast du es gefunden?«

»In Kais Zimmer.« Ich sehe zu Boden.

»Nein, wo genau lag es?«, will mein Vater wissen.

Zum Glück weiß ich, wo Kai sein Geld aufbewahrt. Ich sage es meinem Vater. Er weiß es vermutlich auch, denn er lässt ab von mir.

»Okay«, sagt meine Mutter, »und was machen wir jetzt?«

Ich reagiere nicht.

»Dich meine ich!«, ruft sie.

Ich sehe auf.

»Was machen wir jetzt? Das ist eine Frage!« Sie starrt mich an. Ich erkläre, dass ich das nie wieder tun werde, verspreche, dass ich mich bei Streitigkeiten an die Eltern oder an Torsten wenden werde. Ich verspreche, nicht zu lügen, ich biete an, die Sache offen mit Kai zu klären und ihm eine Entschädigung anzubieten.

»Sieh mich mal an«, fordert mich meine Mutter am Ende auf. Ich versuche, ihr in die Augen zu sehen.

»Du brauchst bei uns nicht zu lügen. Okay?«

Ich nicke. »Okay.«

»Du bist so ein Trottel!«, macht mich Kai am Abend an. Er wirft sich neben uns auf das alte Schaumstoffsofa und verschränkt die Arme.

»Ich –«, beginne ich mich zu rechtfertigen.

»Nee!«, ruft er und holt Luft, aber dann stockt er. Kai schüttelt nur müde den Kopf. Er weiß einfach nicht, was er sagen soll.

»Pass auf!«, fängt er dann doch an, »wenn die dich wieder so was fragen, was antwortest du dann?«

»Ich weiß nicht!«, rufe ich verzweifelt. Egal, wie sehr ich dagegen ankämpfe, ich beginne zu schniefen. In meinen Augen sammelt sich das Wasser.

»Du sagst einfach die Wahrheit, Mann! Das ist Wandertagsgeld oder Lektüregeld, klar?«

»Okay«, heule ich.

»Du hast es eingesammelt und gibst es morgen ab. Ganz einfach«, macht er mir klar. Seine Hände durchschneiden dabei energisch die Luft.

»Okay«, sage ich noch mal. Eine Hand legt sich auf meine Schulter. Ich kippe zur Seite auf Esthers Schoß. Sie legt ihre Arme um mich und tröstet mich. Kai verdreht die Augen.

»Wie bist du eigentlich da rausgekommen?«, fragt Torsten nach einer Weile.

»Boa ey!«, schnauft Kai. »Ich hab erst gar nicht gecheckt, was die von mir wollen!« Er setzt sich auf, als wollte er der Luft im Zimmer dabei eine Kopfnuss verpassen. »Dann hab ich das Gleiche gesagt. Geld von den Fußballkollegen. Für 'ne Fahrt.«

Auch Torsten schüttelt nur den Kopf.

Da höre ich Esthers schöne Stimme: »Und woher kommt das Geld nun?«

Beide schweigen.

»Habt ihr eine Bank überfallen?«, fragt sie spöttisch und ein wenig spitz.

»Nee«, sage ich und richte mich auf. »Ich hab's mir geliehen, weil ich einen Nintendo kaufen wollte. Aber das erlauben die nie!«

Esther sieht mich zweifelnd an. Torsten und Kai tauschen einen schnellen Blick.

Da schlägt mir Kai auf die Schulter und fängt an zu lachen: »Aber im Lügen wird er besser!«

Damit verlässt er den Raum.

Esther hebt eine Augenbraue.

»Wieso bist du überhaupt immer noch da?«, frage ich sie und putze mir die Nase.

»Hm«, sagt sie und lächelt. »Da kann man nichts machen.«

Ich grinse sie an: »Ich find's gut.«

Esther fährt mir durch die Haare.

»Das war ein Scheißtag!«, beschwere ich mich.

»So ist das«, meint Torsten.

Wir holen die Spiele vom Regal und wischen den Staub von den Kartons. Als Esther mal austreten geht, frage ich meinen Bruder schnell: »Wie hat Kai das eigentlich wieder mitgekriegt? Dass ich Esther extra für dich reingebeten habe und so.«

»Hast du sie extra reingebeten?«, fragt er überrascht.

»Ja«, sage ich. »Sie wollte eigentlich nur die Jacke abgeben.«

Torsten beugt sich zurück und sieht mich erstaunt an.

»Alle Achtung«, sagt er dann. »Das habe ich gar nicht gewusst. Das hast du gut gemacht.«

»Ja«, jammere ich, »aber jetzt muss ich Kai auch helfen. Bei Tanja. Ich war ihm doch noch was schuldig.«

»Was?« Torsten lacht ungläubig.

»Das ist nicht witzig!«, rufe ich. »Wie soll ich ihm denn diese Tanja hier in den Keller schaffen?«

Aber Torsten ist nicht besonders hilfreich, er scheint die Sache nicht ganz ernst zu nehmen.

»Wie soll ich denn an diese Tanja rankommen?«, frage ich noch mal.

»Vielleicht über jemanden in ihrer Clique«, überlegt er, dann schlägt er mir aufmunternd auf die Schulter: »Wart mal ab. Vielleicht fällt mir was ein.«

Die Tür geht auf. Kai und Esther kommen. Kai hat Chips und Cola dabei. Esther nur sich selbst. Insgeheim hoffe ich, dass sie nie wieder geht.

Die Ernte

Am Montag musste ich in die Schule. Der Bus öffnete seine Türen und hieß mich im trüben Dunst eines neuen Schultages willkommen. Die Stühle erschienen mir härter, die Stunden länger. Judith fehlte.

»Was hat sie denn?«, fragte ich die Glucke zaghaft.

»Die ist krank«, gackerte sie. Damit konnte ich auch nicht viel anfangen. Die Stunden krochen dahin. Fächer wie Chemie oder Geografie waren noch trostloser als sonst. In Mathe saß Judith sonst immer nicht weit von mir entfernt. Ich hatte mir oft vorgestellt, unsere Blicke seien zwei Geraden. Zwei Geraden, die nichts voneinander wussten und nichts miteinander zu tun hatten. Die Geraden flogen über die Scheitel der anderen hinweg, passierten den Lehrer, durchdrangen die Tafel, durchbrachen die Wand. Dann läge vor ihnen die Unendlichkeit. Und irgendwo dort – so hatte ich es gelernt – würden sich diese zwei Geraden treffen. Sie würden für einen Moment eins werden. Und im Rückblick wäre es so, als hätten wir beide in all diesen Stunden schon immer ganz nah beieinander gesessen. Der Unterschied wäre nur eine Nanosekunde in der Unendlichkeit.

Die ganze Woche kam Judith nicht zur Schule. An Tanja heranzukommen wäre eine gute Ablenkung gewesen.

»Erzähle mir von ihr«, forderte mich die weiße Frau nachts auf. Ich schüttelte den Kopf.

»Na los«, bat sie mit ihrer sanften Stimme und legte die Hand in meinen Nacken. »Beschreib sie doch!«

Aber ich weigerte mich.

»Kai hat gesagt, sie sieht aus wie dreizehn«, lachte die Frau. Sie öffnete die Schnürung ihrer Bluse. Darunter quollen ihre prallen Brüste hervor. Ich sah gierig hin. Dann aber wandte ich mich ab.

»Ich mach das nicht mehr«, sagte ich. Und wie sehr sie mich auch reizte, ich blieb standhaft.

Esther war bis zum nächsten Morgen geblieben. Torsten und sie hatten sich lange gehalten, bevor sie sich hinausgeschlichen hatte. Dann aber kam sie nicht mehr. Mein ältester Bruder war sieben Tage lang düster und gereizt. Später erfuhr ich zufällig, dass Esther einen Freund hatte.

»Es ist Samstag«, sagte Kai und sah mich kalt an. Ich wollte schnell aus der Küche gehen, aber da stand plötzlich Torsten im Weg herum.

»Wo ist mein Rendezvous?«, fragte Kai.

»Ich habe das nicht geschafft!«, rief ich verzweifelt. »Kai, wie sollte ich das denn anstellen!«

Er setzte sich an den Tisch.

»Das ist eine Sache der Vorstellung«, erklärte er.

»Oder hättest du am Samstag für möglich gehalten, dass du Torsten und Esther so einfach zusammenbringen kannst?«

Ich zuckte die Schultern. »Das war doch nur Zufall!«, sagte ich leise.

»Du hast Torsten damit übrigens keinen großen Dienst erwiesen«, sprach Kai weiter. »Die Fotze ist eine Schlampe.«

»Sei still!«, murmelte Torsten düster.

»Okay«, sagte Kai. »Trotzdem hat unser kleiner Bruder mir was versprochen. Und da das mit Tanja nicht hingehauen hat, habe ich mir was anderes ausgedacht. Setz dich mal zu mir!«, forderte er mich auf. Das tat ich, und Kai erläuterte mir, was ich in Zukunft für ihn zu tun hätte, um meine Schuld abzuarbeiten.

»Du bist für die Ernte verantwortlich«, erklärte er. »Du gehst ab und zu in die Schule und leerst die Kassen. Hast ja gesehen, wie ich das gemacht habe. Das ist alles. Den Schlüssel hast du ja. Alles klar?«

»Alles klar«, nickte ich, auch wenn mir die Aussicht, nachts allein in die Schule zu gehen, nicht sehr verlockend vorkam.

»Super«, freute er sich und stand auf. »Und keine Angst, es wird gerecht geteilt.«

»Torsten«, sprach er unseren schlecht gelaunten Bruder an, »kommst du mit in die Stadt?«

Der schüttelte nur den Kopf.

»Lass dich nicht so hängen!«, rief Kai. »Komm mit. Lass dich doch von ’ner Braut nicht so fertigmachen. Du spannst sie dem Typen einfach aus.«

»Nee«, sagte Torsten und wandte sich ab, »ich trink nichts mehr. Vertrag ich irgendwie nicht mehr.« Er kreuzte seine Hände über dem Bauch.

Verärgert drehte sich Kai zu mir um: »Wenn der mich im Stich lässt, musst du ran! Wenn du Geburtstag hast, kriegst du deinen ersten Trichter!« Dann lachte er und stampfte in sein Zimmer.

Geburtstag

Bevor ich sechzehn wurde, wusste ich schon lange, was ein Trichter war. Aber das viele Bier, das man dabei in den Bauch gespült kriegt, bekam mir nicht. Es stand mir bis oben im Magen, und es floss einfach wieder heraus, wenn ich mich zu schnell bewegte. Meinen

Geburtstag durfte ich im Keller feiern. Ich lud ein paar Leute aus meiner Klasse ein. Wir machten uns ein Lager und sahen die ganze Nacht Videofilme an. Es war ausgemacht, dass Kai und Torsten Bier und Filme ab achtzehn brachten, sobald die Eltern schlafen gegangen waren. Aber meine Mutter stand den ganzen Abend lang vor der Tür. Sie begrüßte jeden einzelnen Freund, der kam, und führte ihn zu uns rein. Als sie endlich verschwunden war, fingen wir an, immer wieder nach draußen zu gehen und Zigarillos zu rauchen, die keiner von uns mochte. Wir tranken warmen Wodka, aber ich nippte nur. Ich hatte keine Mädchen eingeladen, weil mir das peinlich war. Es war mir peinlich vor meinen Eltern und sogar vor den Klassenkameraden. Wir redeten auch nicht über Frauen. Die einzige Frau, die ich eingeladen hatte, war Esther. Ich hatte sie auf dem Pausenhof abgepasst und ihr einen Briefumschlag mit der Einladung in die Hand gedrückt. Sie hatte mich angelächelt und sich bedankt. Aber sie war nicht gekommen und hatte auch nicht abgesagt. Torsten stieß zu uns, als meine Eltern endlich aus dem Weg waren. Er brachte einen Dinosaurierfilm mit, sonst nichts. Er ließ sich schlecht gelaunt in eine Ecke fallen und sah uns beim Feiern zu. Alkohol trank er nicht. Er war krank, seit Wochen hatte er immer nach dem Essen Bauchweh.

Kai kam nur kurz. Auf ihn war Verlass. Er stand mit einem Mädchen in der Tür, das ich nicht kannte. Sie war mir sofort unsympathisch. Sie sah uns an, als wären wir alle blöd und klein und lächerlich. Sie trug eine Lederjacke, war stark geschminkt und stank nach Rauch. Kai hatte den Arm um ihre Hüfte gelegt. Sie wiegte sich die ganze Zeit hin und her. Wahrscheinlich war sie betrunken. Außerdem war ihre Stimme zu laut. Ich bat sie, leiser zu sein, aber das schaffte sie nicht. Sie plärrte dumme Sätze heraus, und alle waren froh, als Kai und sie wieder verschwunden waren. Aber er hatte uns Bier und Filme mitgebracht, mit der strengen Auflage, die Videos nach Gebrauch sorgfältig zu verstecken. Wir rissen uns die Cover, auf denen halb nackte Frauen zu sehen waren, gegenseitig aus der Hand, lachten derb und lasen uns die Beschreibungen vor. Aber keiner von uns traute sich vor den anderen, wirklich einen dieser Filme auszuwählen und in den Videorekorder zu schieben. Bei den Gewaltfilmen war das kein Problem. Ich setzte mich beim Fernsehen ganz nach hinten, so konnte ich die Augen schließen, wenn es zu schlimm wurde. Ich mochte keine Gewaltfilme. Sie taten mir in den Augen weh, im Bauch, und ich wurde die Bilder ewig nicht mehr los.

Am nächsten Tag fanden meine Eltern die normalen, unangenehmen Spuren solcher Feiern. Jemand hatte draußen vor die Tür gekotzt. Zwei oder drei hatten es mit dem Bier übertrieben, nichts war aufgeräumt. Außerdem fand meine Mutter – ohne sich anzustrengen – sofort die nachlässig versteckten Gewaltfilme. Ich wurde nach oben zitiert und bekam eine mäßige Portion Schimpfe. Dann musste ich alles putzen. Mein Vater fuhr meine Freunde in einer großen Fuhre nach Hause, meine Mutter weckte mich aus dem Nachmittagsschlaf. Sie hatte für mich gekocht.

Abends kam Kai, ich übergab ihm die Videos.

»Wer war die Tussi gestern?«, fragte ich ihn.

»Tanja«, sagte er. Mehr traute ich mich nicht zu fragen.

Nummerngirl

Zu Hause fühlte ich mich manchmal wie ein Mann, der eben einen Boxkampf gewonnen hat, ein Stier mit der Kraft, Telefonbücher zu zerreißen. Leider stand der Stier in der Küche meiner Mutter, und da gab es einfach gar nichts, was man zerreißen konnte. Der Stier konnte nichts mit seiner ganzen Überlegenheit anfangen. Das Reden mit meinen Eltern war wie Stricken mit Boxhandschuhen – es ging nicht.

Und ich musste aufhören, mir Judith vorzustellen! Wenn ich zu Hause die Stühle warmsaß und ins Leere starrte, kamen die Tagträume. Es waren immer dieselben: Irgendwo begegne ich zufällig Judith. Wir kommen ins Gespräch und landen in einer diffusen Kitschvorstellung von Küssen und Sichanfassen.

Judith musste weg aus meinem Hirn. Denn immer, wenn sie plötzlich auftauchte, fühlte es sich an, als würde eine Lunte in meinem Knochenmark abbrennen.

Ich hatte den Original-Notenbogen längst zurückgebracht. Hatte ihn in der Schule in irgendein Fach gestopft und war dann mit gesträubten Nackenhaaren aus dem Gebäude gerannt. Allein war es mir dort zu unheimlich. Das Geld, das ich Kai abliefern sollte, holte ich mir woanders. Ein Teil war von meinem Geburtstagsgeld. Einmal lieh ich mir was von meinem Vater. »Für eine Sondersilbermünze, die ich unbedingt brauche.«

Nur einmal hatte es mich noch hingetrieben, an einem Feiertag. Da hatte ich alles nach irgendwelchen brauchbaren Infos durchstöbert, mit denen ich mich an den größten Ärschen in meiner Klasse rächen konnte. Aber das war nicht sehr ergiebig gewesen.

Die Kopie von Judiths Bogen lag immer noch unter meiner Schreibtischunterlage. Aber was war sie wert? Nur so viel, wie ich Mut hatte, die Nummer zu wählen. Ich hatte alle möglichen absurden Vorstellungen, was diese sechs Zahlen angingen: In einer davon hatte ich keinen Notenbogen gestohlen, sondern mich vertrauensvoll an meinen Bruder gewandt.

»Kai, gibst du mir Judiths Telefonnummer?«

»Ja klar«, grinst der.

Am nächsten Tag sehe ich ihn in seinem Kraftaffengang in unsere Schule kommen und auf die Mädchengruppe zuwanken. Sie blicken abfällig an ihm vorbei, wie an jemandem, der nicht richtig lesen kann.

Ich eile entsetzt dazu und höre ihn gerade noch sagen: »Die da in der Mitte, die Blauäugige, bist du Judith? Gib mal meinem kleinen Bruder deine Nummer. Der traut sich nicht selber fragen.«

Der Traum explodiert in meinem Peinlichkeitszentrum im Gehirn ganz vorne.

Ein anderer war: Irgendwann – genau zum ungünstigsten Zeitpunkt, vielleicht zwei Uhr nachts – habe ich genug Mut zusammen, um die Unterlage hochzuheben und die Nummer nachzusehen, die ich eh schon auswendig kann. Ich schleiche runter und hoffe, dass die

Eltern nicht aufwachen. Dann wähle ich tatsächlich, und es passiert das, was in Wirklichkeit garantiert nicht passiert: Sie geht ran und flötet mit ihrer sanften Stimme: »Hallo, hier spricht Judith.«

»Ich bin es, Georg«, stammle ich. »Der Typ aus deiner Klasse, der nicht mit dir Tanzkurs machen wollte. Ich –« Und schon fällt sie mir misstrauisch ins Wort: »Und woher hast du meine Telefonnummer?«

Ja, und wie hätte ich die Frage dann beantworten sollen?

Das alles war ein Riesenmist.

Der Weihnachtsbaum

Immer wenn es Winter wurde, hörte die Sonne auf, auf unser Dorf zu scheinen. Ich lebte in dem Haus, als wäre ich unsichtbar. Ich aß mit meinen Eltern, aber sie sahen durch mich hindurch. Sie sahen nur den blonden, braven Jungen, den sie einst gekannt hatten. Aber ich trug dunkle Sorgen in mir. Ich hatte Gedichte auf den Lippen, die in einer Sprache geschrieben waren, die stank. Wenn ich aus den Ozeanen der Nacht auftauchte, musste ich den Mund zumachen, damit niemand die Wörter roch, die ich erfunden hatte. Dennoch waren diese Gedichte schön. Einmal werde ich sie einem Mädchen sagen, nahm ich mir vor, einem Mädchen, das sie versteht. Ich hüllte mich in einen langen Mantel, nahm meinen Rucksack und ging zur Schule, bevor es Tag wurde. Der Zug spie mich wieder aus, wenn die Sonne lange untergegangen war. Ich lehnte mich gegen den Wind und ging schief nach Hause.

Dumpf drang an diesem Nachmittag Musik durch den Beton herauf. Kai fing mich im Hausflur ab und winkte mir zu, ich solle auch nach unten kommen. Ich warf den Mantel auf den Boden und den Rucksack darauf, dann folgte ich Kai, der schon wieder verschwunden war. Unten konnte ich plötzlich nicht weiter. Da war etwas. Nur ein paar Meter vor mir: die Tür, unter der das rote Licht hervorquoll, zusammen mit dem Rauch herauskroch. Und im Schatten des Ganges: eine Anwesenheit, etwas Lebendes, das auf mich wartete. Mit Mühe zwängte ich mich Schritt für Schritt vorwärts. Auf einmal wurde der Schattenwinkel, den ich meiden wollte, an dem ich angestrengt vorbeiblickte, etwas größer. Er fuhr eine Dunkelheit aus wie Arme und hielt mich fest. Er packte mein Kinn und drehte meinen Kopf. Sieh mich an!, schien die Dunkelheit böse zu zischen. Ich musste hineinstarren, auch wenn mich das Entsetzen ankam. In dem Winkel stand die weiße Frau. Sie trug einen Trenchcoat und einen Humphrey-Bogart-Hut. Unter dem Mantel war sie nackt. Sie nahm meine Hand und ließ sie unter den Stoff gleiten. Zum ersten Mal ließ sie sich wirklich berühren. Ich spürte ihre kalte, glatte Haut, strich über ihre Brüste, meine Fingerspitzen fühlten die kleinen Narben, die da waren. Es waren viele. Ich erschrak. »Die hast du in mich hineinfantasiert!«, sagte sie stolz und als wollte sie mich deswegen trösten.

»Jetzt fass in mein Loch!«, bat sie. Ich fuhr zurück.

»Nein!«, rief ich. »Ich will nicht mehr!« Aber der Drang war ungeheuer stark, zu tun, was sie wollte.

»Du begreifst gar nichts!«, fuhr sie mich an.

Ich schüttelte nur den Kopf. Das stimmte.

»Fass in mein Loch, verdammt!«, flüsterte sie böse. Ich wollte nicht. Da sah sie mich bitter an. Warum war sie so enttäuscht? Ich konnte sie nicht mehr zu mir lassen. Immer, wenn ich es tat, fühlte es sich falsch an. Es drückte meine Seele. Der schwere weiße Körper der Frau klebte mir manchmal noch tagelang auf der Seele wie auf einem zappelnden kleinen Vogel. Das machte meine Augen scheu – zu Hause und auf dem Schulhof.

»Du bist gar nicht richtig da!«, hatte ein älteres Mädchen mal zu mir gesagt. Das ging nicht zusammen: Hier unten kurz alles vergessen und geil meine Finger in einen verbotenen Schlitz schieben, sich gehen lassen für einen kurzen Moment, der einen danach so viel kostete, und dann da oben den Mädchen in die Augen sehen.

»Was ist los?«, zischte die weiße Frau mich an.

»Lass mich in Ruhe!«, rief ich leise und zerrte an ihr, um loszukommen.

»Was glaubst du eigentlich?«, fragte sie. »Du hältst mich hier unten gefangen, und jetzt versuchst du mich auszuhungern?«

Ich verstand sie nicht. Ich hielt sie doch nicht gefangen. Ich machte ein paar Schritte rückwärts auf die Tür zu.

»Geh nicht da rein!«, rief sie plötzlich mit Schrecken in den Augen.

»Was?«, fragte ich.

»Geh da nicht rein!«, warnte sie mich noch mal.

»Warum nicht?«, wollte ich wissen.

»Da drin, da – da wartet jemand auf dich«, sagte sie. »Mach es nicht!«

»Wer denn?«, fragte ich verständnislos.

»Da wartet eine –«, sie stockte. Plötzlich ging sie auf die Knie.

»Was hast du?«, fragte ich besorgt und neigte mich zu ihr.

»Geh nicht rein!«, schluchzte sie und schlug die Hände vors Gesicht.

Ich verstand das alles nicht. Ich wollte sie trösten, da sah ich plötzlich ihre Augen durch ihre tränennassen Finger blitzen: boshaft und schadenfroh. Ich sprang abrupt auf und riss mich los. »Ach, lass mich!«, fuhr ich sie an.

Sie stand auf, strich ihren Mantel sorgfältig glatt und lächelte mich an. »Gib auf dich acht«, sagte sie. »Gib nur auf dich acht. Da drin wartet nämlich deine Traumfrau.«

Dann warf sie den Kopf in den Nacken und schüttelte sich vor Lachen. Ich ließ sie und trat in den Kellerraum. Drinnen war alles voller Rauch und Musik. Da waren auch zwei Mädchen. Ich hatte keine Ahnung, wer sie waren. Die eine hielt ich kurz für Tanja, weil sie mir bekannt vorkam, aber sie war es nicht.

Torsten hatte ein Mädchen auf dem Schoß und umschlang sie mit vielen Armen. Kai saß da und starrte das andere Mädchen an. Sie schien nur aus Augen zu bestehen. Niemand kümmerte sich um mich. Ich machte mich nützlich und reichte Kai und seiner Tussi Bier. Auf dem Boden lag die große Ledertasche. Zackig lugten die Zähne einer Säge daraus hervor. Die haben wieder was vor! Der Gedanke lief mein Rückenmark hinab genau in den Schrecken hinein, der dort noch vom letzten Mal kauerte. Wie lange war es her, das bleiche Gesicht und die Albträume? Ich seufzte hörbar. Mit diesem Seufzen, das all meine Resignation enthielt, nahm ich mir das Recht auf ein Bier. Niemand hinderte mich, weil die Blicke der Brüder die Mädchen absuchten. Sie spürten nach Spalten und Ritzen in ihrer Makellosigkeit. Nach einer Bresche in ihrem Willen.

»Das ist unser Bruder«, sagte Kai.

Die auf Torstens Schoß sah nicht auf, denn sie schaute in den dunklen Raum zwischen sich und ihm, genau in die Umarmung hinein, als wäre die ein Ding, das man herausholen und im Licht untersuchen könnte. Kai und sein Mädchen ließen viel Platz zwischen sich. Sie hatte ihre Beine verknotet und saß ganz verdreht da wie ein ausgewrungener, getrockneter Lappen. Ihre Augen schienen auf mich wie eine ferne Sonne.

Wir standen im matschigen Schnee, meine Füße waren erfroren. Ich hatte nicht die richtigen Schuhe an, weil meine Brüder mir nicht gesagt hatten, wohin wir gehen würden. Aber nicht aus Bosheit. Sie hatten einfach nichts sagen können. Sie waren komplett betrunken. In einem Knäuel aus lautem Lachen, Mädchen und schweinischem Dunst hatten wir das Auto des Vaters genommen und waren die Feldwege entlanggerast, Torsten fuhr, der erhitzte Körper des Mädchens räkelte sich auf seinen Knien. Kai stemmte sich durch das Dachfenster dem schneidenden Wind entgegen, die langen Finger seines Mädchens hielten ihn am Gürtel fest.

»Fahr schneller!«, schrie ich Torsten übermütig zu. »Fahr so schnell, dass es Kai rauszieht und er wegfliegt!«, lachte ich. Das Mädchen, das ihn hielt, sah mich seltsam fragend an.

Ich saß – wieder halb nüchtern – auf der Rückbank und wünschte mir, auch betrunken zu sein. Ich hatte keine Ahnung, wohin wir fuhren. Es war mir auch egal.

Die tief eingefurchte Fahrspur eines Waldweges rettete uns vor einem Baum, als Torsten zu furchtlos abbog, sie sog die Räder mit feuchtem Schlürfen zurück. Die Mädchen und die Bremsen kreischten. Wir stiegen aus. Die Scheinwerfer gingen aus, es wurde stockdunkel. Als bewegten sich die Rufe der anderen nur auf Licht, erloschen auch sie, fielen zu Boden, und Stille hüllte uns ein. Die Stille eines Vorhabens. Die Tasche schlug Kai gegen die Beine. Torsten führte die Mädchen wie zwei betrunkene Hunde.

»Hier ist es nass!«, protestierte ich leise. Ein Mädchen lachte. »Nass, nass, nass«, sagte es. Wir gingen bis zu einer kleinen Fläche, eine aufgeforstete Lichtung. Die Sterne waren wieder zu sehen. Zigaretten glommen auf. Wir standen in einem Kreis beieinander. Das Mädchen mit den Sonnenaugen stand da, die Beine ganz geschlossen, das still gewordene Gesicht den Sternen zugewandt. Sie schwankte, als schwömme sie in einem Meer, als wiegte sie eine Brandung am Grund des Ozeans. Die Brüder flüsterten und machten sich an der Tasche zu schaffen. Torstens Mädchen reichte mir ein Bier, das ich dankbar nahm. Aber ich hatte nichts, um es zu öffnen. Sie zappelte herum, stampfte mit den Füßen auf, formte mit bloßen Händen einen Eisball, nur um ihn wieder fallen zu lassen.

»Soll ich es dir aufmachen?«, fragte sie, als sie bemerkte, dass ich nicht trank. Ich reichte ihr die Flasche zurück. »Du bist krass«, sagte sie und ließ den Mund offen stehen. »Warum?«, fragte ich. »Weil du nicht frierst.« Dabei fror ich doch. Da ging das Mädchen zu mir und stellte sich vor mich hin, lehnte ihren kalten Rücken an meine Brust. Ich atmete in ihr Haar. Schade, dass ich sie nicht schöner fand, ich wagte nicht, mich zu bewegen. Ich hatte auch Angst, dass Torsten uns so sah. Er sah uns auch. Aber es machte ihm nichts.

»Komm, pack mit an!«, winkte er mich zu sich. Wir fällten eine kleine, dichte Tanne.

»Habt ihr keine Axt?«, fragte ich.

»Damit die uns meilenweit hören, oder was?«, schnauzte Kai mich an. Sonnenauge begann leise zu summen; wenn die Säge innehielt, vernahm ich es. Mir wurde warm. Keine fremden Gärten, kein Einbruch in die Schule, nur eine Tanne im Wald, das erleichterte mich. Das mit dem Auto würde Vater wahrscheinlich gar nicht merken.

In die Hitze der Arbeit mischte sich Lachen. Die Blicke, die sich kreuzten, waren warm. Ich sägte mit Torsten, sägte uns einen schönen Heiligabend zurecht. Kai stand da und trank seine Flasche in einem Zug leer. Irgendwann trat er hinter Sonnenauge, umfasste sie und berührte sie. Sie wiegte sich weiter mit ausgeschalteten Augen. Er zupfte ihren Pullover nach oben, aber er kam nicht an ihren Armen vorbei, bis sie sie irgendwann hob, aber so, als gehörte es zu ihrem Tanz und nicht, weil sie Kai helfen wollte, sie auszuziehen. Einen Moment stand sie nur im T-Shirt da. Sie hob ihren nackten Arm und beobachtete konzentriert, wie sich die Härchen darauf in der Kälte aufrichteten. Kai legte ihr den Pullover über wie eine Decke und wollte sie umarmen. Sie rührte sich aber nicht.

Die Tanne war gefällt. Der Wald bei Nacht war herrlich. Ich stolperte ein bisschen herum, fand Kais Flasche im Schnee und trank den letzten Schluck.

Irgendwann fingen wir drei Jungs an, uns die Hemden auszuziehen. Wir lachten und dampften in der Kälte und rannten und verfolgten uns. Das eine Mädchen bog sich dauernd weit nach vorne, als ob sie ihre Stirn in den Schnee tauchen wollte. Aber das war nur ihr Lachen, man hörte keinen Laut dabei. Es wirkte fast ein bisschen behindert. Aber auch schön, weil es ihr so egal schien, wie sie dabei aussah.

Wir bogen Äste um, damit sie zurückschnellten und der Schnee den anderen ins Gesicht oder auf den nackten Oberkörper klatschte. Warum kann Judith bei so was nicht dabei sein!, fluchte ich im Stillen. Weil du sie nicht einlädst, gab ich mir selbst die Antwort.

Als wir aufhörten, war der ganze Platz zu einer Eisbahn festgetreten. Ich schlitterte noch ein-, zweimal hin und her, dann zog ich mich auch wieder an.

Torstens Mädchen kicherte nicht mehr. Sie sah total fertig aus. Kais Mädchen schien ganz woanders zu sein. Sie lächelte vor sich hin, redete mit niemandem und summte etwas.

Ich lud mir den nassen Baum auf und trug ihn zum Wagen. Da packte erst Kai sein Mädchen und schulterte es und danach Torsten seines. Kai rannte mir grölend hinterher und versuchte, mich zu überholen. Quieken und Gelächter hallten durch den Wald.

Am Auto angekommen warf mir Kai einen Riemen zu, um den Baum zu befestigen.

»Das ist doch dumm, mit dem gestohlenen Baum durch den ganzen Ort zu fahren!«, rief ich. Kai zuckte die Schultern und öffnete die Autotür.

»Hau ihn halt da rein!«

»Mit dem Baum hintendrin kann keiner mehr da sitzen!«, wandte ich ein.

»Dann fährst du eben auf dem Dach mit«, beschloss Kai und stopfte die Tanne hinein. Sie nahm fast die ganze Rückbank ein, höchstens einer würde dort noch Platz haben, und nicht bequem. Torsten fuhr langsam rückwärts aus dem Wald. Vorne saß sein Mädchen und hinten ich, umarmt von hundert stechenden Armen. Kai lief mit Sonnenauge neben dem Wagen her.

Als wir auf dem Weg angekommen waren, wendete Torsten das Auto in die richtige Richtung. Mit den zwei Fußgängern würden wir mindestens eine halbe Stunde zurück ins Dorf brauchen. Als es aber losgehen sollte und das Mädchen vom Beifahrersitz auf Torstens Schoß zu klettern begann, da johlte es draußen los.

Kai griff sich Sonnenauges Pullover und zerrte ihr das T-Shirt von den Schultern. Sie wehrte sich, erst im Spaß, dann wurde sie heftiger.

»Hör jetzt auf!«, hörte ich ihre Stimme, schneidend und erbost. Sie hielt nun still und starrte Kai an, der grinste.

Abgeschirmt von der verhauchten Scheibe saß ich direkt vor ihrem nackten Oberkörper. Mit angehaltenem Atem sah ich auf ihre Brüste und stellte mir vor, ich könnte mit meinen Fingern in das Glas fahren wie in einen Handschuh und sie damit anfassen.

Torsten rief etwas. Kai rannte plötzlich den Waldweg zurück, ihre Sachen wie eine Trophäe über dem Kopf schwenkend. Sonnenauge verfolgte ihn kurz, dann blieb sie abrupt stehen, drehte sich um und lief einfach an uns vorbei in die andere Richtung. Wir starrten ihr eine Weile nach, bis Kai, heiß und lachend, die Tür aufriss und in den Wagen sprang.

»Fahr los!«, rief er Torsten zu. Der Wagen rollte langsam an Sonnenauge heran. Sie sah uns nicht an, tat so, als fröre sie nicht. Die Arme mit den langen Händen hingen einfach an ihren Seiten herab.

Kai kurbelte das Fenster runter und redete auf sie ein. Aber sie sah nicht mal hin. Sie ging ruhig weiter. Er fragte sie, ob es nicht ein bisschen kalt sei so oben ohne. Dann lachte er unsicher und fügte hinzu: »Mir soll's recht sein.«

Torsten überholte sie, dann bremste er wieder und ließ sie aufholen. Das wurde zu einem Spiel. Irgendwann hielt Kai das Hemd aus dem Fenster. Sie griff mit laschem Arm danach, aber Torsten gab Gas, und das Auto schnellte nach vorne. Sie versuchten es noch mal, Kai schwenkte das Hemd hin und her, aber sie griff nicht mehr danach. Das andere Mädchen hatte die ganze Zeit nichts gesagt. Sie war nach hinten zu mir geklettert und hatte ausdruckslos nach draußen gestarrt. Als Torsten Gas gegeben hatte, hatte sie aufgelacht.

Schließlich stellte sich Sonnenauge dem Wagen in den Weg. Torsten hielt an. Als sie herumkam, um einzusteigen, gab er wieder Gas. Der Wagen schoss vorwärts, das Mädchen fiel in den Schnee. Ich sah ihr Gesicht, als sie sich aufrichtete. Es war zerfurcht von Bitterkeit und Wut. Sie drehte sich um und rannte den Weg zurück in den Wald. Kai und Torsten warteten eine Weile im Wagen, der dastand und zitterte, und sagten nichts.

»Komm, schauen wir nach ihr«, sagte ich zaghaft.

»Halt die Fresse!«, brüllte Kai mich an. »Das geht dich nichts an!«

Ich schwieg.

»Fahr los«, sagte er nun, zu Torsten gewandt.

Der schüttelte den Kopf. »Das reicht, Kai, die hat ihr Fett weg.«

»Fahr!«, schrie Kai. Torsten aber öffnete die Tür und stieg aus. Er ließ sich von mir Sonnenauges Pullover reichen und legte ihn auf den Weg. Kai war auch ausgestiegen. Er ging ein paar Schritte zurück und starrte in die Dunkelheit.

»Komm schon, sonst erfrierst du!«, rief er kalt. Das Echo warf seine Stimme zurück.

Auch ich war inzwischen nach draußen gekommen.

»Gib mir deinen Mantel«, befahl mir Torsten. Ich zog ihn aus und legte ihn zu dem Pullover auf die Erde, ohne dass Torsten noch etwas sagen musste.

Sonnenauge tauchte nicht auf, obwohl nun auch Torsten nach dem Mädchen rief. Kai war schon wieder im Wagen. Er hatte sich ans Steuer gesetzt und ließ den Motor aufheulen. Er hatte die Arme verschränkt und rief: »Hauen wir ab!«

»Nein«, sagte Torsten.

»Steig ein«, befahl Kai.

Torsten zuckte die Schultern und stieg zu ihm in den Wagen.

Ich schlich mich ein wenig in den Schatten. Dort zog ich meinen Pullover aus und legte ihn auch noch zu den anderen Sachen auf den Weg. Kai aber sah es. Er stürmte aus dem Auto, packte mich und stieß mich zurück.

»Das machst du nicht!«, rief er immer wieder, während er auf mich losging.

»Das machst du nicht!«

Ich schrie auf und rannte weg, am Auto vorbei, den Weg entlang. Leider in die falsche Richtung – ins Dorf und nicht zum Wald hin.

Ich wusste inzwischen natürlich, wer das Mädchen mit den Sonnenaugen war und warum Kai sie so behandelte.

Nach ein paar Minuten tauchten die Scheinwerfer wieder hinter mir auf. Das Auto rollte heran.

»Steig ein!«, rief mir Torsten zu. Ich lugte ins Innere des Wagens, Kai war nicht darin. Also öffnete ich die Tür und ließ mich auf den Beifahrersitz fallen. Da lag mein Pullover. Ich zog ihn mir über und wischte mir dabei heimlich die Tränen aus dem Gesicht.

Wir erreichten die Einfahrt und stiegen aus. Im Haus brannte kein Licht mehr.

»Geh ins Bett«, sagte Torsten zu mir. Ich widersprach nicht.

»Aber mach kein Licht!«, rief er mir noch leise nach, als ich nass und elend die Treppen hinaufschlich.

Oben hörte ich, wie der Wagen wieder die Straße hinauffuhr. In meinem Zimmer dauerte es lange, bis ich warm wurde. Irgendwann schlief ich ein, nur um wenig später wieder zu erwachen. Die weiße Frau saß an meinem Bett.

»War es schlimm?«, fragte sie.

»Nein«, antwortete ich. Wir sahen eine Weile stumm aneinander vorbei. Dann wandte sich die weiße Frau ab und zog ihre Bluse aus. Sie ließ ihre Haut zittern und zucken und presste schluchzend hervor: »Mir ist so kalt.«

Als ich meine Hand ausstreckte, drehte sie sich plötzlich um. »Du bist verloren«, lachte sie, stand auf und ging.

Im Halbschlaf drängten Bilder aus mir heraus. Ich stellte mir vor, dass ich den Wagen fuhr. Sah Sonnenauge vor mir, wie sie die Finger um den Türgriff schließt, wie der Wagen wieder anfährt und sie zu Boden reißt. Ich stellte mir vor, wie sie bloß im Schnee liegt und weint. Ein halb nacktes Mädchen, das durch die Nacht rennt. Ich malte mir aus, wie sie an den eiskalten See kommt, von dem Torsten einst erzählt hat. Hilflos irrt sie darüber, kreuz und quer. Dann – ganz plötzlich – ist sie weg. Vor meinen Augen liegt nur noch die glatte, schwarze, leere Fläche. Das machte meinen Atem schneller und mein Herz seltsam warm.

Am nächsten Tag hing mein Mantel an der Garderobe, als wäre nichts geschehen. Meine Eltern hatten von dem nächtlichen Treiben nichts mitbekommen, meine Brüder überraschten sie mit dem stattlichen Tannenbaum. So ging es Weihnachten entgegen. Allein und unbemerkt schmückte ich den Baum am Vorabend des Festes. Mit meinen Glasfingern nahm ich Merles Sonnenaugen und hängte sie in die Zweige.

Ich fragte Kai nicht nach ihr. Aber ich musste ständig an sie denken. In meiner Seele hatte sich der Gedanke eingenistet, dass sie einfach erfroren war. Dass Kai sie tot im Wald gefunden hatte und dass die beiden es mir einfach nicht erzählt hatten.

Die Adresse

Mit Judith hatte ich seit langer Zeit kein Wort gesprochen. Dass sie zum Halbjahr die Schule wechselte, erleichterte mich unglaublich.

Die Lehrerin hatte früher Schluss gemacht und ein paar Worte gesagt. Einige Mädchen hatten ein Geschenk gekauft, und es gab Kuchen, den Judith mitgebracht hatte. Die Glucke hatte ein Messer und Servietten vom Hausmeister geholt und richtete schmale Stücke an.

Niemand fragte Judith, warum sie uns schon wieder verließ. Es gab das Gerücht, dass ihre Eltern aus beruflichen Gründen umzogen. Das war Judith ganz recht, glaube ich, so musste sie nichts weiter dazu sagen. Den wahren Grund kannten vielleicht nur sie und ich.

Nach dem offiziellen Teil der Verabschiedung saßen die Mädchen auf den Tischen, Judith nestelte an dem Geschenk herum, ohne es zu öffnen, und die Glucke verbreitete gute Laune.

Sie winkte uns Jungen heran und hielt uns die Kuchenschnitten hin.

Also ging ich zu ihnen. Weil noch jemand sich hinten anstellte, machte ich höflicherweise einen Schritt zur Seite und stand so genau vor Judith. Ich musste schlucken und guckte plötzlich nur noch auf das glitzernde, hässliche Geschenkpapier.

»Magst du den Kuchen?«, hörte ich auf einmal Judiths Stimme. Ich sah auf und lächelte mit geschlossenem Mund ein gequältes Lächeln.

»So schlimm?«, lachte sie leise und deutete auf das Stück in meiner Hand.

»Nein!«, rief ich nun beschwichtigend und musste mitlachen.

Als das Lachen vorbei war, wussten wir erst nicht, was wir sagen sollten. Ich kaute den Kuchen, Judith lächelte.

»Weißt du was? Wir tauschen jetzt mal Adressen«, sagte sie dann ganz plötzlich. »Ich fand das so nett, dass du immer nach mir gefragt hast, als ich krank war.«

Sie nahm eine frische Serviette und kritzelte enge, kleine Buchstaben darauf.

»Soll ich den Namen auch dazuschreiben?«, hielt sie inne und sah mich von unten an.

Ich schüttelte schnell den Kopf: »Nein, nein!«

»Mach ich trotzdem. Damit du ihn nicht vergisst.«

Damit riss sie das beschriebene Stück ab und reichte mir den Fetzen.

»Danke«, sagte ich.

Ich machte das Gleiche mit einem anderen Stück Serviette. Als ich es ihr übergab, hatte sie sich schon wieder abgewendet und redete mit jemand anderem. Sie nahm es, ohne mich anzugucken. Ich ging mit dem Mund voller Kuchenkrümel wieder zu meinem Platz. In meinen schwitzigen Händen klebte ein kleines Stück Papier.

Ein paar Wochen darauf erhielt ich plötzlich eine Karte von ihr. Ich schrieb zurück. So fingen wir an, uns unverfängliche, nette Briefe hin und her zu schicken. Auch das erleichterte mich. So erfuhr ich, dass es ihr gut ging, ich las, dass es in ihrem Leben noch Spaziergänge gab, Kinobesuche und aufregende Hobbys. Und all das, obwohl sie doch eines Nachts ein schreckliches Trauma erlitten hatte, dachte ich bei mir. Für ihren Schulwechsel machte ich ebenfalls jenes Trauma verantwortlich. Ich konnte nicht erklären, warum genau, aber ich fühlte es. Oder meinte es zu fühlen.

Die Katastrophe

»Was ist denn das?«, fragte mich meine Mutter. In ihrer Hand hielt sie die Kopie von Judiths Notenbogen.

»Keine Ahnung«, antwortete ich.

»Aha«, machte meine Mutter, sah mich noch kurz an, dann ging sie aus dem Zimmer. Tagelang verlor sie über die Sache kein Wort mehr. Wie konnte ich nur denken, dass das damit ausgestanden war?

An einem Mittwoch gegen Ende des Schuljahres – es war ein heißer Tag – schmiss ich meinen Ranzen erschöpft in die Ecke und wollte mich in meinem Zimmer eben aufs Bett werfen, als ich plötzlich barsch angeredet wurde: »Jetzt nicht schlafen, jetzt wart mal!«, rief jemand. Auf der Schreibtischkante saß ein Polizist.

»Was ist los?«, fragte ich.

»Das weißt du ja selber gut genug«, antwortete eine zweite Gestalt, die ich in ihrem Winkel hinter der Tür nicht gleich bemerkt hatte. Ich fuhr herum, ging rückwärts und stieß gegen den Rahmen meines Bettes.

»Georg!«, hörte ich es da von unten laut und fordernd rufen. Es war die Stimme meines Vaters.

»Georg, komm mal runter!«

Ich wurde ganz nervös und sank auf das Bett.

»*Wir* wollen erst mal mit dir reden!«, verlangte der Polizist auf der Tischkante.

»Das ist besser«, bekräftigte der andere.

»Und was ist los?«, fragte ich.

Der eine Polizist griff unter die Schreibunterlage und zog ein Blatt Papier heraus.

»Das ist komisch«, begann er, »wieso hier ein Notenbogen liegt, der eigentlich in der Schule in einem verschlossenen Schrank sein müsste.« Er sah mich fragend an.

»Das ist nur eine Kopie!«, beeilte ich mich zu erklären. »Die hab ich mal heimlich gemacht.«

»Und warum?«, fragte mich nun der andere.

Ich sah ihn hilflos an und schwieg.

»In der Schule sind seit längerer Zeit Diebstähle bemerkt worden«, erzählte mir jetzt der Dicke, der auf dem Tisch saß, freundlich. »Das waren meistens kleinere Geldbeträge, die weggekommen sind. Aber dann auch mal teurere technische Geräte. Ein Videorekorder ist zum Beispiel verschwunden.«

»Ja, aber damit habe ich nichts zu tun«, rief ich. Der Dicke schmunzelte und sah zu Boden.

»Das kann schon sein«, sagte er. Und nach einer Pause fuhr er fort: »Sag uns erst mal, wo du den Notenbogen her hast.«

Ich schluckte. »Den«, begann ich, »den hat mir jemand gegeben.«

Nach einer Weile fragte der andere Polizist nach: »Und wer?«

Ich zuckte mit den Schultern. »Das weiß ich nicht mehr.«

»Das weiß er nicht mehr«, wiederholte der Dicke und schüttelte belustigt den Kopf.

»Georg! Bist du da?«, scholl es wieder von unten herauf. Ich zuckte zusammen.

»Mit deinem Vater darfst du auch gleich reden«, sagte der Polizist an der Tür.

»Denk doch mal nach, ob dir der Name nicht doch einfällt«, forderte mich der Dicke jetzt auf. Er sprach ganz nett zu mir. Ich senkte den Kopf und überlegte, wie es von mir verlangt wurde. Nach etwa einer Minute hörte ich auf zu überlegen und sagte: »Nein, der Name fällt mir nicht ein.«

»Na, wenn er dir nicht einfällt, vielleicht weißt du dann aber etwas über einen Schlüsselbund. Der ist nämlich auch geklaut worden. Da ist ein Generalschlüssel dabei, mit dem man fast jede Tür in der ganzen Schule aufsperren kann. Und?«

Mir lief es kalt den Rücken hinunter, aber ich sah ihn nur an und sagte: »Ich hab keine Ahnung.«

Ich konnte nicht denken, meine Augen waren weit aufgerissen, und jede noch so kleine Bewegung, die ich machte, schien mir verdächtig.

»Aha«, machte der Polizist unzufrieden. Dann begann er eine längere Erklärung, wobei sein Ton eine Spur schärfer wurde. Der andere Polizist musterte mich die ganze Zeit über.

»Wenn der Schlüssel nicht gefunden wird, müssen alle Schlösser in der Schule ausgetauscht werden. Das kostet dreißigtausend Mark. Wenn derjenige erwischt wird, der den Schlüssel hat, dann muss er das alles bezahlen.«

»Oder deine Eltern«, schloss der andere. Ich erschrak. Er hatte *deine Eltern* gesagt.

Beide sahen mich erwartungsvoll an. Ich zuckte die Schultern.

»Georg!«, schrie mein Vater ungeduldig herauf.

»Du kannst ja mal drüber nachdenken«, riet mir der Dicke, stand mühsam auf und schlug mir auf die Schulter.

»Okay?«, fragte er mich mit hochgezogenen Augenbrauen.

»Okay«, versprach ich und wischte mir einen Tropfen Spucke, der aus seinem Mund gefallen war, von der Backe. Sie verließen den Raum. Durch die geöffnete Tür hörte ich plötzlich, dass Vater und Mutter unten aufgeregt miteinander diskutierten.

Ich hörte die Polizisten noch auf der Treppe, also stand ich auf, um meine Tür zu schließen. Da erschrak ich noch mal furchtbar, denn im dunklen Flur stand jemand. Es war der jüngere der beiden Beamten, er war dageblieben. Ich sah sein Gesicht nicht, als er sich vorbeugte und mir zuflüsterte: »Ich würde dir raten, das alles schnell in Ordnung zu bringen. Sonst wächst dir die Sache über den Kopf. Das hältst du nicht aus.«

Ich nickte eifrig.

»Wenn wir da noch was anderes finden«, fuhr er fort, »du weißt schon, was ich meine, dann stecken wir dich – schwups, das geht ganz schnell – für immer ins Gefängnis!« Er drehte sich um und folgte kichernd seinem Kollegen die Treppe hinunter. Seine Schritte auf der Treppe machten kein Geräusch.

Ich blieb zurück, mir stockte der Atem.

»Georg!«, brüllte es von unten.

Langsam ging ich Stufe um Stufe zu meinen Eltern hinab.

Unten schien die Sommersonne schräg ins Zimmer. Mein Vater und meine Mutter saßen am Tisch.

Ich musste blinzeln, um ihnen ins Gesicht sehen zu können.

»Setz dich mal«, forderte mich mein Vater auf. Ich tat es. Das Licht, das in meine Augen drängte, machte mich wie betrunken.

»Die Polizei war da«, klärte mein Vater mich auf. Weil ich an dem Licht nicht vorbeischauen konnte, schwebte ich bald wie in einem

Traum, den man nachmittags erschöpft auf dem Sofa träumt. So weit rückte es mich fort.

»Die haben gesagt, du bist in die Schule eingebrochen!«, hörte ich meine Mutter sagen. Ihre Stimme war brüchig und vorwurfsvoll und zutiefst enttäuscht.

»Nein!«, sagte ich. Mit diesem Nein wollte ich die bittere Enttäuschung aus der Stimme meiner Mutter herausstoßen.

»Was hast du gemacht?«, fragte mich mein Vater ganz ruhig und milde.

»Ich hab nichts gemacht!«, antwortete ich.

»In deine Schule ist eingebrochen worden«, legte er mir dar. »Es wurden Geld und sensible Daten gestohlen. Damit meinen sie Schülerakten.«

»Ich weiß«, nickte ich.

Wir schwiegen eine Weile. Meine Eltern blickten mich wahrscheinlich an. Aber ich sah sie nicht. Ich schwamm in einem Swimmingpool voller Sonnenlicht. Schließlich ergriff meine Mutter das Wort.

»Ich weiß einfach nicht, ob ich dir noch glauben kann.«

Mein Vater fuhr fort: »Ich rate dir, offen mit uns zu sprechen. Dann können wir dir helfen.«

Meine Mutter rief heftig: »Du musst uns sagen, was das für Geld war neulich, das ich in deiner Tasche gefunden hab!«

Das Geld – jetzt erst fiel es mir wieder ein. »Und dann dieser Notenbogen? Woher hast du den?«

Ich antwortete nicht. Dann aber fragte ich, und meine Worte klangen für mich selbst, als kämen sie von weit, weit her: »Wie kommen die eigentlich auf mich, die Polizisten?«

Meine Mutter seufzte.

Mein Vater sagte nach einer Pause: »Weil wir den Notenbogen zurückgegeben haben. Da haben die uns angesprochen.«

»Das war doch blöd, den zurückzugeben!«, rief ich erstaunt aus. Meine Mutter gab mir eine Ohrfeige. Meine Hand fuhr an meine Backe, wo ich sie vergaß und liegen ließ.

Dann redete mein Vater wieder: »Du hast nichts zu dem Notenbogen gesagt. Du hättest ihn auch selbst zurückbringen können. Oder einfach mit uns reden. Aber das hast du nicht getan.«

In der Stille, die darauf folgte, schwamm ich durch den Raum, der keine Begrenzungen mehr hatte. Langsam trieb ich durch das Gespräch, als würde ich tauchen. Durch seine Pausen und sein beruhigendes Auf und Ab von Wut und Enttäuschung und Vernunft, das mich nur wenig anging.

Mein Vater war mit dem zweiten Direktor meiner Schule befreundet. Meine Mutter auch. Sie hatten ihn gefragt, wie ein Schüler an einen Notenbogen gelangen könnte. Da hatte er ihnen erzählt, dass welche gestohlen worden waren. Er hatte dann seinerseits wissen wollen, wie meine Eltern darauf kamen. Und dann die Sache mit dem Schlüssel. Die Polizei hatte schon längst begonnen zu ermitteln. Der Freund meiner Eltern hatte da nichts mehr verschweigen können.

»So sieht es aus«, schloss mein Vater den Bericht. »Fehlt nur noch deine Version.«

Ich trieb auf den Grund des Pools. Da unten, wo es etwas dunkler wurde, war es angenehmer für die Augen. Da schwamm ich hin. Moosig war es da, und ich konnte die Augen öffnen, ohne dass es schmerzte. Da sah ich ein Loch in den blauen Fliesen, deren Konturen vor meinen Augen auf und ab waberten. Ich griff hinein und fühlte etwas angenehm Kühles und Rundes. Ich zog es heraus. Es war ein großes Glas. Der Deckel war fest verschlossen. In seinem Inneren waren uralte Papiere, ja, das waren vergilbte Scheine, halb zerfallen. Und da war noch etwas, das man auf den ersten Blick nicht sah. Als hätte sie sich beim Schlafengehen damit zugedeckt, lag unter den Scheinen eine kleine Gestalt. Ihr winziges Gesicht war grau. Ein Auge war aus seiner Höhle gefallen und rollte auf dem Glasboden hin und her. Die Kleider der Frau klebten zerfallen an ihrem Körper, man konnte den Stoff fast nicht mehr von der Haut unterscheiden. Ihre winzige Zunge hing heraus. Alles deutete darauf hin, dass sie erstickt war. Ich schwenkte das Glas im Wasser vor meinen Augen. Das kleine

Auge im Glas bewegte sich mit. Es rollte und gab der ganzen winzigen Szenerie eine Illusion von Lebendigkeit.

»Das ist blöd«, flüsterte ich. Meine Hand reckte sich und stellte das Glas ganz weit zurück in die Dunkelheit. So weit in die Dunkelheit, dass es die Grenze zum Vergessen überschritt und irgendwo im Nichts dahinter in die Tiefe fiel.

»Ich habe den Notenbogen von Kai«, sagte ich. Mein Vater atmete erstaunt aus.

»Von Kai?«, rief meine Mutter. Und dann noch einmal schrill: »Von Kai?«

»Von Kai«, wiederholte ich.

Wieder gab es eine Pause im Verhör.

»Kai geht ja schon seit Jahren nicht mehr auf die Schule, Georg«, forschte mein Vater nach, »wie kannst du denn dann den Bogen von ihm bekommen haben?« Seine Stimme klang aufgeregt. Ich zuckte die Schultern.

»Das ist nicht wahr!«, rief meine Mutter erbost.

Ich habe die Macht, dir alle Macht zu nehmen, dachte ich und sah Kai vor mir auf dem Boden knien.

»Doch«, sagte ich. Mein Vater seufzte.

»Georg. Leider kann ich nicht in dich reinschauen«, begann er laut. »Aber ich spüre schon, dass da was nicht stimmt. Mach den Mund auf. Ich bitte dich!«

Meine Mutter unterbrach ihn: »Die Polizei hat uns gebeten, in deinen Sachen nach dem Schlüsselbund zu suchen. Die glauben, dass du ihn hast.«

Ich erschrak. »In meinen Sachen?«, rief ich.

»Wir werden das nicht machen«, beruhigte mich mein Vater sofort. »Aber du wirst in dich gehen und uns dann alles erzählen. Und wenn nicht uns, dann der Polizei.«

»Besser, du redest mit uns!«, sagte meine Mutter noch, aber es klang, als sagte sie es zu einem Fremden. Dann schrie sie: »Und jetzt verschwinde aus meiner Küche!« und begann zu weinen.

Ich ging über die spiegelglatte Fläche des Wassers hinaus.

Eine Woche später rief mich der Direktor zu sich, er setzte mich in Kenntnis, dass ich von der Schule verwiesen würde. Es tat ihm fast leid, mir das zu sagen. Er wusste, dass ich nur ein Opfer schlechten Einflusses gewesen war. Außerdem mochte er mich.

Mir machte das nicht so viel aus. Ich hatte nur Angst vor den neuen Kameraden in der neuen Schule.

Die Hauptschuld aber traf Kai, bei dem man den Schlüsselbund fand.

Wir redeten nicht miteinander, Kai und ich. Meine Eltern schützten mich vor ihm. Sie wussten, wie wütend er war, und zumindest mein Vater war froh, dass ich mich ihm anvertraut hatte. Aber dass die Entzweiung so heftig sein würde, konnten auch sie nicht ahnen. Kai hasste mich aus tiefster Seele. In seinen Augen hatte ich ihn nicht nur verraten, sondern auch verkauft.

Ich aber dachte grimmig an jene Nacht im Wald und daran, was Kai mit dem Mädchen gemacht hatte, das Merle gewesen ist.

Meine Eltern sprachen oft mit ihm und versuchten, auf ihn einzuwirken, aber es war nutzlos. Er hasste seinen kleinen Bruder und kündigte ganz offen seine Rache an. Meine Eltern quartierten ihn aus, weil wir nicht mehr zusammen unter einem Dach leben konnten.

Einmal stand er bei mir in der Tür. Er sah mir in die Augen.

»Du wirst dafür bezahlen!«, sagte er. Dann wandte er sich ab und ging.

»Torsten, komm!«, rief meine Mutter besorgt. Ich hatte seine Tasche geschultert. Es war die große Ledertasche. Sie war gefüllt mit Kleidern und Comics und Essenssachen.

»Ich hab keinen Bock!«, rief er. Er hing in einem Sessel und sah bleich und mutlos aus. Natürlich hatte er keinen Bock. Wir fuhren ihn ins Krankenhaus.

»Das dauert nicht ewig«, tröstete ihn meine Mutter. Ich reichte ihm die Hand und zog ihn hoch. Er kam auf die Beine und schlurfte hinter uns her in die Einfahrt zum Auto. Meine Mutter schloss auf. Da kam Kai plötzlich die Straße heruntergeschlendert. Ich schlüpfte schnell ins Auto. Durch die Scheibe sah ich, wie er seinem großen

Bruder die Hand drückte. Er lächelte ein Verschwörerlächeln in ihn hinein, dann erst ließ er ihn los, schlug ihm auf die Schulter und rief: »Lass mich nicht allein!« Dann verschwand Kai im Haus. Torsten fiel neben mir auf den Sitz. Er sah mich die ganze Fahrt über nicht mehr an. Er sah nach vorne auf die Straße und hatte eine Spur Siegesgewissheit im Blick. Nichts würde ihm etwas anhaben können, solange es unseren Bruder Kai gab. Das wusste er. Auch beim Abschied im Krankenzimmer gab er mir nicht mehr die Hand. Er ignorierte mich. Meine Mutter umarmte ihn lange und versprach, ihm alles zu bringen, was er brauchte. Er solle nur anrufen. Ich stand in dem hellen, kahlen Zimmer dabei und sah zu Boden. Es hätte auch eine ganz normale Situation sein können. Der kleine Bruder, der dabeisteht, wenn die Großen ihre Abschiede feiern oder ihre Angelegenheiten regeln. Er nuschelt ein »Mach's gut!« und schaut ausdruckslos in der Gegend herum. Keiner wundert sich, so ist man eben mit sechzehn. Aber es war nicht so. Torsten hatte es mir zwar nie offen gezeigt, aber es war eine unüberwindbare Kluft zwischen mir und ihm, seit der Name Kai an jenem Nachmittag in der Küche von meinen Lippen gesprungen war.

Er sah an mir vorbei.

Eine Zeit lang lebten nur meine Eltern und ich in dem großen Haus. Kai war in die Welt hineingeschleudert worden, Torsten ein Stück weit aus ihr hinaus. Er kam nicht mehr aus den Krankenzimmern, aus den langen Fluren mit dem sauberen Linoleum, aus den Räumen mit den Fenstern, die man nicht öffnen konnte. Er zog um, wie alte Menschen umziehen, von einem Krankenhaus ins nächste. Er wurde dünner und stiller. Er schwand oder quoll auf, je nachdem, was man in ihn hineinfüllte. Meine Mutter begleitete ihn. Sie umarmte ihn und tröstete ihn, sie sang mit ihm Lieder aus seiner Kindheit und las ihm die Briefe vor, die ihm die wenigen Freunde schrieben, die ihn noch nicht vergessen hatten. Auch mein Vater war bei ihm. Stundenlang saß er neben ihm, und sie schwiegen gemeinsam. Oft beriet er ihn oder diskutierte mit ihm, sie gingen Möglichkeiten und

Eventualitäten durch, entwickelten Strategien oder sahen gemeinsam von einem Punkt weit, weit entfernt von der Erde auf dieses winzige Krankenzimmer herab. Dann machte mein Vater einen Witz, über den sie beide schief lächelten.

Aber wo war ich? Ich war nicht da. Als Esther von seiner Krankheit erfuhr, kam sie zu uns nach Hause. Meine Mutter und sie tranken im Wohnzimmer miteinander Tee, die Schiebetüren schlossen sie vor mir. Von da an nahm meine Mutter Esther oft mit, wenn sie zu Torsten fuhr. Ich lebte mein Leben weiter und gewöhnte mich an die neue Schule. Auch Kai traf ich ab und zu wieder. Aber nie allein. Irgendwann begann er wieder, mich zu grüßen, wenn wir in Wohnzimmern oder Esszimmern oder gemieteten Festsälen bei Familienfeiern zusammenkamen. Wir fingen irgendwann wieder an, ein paar Worte miteinander zu wechseln, manchmal ging es über das Allgemeinste hinaus. Manchmal fragte er: »Und, wie geht's?«

Ich sagte etwas. Immer sagte ich etwas auf diese Frage. Komisch, denn im Nachhinein fällt mir auf – ich wusste gar nicht, wie es mir ging. »Gut«, sagte der Junge, der einen Bruder im Krankenhaus hatte, der ihn übersah. »Gut«, sagte der Junge, der einen anderen Bruder hatte, der kaum mit ihm sprach. »Gut«, sagte der Junge zu seinen Eltern, die keine Ahnung mehr hatten, wer er war.

»Wie geht es dir?«, fragte mich Judith eines Tages am Telefon.

»Gut«, sagte ich. Und wunderte mich über das, was ich vor meinem inneren Auge sah: Es war Judith in ihrer Jeans und der weiten Bluse. Nicht das weiße Gesicht hinter der Scheibe.

»Ich mag deine Briefe«, sagte sie.

Ich antwortete nicht. Ich ließ sie weiterreden. Ich konnte nichts sagen.

»Ich hab das Gefühl, dass du nicht immer alles schreibst, was du denkst«, sagte sie dann und atmete tief ein und aus.

»Vielleicht«, antwortete ich leise.

Es gab eine lange Pause, dann sprach sie weiter mit zitternder Stimme: »Wollen wir uns mal treffen und – darüber reden?«

Ich war beeindruckt von ihrer Offenheit.

»Ja. Das ist gut«, stotterte ich.

Wir verabredeten uns in einem Café im Park.

Rendezvous

»Wie hast du dich denn herausgeputzt?«, rief meine Mutter, als ich an diesem Tag die Treppe hinunterkam. »Fehlt nur noch der Blumenstrauß!« Sie lachte. Ich sagte nichts. Meine Mutter stand am Herd und kochte Kartoffelpüree. Das tat sie ständig. Sie füllte es in Thermosbehälter und brachte es Torsten. Der liebte es, und außerdem vertrug er es gut. Im Krankenhaus hatten sie ihm am ersten Tag eine Tasse Hagebuttentee aus der Küche gebracht. Er war lauwarm und sauer, und sie hatten die Hälfte verschüttet, oder es war verdunstet auf dem langen Weg. Dazu gab es einen Teller Brühe, in dem eine einzige, riesige Nudel schwamm. Die riesige Nudel habe ich bis heute nicht vergessen.

»Triffst du dich mit einem Mädchen?«, fragte meine Mutter und strahlte über das ganze Gesicht.

»Nein«, log ich.

»Das ist gut, denn mit dem Anzug kannst du dich bei der Sparkasse bewerben, aber nicht zu einem Rendezvous gehen. Das ist dir klar, hoffe ich.«

Ich sah an mir hinab.

»Wieso?«, fragte ich ein wenig verunsichert.

Meine Mutter lachte.

»Vielleicht hat sie ja Sinn für Humor«, bemerkte sie nur spöttisch und schüttelte den Kopf.

»Ich hab ja gar nicht gesagt, dass ich mich mit einem Mädchen treffe!«, rief ich erbost.

»Na, na, beruhige dich«, meine Mutter tätschelte das Schulterpolster meines Jacketts, »du siehst super aus. Wo trefft ihr euch denn?«

»Ich treffe mich mit Freunden im Stadtpark!«, verteidigte ich mich und wollte schon gehen, aber meine Mutter hielt mich auf: »Nimm doch das Boule-Spiel mit«, empfahl sie mir, »das ist gut, wenn man nicht gleich weiß, worüber man reden soll.«

Ich versuchte zwar, mich zu weigern, aber meine Mutter ließ mich nicht gehen.

»Bernhard!«, musste sie nun auch noch rufen. »Bernhard, weißt du, wo die Boule-Kugeln sind?«

Mein Vater murrte etwas aus dem Wohnzimmer.

»Was suchst du denn schon wieder?«, rief er dann.

Sie sah mich an und verdrehte die Augen, dann winkte sie nur ab, was mein Vater natürlich nicht sehen konnte.

»Ich muss los«, versuchte ich davonzukommen. Aber da hatte mein Vater schon sein Buch aus der Hand gelegt und kam aus dem Zimmer getappt. Ein Hausschuh fehlte ihm. Als er mich sah, verzog er das Gesicht: »Wo musst du denn hin?«, fragte er mich und blinzelte im Dämmerlicht des Flures. Meine Mutter übernahm das Antworten für mich: »Er trifft ein Mädchen – im Anzug«, lachte sie.

»Ja«, nickte mein Vater, »das ist gut. So gehört sich das.«

»Ich hab auch einen Anzug getragen, als ich deine Mutter kennengelernt habe.« Ich schloss unauffällig die Wohnzimmertür, um mich in der dadurch erzeugten Dunkelheit verdrücken zu können.

»Ich such doch das Boule-Spiel!«, empörte sich meine Mutter. »Lass das Licht da!«

»Wozu braucht er denn das Boule-Spiel?«, mischte sich jetzt mein Vater wieder ein.

»Damit sie ins Gespräch kommen!«, zischte ihn meine Mutter an.

»Aber er kann ja gar nicht Boule spielen!«, rief mein Vater. »Da blamiert er sich doch!«

Meine Mutter fuhr auf und sah ihn an, die Augenbrauen zusammengezogen – so wie Zeus im Lateinbuch.

»Das ist doch wurscht!«

Mein Vater ging kopfschüttelnd wieder davon. Als er schon fast durch die Tür war, streckte er den Arm aus und wies, ohne sich umzudrehen, unter den Wäscheschrank. »Da ist es«, murmelte er und verschwand wieder in seiner Bücherwelt.

Meine Mutter ging auf die Knie und angelte in der Ritze nach dem kleinen Etui mit den Kugeln.

»Da«, sagte sie triumphierend und ließ es mir schwer in die Hand plumpsen. Als ich die Tür öffnete, sagte sie wie zu sich selbst: »Da hat er selbst einen Anzug getragen, ja klar. Das war auch 1960!«, und zu mir: »Anzüge sind wie Uniformen. Sie lügen. Das sage ich dir.« Dann schob sie mich hinaus.

Als ich auf meinem Rad aus der Einfahrt holperte, rief sie mir noch nach: »Ist sie hübsch?« Ich war so froh, endlich entkommen zu sein. Trotzdem dachte ich: Ja!, und konnte gar nicht aufhören zu grinsen.

Ich kam zum Park.

»Soll ich ein bisschen blasen?«, wisperte der Wind an meinem Ohr vorbei, als ich eben mit dem Rad den Hang hinuntersauste.

»Warum blasen?«, fragte ich.

»Ich zeig es dir«, säuselte er. Dann wurde er laut. Er fuhr in die Kronen der Bäume, die sich unwirsch schüttelten. Er zerzauste sie, und von ihren Ästen fielen Tausende kleine rosa Blüten herab.

»Ja!«, rief ich. »Das ist gut!« Der Wind lachte. Dabei musste ich den Lenker fest umklammert halten, weil meine Räder anfingen zu eiern. Der Wind spielte Gitarre auf meinen Speichen.

»Lass gut sein!«, rief ich lachend. »Lass gut sein!«

»Sei still!«, ermahnte er mich. »Da ist sie.«

Vorsichtig lief Judith über die Wiese. Setzte einen Fuß vor den anderen in den Blütenteppich und um die Ästchen herum, die heruntergefallen waren.

Ich schwang mich elegant vom Fahrrad, schön mit dem gestreckten Bein hinten über den Sattel – so wie es Torsten mir einst beigebracht hatte.

»Ich halt es«, flüsterte der Wind, ich ließ das Rad los, es fiel ins Gras, der Wind lachte lautlos.

»Ich halt es nicht!«, kicherte er albern. Dann wehte er ein paar Blüten auf, sodass eine Gasse entstand. Sie führte genau von mir zu Judith. »Hör auf, das ist übertrieben!«, beschwerte ich mich leise. Aber er nahm mich nicht ernst: »Die Liebe ist so lächerlich und übertrieben, da ist der kleine Blütenzauber hier gar nichts!«

»Hallo«, sagte Judith. Sie trug wieder ihre Jeans und eine ähnliche Bluse wie an ihrem Geburtstag. Auf einmal merkte ich, wie schief ich dastand. Ich rückte meine Füße schnell zurecht, aber es half nichts. Irgendwie kam ich mir verzogen vor von unten nach oben. Ich fuhr mir schnell mit den Handflächen über den Kopf, damit die Haare nicht so wild abstanden, aber ich elektrisierte mich nur, und die Haare blieben an den Handflächen kleben und standen alle seidenleicht zu Berge. Dann wollte ich mir meine Hände schnell an der Seite abwischen, sie waren auf dem Weg vom Kopf nach unten plötzlich feucht geworden. Aber in meinem Anzug war gar kein Widerstand. Ich war ganz dünn geworden, ein Strichmännchen. Der Stoff baumelte um mich herum wie ein Fähnchen.

»Schluss jetzt!«, rief mich der Wind zur Ordnung. »Ich hab nicht den ganzen Tag Zeit!«

Ich schluckte einen Mundvoll Speichel runter, reichte Judith die Hand und sagte: »Awallooh!« Das sollte »Hallo« heißen, war aber egal, weil sie es trotzdem verstand. Sie lächelte, das machte sie die ganze Zeit, auch wenn es gar nichts zu lächeln gab.

Als wir nebeneinander gingen, war es einfacher, ich selbst zu sein. Meine Bewegungen kamen mir zwar vor wie bei einem einstudierten Theaterstück, doch das machte nichts, sie gefielen mir. Ich fuchtelte mit den Armen durch die Luft und sagte meine Meinung. Zu irgendwas, ich weiß nicht mehr, was.

Wenn sie »Ja« sagte, war das wie eine Belohnung für mich. Sprich weiter!, schien sie mich zu ermutigen. Und dann rannte ich weiter durchs Alphabet und stolperte auch manchmal und brach mir ein paar Sätze.

Ab und zu sagte sie aber auch: »Was? Das finde ich gar nicht!« Das erschreckte mich dann, aber irgendwie fand ich es auch gut. Ich bewunderte sie sogar dafür. In den Jas war nämlich gar nichts drin, sie waren wie leere Geschenkkartons. In den Neins aber war etwas drin. Da war sie selbst drin. Das gefiel mir.

Sag Nein, Nein, Nein, forderte ich sie im Stillen auf.

»Wollen wir einen Kaffee trinken?«, fragte ich. Sag Ja, Ja, Ja, betete ich.

»Ja«, antwortete sie und ging einfach nach rechts. Sie schnitt mir den Weg ab und drängte mich mit ihrem Körper vom Weg ab, zu den Treppen hin, die zu dem Café führten.

Dräng mich mein Leben lang mit deinem Körper irgendeinen Weg entlang!, bettelte ich im Stillen, flehte ich in mich hinein.

Wir stiegen die Stufen hoch und kamen zu den Tischchen, die ganze Terrasse war voll von ihnen. Die Leute saßen da und redeten. Aber als wir kamen, wurden sie still. Um uns herum bleichte alles an den Rändern aus. Nur auf Judith blieb ein Glanz, der mich auch noch mitbeleuchtete. »Das sind nur Statisten«, raunte mir der Wind zu, »beachte sie gar nicht.« Zwei Statisten zahlten, als wir kamen, das war bestimmt so geplant, und machten uns einen Tisch frei. Wir setzten uns.

Wenn man einen Draht verknickt, kann man ihn nachher mit der Hand nicht mehr gerade biegen. So fühlte ich mich, wie ein Drahtmännchen mit Beulen. Außerdem waren plötzlich überall feuchte Stellen an meinem Körper oder welche, die sich anfühlten, als ob sie rot seien.

Die Speisekarte!, dachte ich und versenkte mein Gesicht darin. Wenn nur eine einzige Sache darin gestanden hätte, wäre es leicht gewesen, aber die vielen Wörter und Zahlen tanzten mir vor den Augen. Der Kellner war schon da, und Judith hatte noch nicht einmal in die Karte gesehen! Ich reichte sie ihr hastig und bestellte irgendetwas.

»Ich finde das gut«, sagte sie und sah mich an.

»Ja, ich auch«, antwortete ich. Und dann: »Was findest du gut?« Judith lachte: »Dass du keinen Alkohol bestellt hast. Ich finde, man kann auch ohne Alkohol Spaß haben!«

Ich verstand nur »Spaß haben« und nickte wild.

Nach dieser kurzen Unterhaltung entstand ein Schweigen. Und wenn wir uns nichts zu sagen haben?, schoss mir der schreckliche Gedanke durch den Kopf. Ich suchte fieberhaft nach Gesprächsthemen. Aber es geschah nichts. Rein gar nichts!

»Ich mag es, wenn man nicht immer was sagen muss«, durchbrach Judith die Stille. Ich guckte sie verwirrt an. »Ich meine, wenn man auch mal einfach miteinander schweigen kann.«

Ich glotzte sie mit riesigen Augen an, aber dann wurde ich etwas entspannter. Mein Blick fand seinen Ruhepunkt in der Nähe ihrer Augen und baute einen kleinen Regenbogen.

Stell dir vor, sie sei dir egal!, flüsterte ich mir im Stillen zu. Dann kannst du ganz cool mit ihr reden.

Aber bevor ich das tun musste, fing Judith von sich aus an zu erzählen.

»Ich mag den Park«, sagte sie und redete ein wenig von der Natur. Sie erzählte mir, dass sie unbedingt in Italien studieren wolle. Sie fragte mich, ob ich Musik mochte. Es sprudelte einfach so aus ihr heraus, und wenn sie aufhörte zu reden, lächelte sie mich an, das war gar nicht mehr wie eine Pause.

»Ich will mir ein Aufnahmegerät kaufen und die Klänge in meinem Zimmer und draußen oder von Gesprächen aufnehmen und dann ein Musikstück draus machen«, plapperte sie drauflos.

»Spielst du ein Instrument?«, fragte sie.

»Nein, aber ich mag Musik auch«, stotterte ich.

»Ich spiele Klavier. Und Cello«, ließ sie mich wissen. Außerdem wollte sie unbedingt Akkordeon lernen.

Was hat das alles eigentlich mit uns beiden zu tun?, fragte ich mich plötzlich. Am Anfang war es schön gewesen, dass sie so offen war und so viel erzählt hatte. Aber wollte sie einfach nur reden und immer weiter reden? Und warum erzählte sie mir das alles überhaupt? Es ging doch vielmehr um – uns. Ja, um uns. Wie konnte ich das Gespräch wieder mehr auf … auf die Liebe lenken? Ich dachte immer verbissener nach, ich war sogar ein bisschen ärgerlich, dass sie so viel schwatzte. Mein Blick wanderte über ihre Kleider und blieb an der Rundung unter ihrer Bluse stecken. Ohne es zu wollen, musste ich an ihre Brüste denken. Ich bekam Angst, dass sie das vielleicht gemerkt haben könnte, und versuchte, aufzusehen, aber da waren ja ihre Augen, und da konnte ich auch nicht hineinsehen, die waren wie Herdplatten, auf die man langt!

»Findest du das nicht auch?«, fragte sie auf einmal. Ich erschrak und sah sie verwirrt an.

»Hast du mir überhaupt zugehört?«, fragte sie, und ihr Blick wurde ein ganz kleines bisschen traurig.

»Warte mal! Warte mal!«, sagte ich.

»Ich rede so viel, das tut mir leid«, sagte sie, aber es klang nicht, als täte es ihr leid.

»Ich war ganz woanders. Ich –«, stotterte ich, dann versiegte die Sprachfähigkeit.

Wir sahen uns in die Augen. Das dauerte lang, weil ich dabei versuchte nachzudenken. Aber ich verlor den Faden – und das war vielleicht gut. »Können wir was anderes machen?«, brach es plötzlich mit zitternder Stimme aus mir heraus.

Sie nickte vorsichtig. Aber wieder sagte niemand etwas. Sag irgendetwas, das dir wirklich wichtig ist!, schrie es in mir. Sag ihr etwas Wahres!

»Und?«, fragte Judith.

»Kann ich dein Zimmer sehen?«, entfuhr es mir. Sie verzog das Gesicht. Aber das war doch gar nicht ich, der das gesagt hatte, zumindest nicht mein Verstand, der war nämlich sonstwohin diffundiert. Aber irgendetwas war noch da, und das fühlte sich auch an wie ich, nur wie ein Ich, das ich noch gar nicht richtig kannte.

Judiths Blick verfinsterte sich fast unmerklich, aber es entging mir nicht.

»Ich meine nicht – du weißt schon!«, beeilte ich mich, sie zu besänftigen. Sie verstand mich nicht. Jetzt war sie verwirrt.

»Oh Gott!«, rief ich und schlug die Hände vors Gesicht.

»Ich kann nicht reden!«, sagte ich leise in meine Hände und dachte, das wär's gewesen.

Aber als ich die Augen wieder öffnete, waren auf einmal drei Hände da. Meine beiden und eine von ihr. Sie schlängelte sich irgendwie an meinen Fingern vorbei, die bestimmt feucht waren, und fuhr mit den Fingerspitzen durch meine Haare, nur mit den Spitzen. Ihr Lächeln war nicht so ganz echt dazu, es war mehr ein Lächelversuch.

»Ich will ganz andere Sachen sagen!«, fing ich an zu erklären. Ein Mann am Nebentisch sah herüber, weil ich so laut gerufen hatte. Ich blickte zu Boden.

»Dann sag sie«, forderte Judith mich auf, lehnte sich in ihrem Stuhl zurück und verschränkte die Arme. Aber sie guckte nicht mehr böse, eher interessiert.

Scheiß drauf, dachte ich mir, jetzt ist es eh schon egal. Ich holte tief Luft und begann zu erzählen.

Das Erste, was mir einfiel, war, dass Torsten im Krankenhaus war. Aber es war schwer, darüber zu reden, als müsste ich die Wörter erst einen steilen Hang hochrollen und dann durch einen engen Felsspalt quetschen. Also nahm ich es leichter und erzählte ihr von der riesigen Krankenhausnudel, die in der kalten Brühe geschwommen war. Judith lachte.

»Besuchst du ihn oft?«, fragte sie mich. Aber das war keine gute Frage, weil Torsten und ich uns ja nichts mehr zu sagen hatten. Also sagte ich: »Och, ja.« Aber in mir schrie es: Du sollst ihr doch die Wahrheit sagen! Sag ihr endlich die Wahrheit! Und ich verbesserte mich: »Torsten und ich – wir … wir wissen immer nicht, was wir reden sollen.« Das fand Judith komisch. »Also, wenn ich Geschwister hätte, würde ich …«, und dann zählte sie lauter alberne Dinge auf. »Wir könnten ihn doch besuchen! Wir bringen Wasserpistolen mit und spritzen uns nass!« Das war wirklich das Letzte, was ich mir im Moment mit Torsten vorstellen konnte. Also schüttelte ich den Kopf. Judith bohrte immer weiter, warum Brüder sich denn nichts zu sagen hätten, und dann fragte sie auch noch nach Kai.

»Warum ist der damals von der Schule geflogen?«, fragte sie, und mir wurde ganz heiß, weil ich ja auch von der Schule geflogen war. Und das eigentlich wegen ihr, wegen Judith. Das wollte ich ihr sagen, aber das konnte ich nicht. Also sagte ich schnell: »Er konnte nicht mehr wiederholen. Außerdem hat er was angestellt.«

Judith merkte, dass irgendwas mit mir nicht stimmte. Sie schwieg eine Weile und sah mich an. Dann sagte sie – komischerweise mit ganz leiser Stimme: »Wenn man sich nichts zu sagen hat, sollte man meiner Meinung nach ganz viel miteinander reden!«

Da musste ich lachen, weil das ja genau das war, was wir gerade taten. Irgendwie hatte sie alles so genau erfasst. Ich war ganz überwältigt von ihr und wollte sie umarmen. Aber das traute ich mich nicht. »Judith …«, sagte ich stattdessen und nichts weiter und schloss die Augen.

Als wir gehen wollten, zückte ich schnell mein Portemonnaie und wollte alles bezahlen, aber Judith wurde ganz böse.

»Ich lasse mich nicht einladen!«, rief sie. »Aus Prinzip nicht.« Das sagte sie extra so laut, dass die anderen Leute es hörten, dabei war es doch nur ein kleiner Betrag. Der Kellner verzog keine Miene. Judith sagte, dass es Diskriminierung sei, wenn der Mann für die Frau zahlte.

»So ein Quatsch«, widersprach ich, »man will dem anderen doch zeigen, dass man ihn, dass man ihn –« und hier hatte ich ganz plötzlich das Wort »mögen« völlig vergessen. Wo war es nur?

»Das kannst du mir anders zeigen!«, verlangte sie, und da staunte ich. Denn ich hatte noch nie jemanden erlebt, der so reden konnte. Jetzt war schon wieder ich am Zug! Immer war ich am Zug.

»Da brauch ich Bedenkzeit«, stammelte ich. Sie lachte.

Die Bedenkzeit half, und ich sagte: »Ich schenke dir, dass du immer meine schweren Koffer tragen darfst, meine Rechnungen bezahlst, mir die Tür aufhältst und mir Blumen schenkst.«

Sofort war sie mitten in dem riesigen Beet und hatte eine Blume ausgerupft, die sie mir gab. Da war ich still.

»Jetzt leg mir noch dein Jäckchen über, ich friere«, scherzte ich, und sie tat es. So gingen wir gemeinsam zum Bahnhof.

»Darf ich dich zum Gleis begleiten?«, fragte ich sie am Vorplatz.

»Du darfst sogar die ganze Strecke neben mir herfahren!«, neckte sie mich.

Um ihr zu beweisen, dass ich das ohne Weiteres tun würde, schob ich mein Rad bis auf den Bahnsteig.

Wir hatten noch zehn Minuten Wartezeit, und nun wurden wir wieder still. Diesmal fühlte es sich genauso an, wie es sein sollte.

Als der Zug kam, sagte Judith: »Mein Zug kommt.«

In dem Lärm des einfahrenden Zuges gab es einen Moment, in dem wir beide wussten: Jetzt müssen wir uns umarmen, oder jetzt müssen wir »Es war echt schön mit dir« sagen. Oder »Wollen wir uns wieder treffen?« Aber weil wir das nicht taten, sagte Judith einfach nur: »Also, tschüss!« und zog die Mundwinkel hoch, wie wenn man Freundlichgucken übt.

Ich reichte ihr die Hand, aber sie ließ sie leider wieder los, und dann stieg sie ein. Eben wollten die Türen schließen, da drückte ich noch mal auf den Knopf und rief: »Halt!« Judith drehte sich um und sah mich an, als fürchte sie, dass jetzt etwas ganz Peinliches passieren könnte.

»Kann ich dich vom Bahnhof abholen?«, presste ich heraus.

»Wie?«, fragte sie, aber dann verstand sie.

Ich stieg in den Zug.

Im Abteil saßen wir uns gegenüber, und ich traute mich nichts mehr. Weder, sie anzusehen, noch, etwas zu sagen.

So fuhren wir eine Weile schweigend. Ich glaube, ihr Herz klopfte genauso wie meins. Erst als die Waggontür zischend zur Seite glitt und ich den mürrischen Ruf »Fahrschein bitte!« hörte, erwachte ich sehr schnell wieder zum Leben.

»Scheiße!«, rief ich leise. »Ich habe keine Fahrkarte!«

Judith sah auf und durch mich hindurch, als wäre sie in Gedanken weit, weit weg gewesen.

Der Kontrolleur kam näher, Judith reckte den Hals, um zu sehen, wann er sich vielleicht umdrehen würde. Die penetrante Ansagestimme schnarrte etwas durch die Lautsprecher, als Judith plötzlich aufsprang. »Aussteigen!«, flüsterte sie. Ich fuhr aus meiner Angststarre hoch. Der Kontrolleur kam näher und näher, Judith schob mich schnell in die andere Richtung weg. »Steig aus!«, flüsterte sie mir noch ins Ohr. »Steig aus und hinter ihm wieder ein!«

Ich stolperte weg, da war er schon da, aber Judith stand mitten im Weg und ließ ihn nicht durch. Sie lächelte ihn an und suchte so umständlich wie möglich nach ihrem Fahrschein. Bis sie ihn gefunden hatte, waren wir schon in der nächsten Station eingefahren, und ich sprang aus dem Zug.

Den Rest der Fahrt fanden wir uns nicht wieder. Zum Glück wusste ich, wo ich aussteigen musste. Ich freute mich und malte mir aus, wie ich ihr zuvorkommen und sie wirklich am Bahnhof abholen würde.

»Guten Tag, gnädige Frau!«, würde ich sagen und mich leicht verbeugen. Ich würde ihr meine Hand reichen, aber sie würde sich nicht aus dem Waggon helfen lassen. »Darf ich Ihnen zur Hand gehen?«

»Danke, ich reise ohne Gepäck«, würde sie spitz entgegnen.

Ich würde ihr natürlich anbieten, eine Droschke zu rufen, aber sie würde ablehnen: »Ich bin doch nicht aus Zucker!« Dann würde ich ihren Arm nehmen, wenn sie es mir erlaubte, und so mit ihr durch die Straßen spazieren.

»Fahrschein bitte!«, hörte ich es da plötzlich hinter mir. Scheiße!, dachte ich, und der Schreck fuhr mir wie ein elektrischer Schlag in den Bauch. Ich atmete heftig und zitterte, so hatte ich mich erschreckt.

Ich horchte, aber es war still. Ich war doch extra ganz hinten eingestiegen, jammerte ich in mich hinein. Waren da denn überhaupt Leute gesessen? Wie kam der Kontrolleur denn jetzt wieder hinter mich?

Ich kniete mich auf die Bank und spitzte ganz vorsichtig über die Rückenlehne. Aber da war niemand. Mir lief es kalt den Rücken hinunter. Was sollte denn das? Ich setzte mich erst noch mal ganz stumm hin, ehe ich dachte: Nein, das kann doch nicht sein! Ich war direkt ein bisschen empört. Ich stand energisch auf und drehte mich um. Genau vor mir stand er. Der Schirm seiner Kappe streifte fast meine Stirn, sein breites Grinsen sprang mir vor die Augen. Es war der dünne Polizist.

»Haftbefehl!«, sagte er langsam und genüsslich und kam auf mich zu. Sagte es immer wieder – »Haftbefehl« –, während ich zurückwich, mich zur Tür tasten wollte, »Haftbefehl!«, weg, in die Arme des echten Kontrolleurs meinetwegen oder aus dem Zug fallen – Haftbefehl! –, ganz egal, aber weg von hier, weg von diesem Albtraum, der mich nicht einmal jetzt in Ruhe lassen wollte, der mich verfolgte in die hintersten Winkel, in die geheimsten Ecken meines Lebens. »Haftbefehl!«

»Nein!«, schrie ich. »Nein!«

»Was ›Nein!‹? Wir müssen hier aussteigen!«, hörte ich da plötzlich eine Stimme. Ich drehte mich um.

Judith legte ihre Hände auf meine Schultern und schob mich in Richtung Tür.

»Was?«, fragte ich.

»Aussteigen. Wir sind da. Du wolltest mich doch abholen?«

»Ja«, sagte ich verwirrt und drehte mich weg. Sie hatte mich gerettet, irgendwie musste sie mich gerettet haben.

»Ist alles okay?«, fragte sie mich. Ich nickte, guckte sie aber nicht an dabei, denn ich spürte genau, dass man mir ansah, dass nicht alles in Ordnung war.

Draußen auf dem Bahnsteig hatte ich mich wieder unter Kontrolle.

»Gnädige Frau, kommen Sie schnell. Lassen Sie uns von hier verschwinden!«, sagte ich.

Judith zögerte kurz und dachte nach, dann sagte sie: »Aber können Sie laufen? Sie sind verletzt!«

»Es ist nichts, nur ein Kratzer!«, wehrte ich ab. Judith musste lachen.

»Warum lachst du?«, fragte ich ein wenig beleidigt.

»Weil man nicht sagt: ›Es ist nichts, nur ein Kratzer.‹ Das sagen bloß Leute im Film!«

Na gut, dachte ich, dann sage ich eben etwas anderes. »Nein, es tut verdammt weh«, keuchte ich. »Können Sie mich stützen?« Judith grinste mich an und schüttelte den Kopf, ehe sie mir seufzend ihren Arm reichte. So verließen wir den Bahnhof.

»Sie haben versprochen, mich am Gleis zu empfangen!«, zischte sie mich an.

»Ich konnte nicht«, erklärte ich geheimnisvoll. »Es war jemand im Zug. Ein Feind.«

Judith wandte sich mir zu und sah mich aufmerksam an. »Erzählen Sie mir von diesem Feind!«

Ich aber schüttelte den Kopf. »Er ist zu gefährlich.«

»Das habe ich gesehen«, sagte sie nur. »Das habe ich gesehen.« Dann sah sie zu Boden, und wir gingen weiter. Den Rest des Weges schwieg sie.

»Warte mal!«, hielt ich sie vor der Haustür auf. »Was sagt denn dein Vater, wenn du mich einfach so mit nach Hause bringst?«

»Mein Vater? Das kann dem ja wohl egal sein!«, sagte sie und blies abschätzig Luft durch die Lippen.

»Pfft!«, machte ich dann also auch und trat ein, obwohl mir nicht ganz wohl dabei war.

Wir stiegen ohne zu reden die Holztreppe zu Judiths Zimmer hinauf. Der Flur war düster, weil alle Türen geschlossen waren.

»Geh rein«, forderte sie mich auf.

Mir schoss das Blut in den Kopf. »Das habe ich ja schon mal gemacht und dann, dann …«

»Ja«, lachte Judith. Ich lachte auch ein wenig. Dann wurde es komisch, im Flur herumzustehen und zu kichern, und wir betraten das Zimmer.

Das Erste, was ich tat, war, zu dem Fenster zu gehen und hinauszusehen. Da lag der Garten in der Dämmerung. Ich berührte das kühle, blaue Glas mit den Fingerspitzen und verlor mich sofort. War weg, in mir versunken, aus mir herausgezogen. Ein angenehmes, kühles Fortsein. Wollte die Hände schließen und mit den Knöcheln gegen die Scheibe klopfen. Einfach nur so, um mich wieder zu wecken. Hallo!, aufwachen! Mit einem Schlag fiel mir ein, dass ich das auf keinen Fall tun durfte. Das nicht. Ich war wieder voll da, drehte mich um und lächelte. Judith zeigte mir ihr Zimmer, wir standen vor ihren Regalen, und sie reichte mir die kleinen Dinge, die Bücher, die Döschen, die Jonglierbälle, den Cellobogen. Sie gab mir mit jedem Teil ein Stück Judith in die Hand. So bin ich. So denke ich. Das lese ich. Wir hatten das Licht nicht angemacht und ließen es einfach immer dunkler werden. Der weiße, dicke Wollteppich, das runde Holz, all die selbst gemachten Sachen rührten mich so. All das verriet mir viel mehr über Judith als jedes einzelne Wort am Cafétisch. Ich spürte auf einmal eine Sehnsucht. Eine Sehnsucht, in die ich mich ganz hineinwerfen wollte. Und neben der Sehnsucht war eine Trauer. Die war so groß, dass ich kurz die Augen zukneifen musste, um sie zu ertragen. Mit der Kraft dieser ganzen Trauer wollte ich mich dem Sehnen hingeben. Ich dachte, das Sehnen müsste mich doch zu Judith führen, da stand sie doch neben mir, und wir hatten so ein schönes gemeinsames Schweigen. Wie zwei Freunde, die sich lange kennen. Oder Freunde, die sich nicht lange kennen, aber beschlossen haben, dass sie sich lange kennen wollen. Aber ich brachte die beiden Dinge nicht zueinander. Dort das stille Mädchen, das dennoch eine Fremde war. Ihre Kleider, wenn ich sie berühren dürfte, sie würden sich fremd anfühlen, ihre Haut, ihre Haare, all das wäre fremd. Selbst ihre Sätze waren mir fremd. Ihre Gedanken. Aber irgendwo dahinter, da wäre ein Kern, da wäre ein Schimmer. Und der würde zu dieser Sehnsucht passen. Ja, der wäre nicht fremd. Ich wollte mich zu ihr umdrehen, zu dieser ehemaligen Klassenkameradin, die ich eigentlich erst heute kennengelernt hatte, und sie so fest in die Arme nehmen, dass ich rankäme, rankäme an diesen Schimmer.

»Was ist?«, fragte sie mich, und ihre Stimme klang so sanft in der Dunkelheit, die so dicht und bedeutsam um uns lag.

»Nichts«, sagte ich und schluckte eine Welt voll Tränen hinunter. »Es ist nichts. Nur ein Kratzer.«

Wir lachten. Natürlich wurde an dem Abend noch das helle Licht angemacht, natürlich schlichen wir in die Küche und plünderten den Kühlschrank. Natürlich rannten wir auf Zehenspitzen die Stufen hoch und runter, mit klopfendem Herzen, wie Kinder, die nachts heimlich auf sind. Dabei durften wir ja zusammen sein! Das war das Schöne daran.

»Wir liegen nur nebeneinander, ja?«, sagte Judith.

»Ja, natürlich«, sagte ich. Ich setzte mich auf die Bettkante und wagte es nicht, die nächsten zwei einfachen Bewegungen zu machen. Hinlegen, Beine nachziehen. Komm schon, sie hat es erlaubt!, sagte ich mir.

»Leg dich doch hin, das ist sonst so komisch!«, forderte sie mich auf.

Ich lag neben ihr, nein, ich lag nicht, ich war aufgebahrt. Steif wie ein Brett, mein Atem kam mir vor, als würde ich keuchen, und jede Bewegung, jedes Rascheln war unsäglich laut. Wir taten beide so, als würden wir schlafen.

Während der Mond sein Fensterviereck über den Boden schob, während es stiller und stiller um uns wurde, kroch meine Hand Zentimeter für Zentimeter, nein, Millimeter für Millimeter näher auf die von Judith zu. Die ragte zufällig in meine Richtung aus der Decke. Es kam mir vor, als dauerte es Stunden, ehe unsere Fingerspitzen sich endlich berührten, ehe unsere Finger sich über- und ineinanderschoben, ehe unsere Hände sich fester und fester umeinanderklammerten. Und es ging immer noch fester, immer noch näher.

Irgendwann hatte ich das Gefühl der Scham und der Angst verloren. Ich war – ja, bei Judith angekommen. War ganz bei ihr. Und das machte auch, dass ich mich einfach zu ihr drehte. Langsam und furchtsam schob ich meinen Arm um sie herum und schloss sie in die Arme.

»Warte!«, sagte sie da. Es war das erste Wort, das seit langer Zeit in dieser Nacht gesprochen worden war. Es klang wie ein Glockenschlag. Ich fuhr zurück, ich erschrak. Ich schämte mich.

»Warte«, sagte sie noch mal.

Wieder lagen wir nebeneinander. Wieder, ohne uns zu berühren.

»Wie spät ist es wohl?«, fragte Judith mich und klang atemlos dabei.

»Keine Ahnung«, sagte ich. Aber was sagten wir in Wirklichkeit?

Wieder verging eine unendlich lang erscheinende Zeit. Dann fragte sie mich: »Darf ich dich mal was fragen?«

»Ja«, antwortete ich. Bitte frag mich, dachte ich. Frag es endlich. Damit ich es endlich von mir werfen kann.

Aber sie fragte etwas anderes. Etwas Seltsames.

»Dieser Mann im Zug. Wer war das?«

Ich fuhr hoch.

»Was ist?«, rief sie erschrocken.

Mein Kopf flammte auf. Mir lief ein brennendes Band um die Stirn herum, ich atmete heftig. Meine Hände waren nass.

»Welcher Mann im Zug?«, keuchte ich.

»Der, der dich so erschreckt hat«, sagte sie leise.

Der Schrecken war weg, jetzt war etwas anderes da. Wieder musste ich die Augen zusammenkneifen. Das konnte doch nicht sein. Was war das, das mir so die Kehle einschnürte? Die Brust zusammendrückte? Ich begann zu weinen.

»Georg?«, hörte ich sanft Judiths Stimme.

Ich saß da, die Augen geschlossen, und das Schluchzen ließ mich zittern und beben. Irgendwie war es gut zu weinen. Ich hätte mir gewünscht, dass sie mich jetzt in den Arm nahm oder mir wenigstens die Hand auflegte, aber das tat sie nicht.

»Was ist denn los?«, fragte sie besorgt.

Ich konnte es gar nicht erklären. Aber es war so gut, und es tat gleichzeitig so unsagbar weh, dass da plötzlich jemand war, der mich verstand. Da war jemand, der es vermochte, meine tiefsten Sorgen, meine größten Lasten anzustupsen und überhaupt erst mal – zu sehen.

Das war das erste Mal in meinem Leben, dass jemand mich sah.

»Was ist denn?«, fragte sie wieder.

»Oh Gott!«, rief ich und schluchzte noch einmal heftig auf, ehe ich mich beruhigte, mich nach vorne fallen ließ. Das Weinen verebbte. Ausgeweint.

»Ich habe noch nie –«, begann ich.

»Oder nein«, verbesserte ich mich, »einfach gut, dass du da bist. Das ist das Beste. Das ist das Beste überhaupt.«

Sie schmunzelte, das hörte ich, als sie sagte: »Aber was wollte der Mann denn von dir? Kannst du mir das sagen?«

Ich schüttelte den Kopf. Das konnte ich niemandem sagen.

»Aber ich kann es dir sagen«, redete Judith nun weiter, und ich horchte erstaunt auf.

»Wie?«

»Ich kann es, na ja, mir denken.«

»Nein!«, widersprach ich.

»Doch, weil –«

Es gab eine lange Pause. Ich schüttelte den Kopf. Ich verstand nicht, was sie meinte. Was sollte das? Was hatte sie gesehen? Sie hatte doch nur mein Gesicht, mein verschrecktes Gesicht gesehen! War das ein Missverständnis? Dieses ganze Gefühl eben, so tief verstanden zu werden, die Tränen, das alles – hatte ich mir das nur eingebildet?

»Georg«, fing Judith wieder an. Ich seufzte. »Georg. Es fällt mir nicht so leicht, dir das zu erzählen. Aber –«

Wieder stockte sie. Dann war es an ihr, tief zu seufzen, bevor sie anfing zu erzählen:

»Als ich klein war, hat meine Mutter mir Märchen erzählt von Elfen und Zwergen. Das war immer schön. Das war wunderschön, das kann ich dir gar nicht sagen, wie schön das war. Und weißt du, warum? Weil ich sie gesehen habe. Ich meine, ich habe sie wirklich gesehen.«

»Ja«, sagte ich. »Ich auch.«

»Aber irgendwann«, sprach sie weiter, »wurde ich älter. Und es geschah etwas, ich weiß nicht warum … Jedenfalls … Ich sah immer noch Dinge. Aber weniger Elfen und Zwerge. Nein. Ich sah, wie soll ich es sagen?«

»Du hast Geister gesehen?«, fragte ich.

»Ja«, antwortete Judith.

Da sagten wir erst mal nichts mehr.

Wir saßen auf dem Bett beieinander und sahen in die Falten und Berge der Bettdecke. Manchmal blickten wir auf, das war schön, denn in der Dunkelheit, in den dichten Schatten, konnten wir unsere Blicke, unser Lächeln, unsere Liebe verstecken und sie dem anderen doch schenken.

»Und dann?«, fragte ich schließlich und tastete nach ihrer Hand. Sie nahm sie und erzählte weiter.

»Meine Eltern haben mir ziemlich geholfen«, sagte Judith, und jetzt klang sie, als berichtete sie mir eben das Belangloseste der Welt.

»Je älter ich wurde, desto weniger habe ich gesehen. Ich hatte immer weniger Angst. Aber ich habe trotzdem noch Sachen gespürt, weißt du?«

Ich nickte, obwohl sie das gar nicht sehen konnte.

»Ich habe es ganz genau gespürt. Und deswegen weiß ich auch, Georg, deswegen … Ich bin durch den Zug gegangen, um dich zu suchen. Ganz hinten sitzt fast nie jemand. Ich habe dich gesehen. Ich meine, ich habe dein Gesicht gesehen. Und ich habe es gespürt. Es ist so: Erst ist alles ganz normal. Dann, mit einem Schlag, ist es da. Es läuft dir kalt den Rücken runter. Du weißt es genau: Jetzt sind sie wieder da. Du traust dich nicht, hinzugucken und dann –«

Ich staunte. Ich hatte den Mund offen und staunte.

»Du«, fragte ich sie, »kennst das alles?«

Ich schaffte es in dieser Nacht nicht, Judith irgendetwas Konkretes von meinem Geisterproblem zu erzählen. Niemals wäre mir ein Wort über die weiße Frau oder die Polizisten über die Lippen gekommen. Aber das machte auch nichts. Wir saßen auf dem Bett beieinander und unterhielten uns die ganze Nacht mit gedämpften Stimmen. Wir machten Witze über Geister und Leute, die welche sahen, malten uns scherzhaft aus, welche Vorteile man dadurch hätte und wie man mit übernatürlicher Hilfe reich werden und Banken überfallen könnte. Wir hielten uns an den Händen und lachten und redeten bis zum Morgengrauen.

»Aber du hast nichts mehr – gesehen seit damals?«, fragte ich sie schließlich, als wir todmüde und erschöpft auf dem Laken lagen, die Augen geschlossen, schon fast in den Schlaf hinübergedämmert. Ich wollte wissen, ob man diese »Fähigkeit« ablegen oder überwinden konnte, ob das möglich wäre.

»Na ja«, murmelte sie. »Einmal schon.«

»Was? Wann?«, fragte ich nach und setzte mich auf.

»Einmal habe ich wieder etwas gesehen«, sagte sie undeutlich. »Einmal hier am Fenster. Das war schlimm.«

Ich bin hellwach. Judith liegt in ihrem Bett und schläft. Ich stehe auf dem Teppich und wünschte, langsam immer leichter zu werden. Wünschte, die Abdrücke meiner Füße im weichen Wollteppich würden schwinden und schwinden, bis sie nicht mehr da wären, bis ich nicht mehr da wäre. Einmal hat sie also wieder einen gesehen. Einmal. Hier am Fenster. Das war schlimm.

»Warum, Judith, warum war es schlimm?«, hauche ich der Schlafenden über die Wangen. »Sag es mir, erzähle es mir, ich muss es wissen.« Sie aber liegt da, alles an ihr ist weich im Schlaf. Die Lippen sind groß und prall im Schlaf, sie ist so warm, ich möchte mich so gerne zu ihr legen.

Einmal am Fenster hat sie etwas gesehen. Niemand hat ihr geglaubt, hat sie noch gemurmelt. Dass sie wieder rückfällig geworden ist, haben die Eltern gedacht und sich über den Schreck geärgert, den ihr entsetzliches Schreien ihnen eingejagt hat. Niemand hat ihr geglaubt.

Aber sie hat es doch gesehen! Was soll es denn gewesen sein, wenn nicht ein Geist. Ein Gruß aus einer quälenden Vergangenheit, von der sie dachte, sie hätte sie längst abgeschüttelt.

Nein, die Angst von damals hat sie wieder eingeholt. Es gibt kein Entkommen. Es gibt keine Hoffnung. Für sie nicht – und nicht mehr für mich.

Ich verließ das Haus, als Judith noch schlief. Der Vater lief mir über den Weg, aber das war mir da auch schon egal. Er grüßte mich ein wenig mahnend, ein wenig augenzwinkernd und bot mir Kaffee an. Ich trank sogar einen Schluck, so taub war ich, so sehr stand ich neben mir.

Dann hastete ich aus dem Haus. Voller Angst, voller wirrer Gedanken im Kopf. Nur ein Gedanke blieb: Judith! Das ängstlich geflüsterte »Ich liebe dich« übertönte laut und gnadenlos ein grässliches Hohnlachen. Das machte mich taub, das panzerte mich, und auf ihm ritt ich unberührt den weiten Weg nach Hause, bis zur Bahnstation, bis zur Haustür, bis hinauf in mein Zimmer.

Erst da, in meinem Bett, schlief ich ein.

Beziehung

Ich traf mich in den kommenden Wochen mehrmals mit Judith. Es gab zwei, drei Nächte, in denen ich bei ihr blieb. Wir freuten uns aufeinander und hatten es oft schön, aber manchmal fuhr ein Schweigen zwischen uns, manchmal ein kalter Schrecken. So kann man sich nicht nah kommen, so geht man immer um etwas herum.

Mehrmals versuchte ich, ihr alles zu sagen. Ich setzte an, dann verebbte es wieder in mir. Es war unmöglich. Ich sehnte mich so sehr nach jenem Moment in ihrem Zimmer zurück, als ich noch von nichts gewusst hatte, nach jenem wunderschönen, reinen Moment.

Wir sprachen auch fast nie mehr über jene Themen, die uns doch so bewegten und ängstigten. Nur einmal, als ich fragte, warum sie damals die Schule gewechselt habe.

»Ach wegen – du weißt schon. Wegen dieser Sache, die ich gesehen habe. Irgendwie habe ich es danach da nicht mehr ausgehalten. Und es ist an der neuen Schule auch besser geworden. Wirklich viel besser.« Sie legte ihre Hand auf meinen Rücken und lächelte mich aufmunternd an.

»Reden wir von was anderem.«

Einmal geschah etwas Herrliches. Ich war zu Besuch gekommen, und wir hatten mit ihren Eltern zu Abend gegessen. Ich fand es schrecklich peinlich, jetzt zusammen mit ihr nach oben zu gehen, quasi vor den Augen der Eltern in ihr Bett. Also unterhielt ich mich mit dem Vater über irgendetwas und tat interessiert, während Judith schon auf ihr Zimmer ging. Als ich später endlich auch gute Nacht sagte und die Treppe hinaufstieg, wusste ich nicht, wohin. Unten stand der Vater und rief etwas hinauf, die Mutter war im Bad, und ich wollte schnell in Judiths Zimmer schlüpfen. Aber als ich die Tür aufschob, flüsterte es: »Bleib stehen!« Ich erschrak.

»Komm langsam rein!«, hörte ich Judiths Stimme.

Ich trat ein und schloss die Tür hinter mir. »Jetzt bleib stehen!«, befahl sie mir. »Weißt du noch, damals?«, fragte sie mich. »Als du in mein Zimmer geplatzt bist, während ich mich umgezogen habe?«

»Ich weiß es noch«, sagte ich leise.

»Schau!«, hörte ich sie sagen. Judith stand im dunklen Zimmer. Wieder fiel das Mondlicht auf ihre Silhouette. Ich sah ihr Gesicht nicht, aber ich spürte, dass sie mich ansah. Und ich sah sie auch an. Endlich waren unsere Blicke wieder klar, endlich konnte ich ihr wieder ganz gerade in die Augen sehen. »Ich weiß noch«, wiederholte ich lächelnd.

Eine Weile aber geschah nichts. Immer stärker zog es mich zu ihr hin, alle Sorgen waren vergessen, schienen in der samtenen Dunkelheit nicht zu gelten.

Vielleicht kann man diese ganze Scheiße weglieben, wegwischen, wegküssen, miteinander wegleben, dachte ich.

Da zog Judith für mich im Licht des Mondes ihr T-Shirt aus.

»Schau mich an«, sagte sie.

Zum ersten Mal ließ sie sich so von mir betrachten. Lange stand ich da und blickte sie einfach an.

»Jetzt komm her!«, befahl sie leise, und ich kam und berührte sie und küsste ihre Haut.

Als wir später nebeneinander im Bett lagen, erschöpft, erhitzt und glücklich, weil wir uns ein wenig berührt hatten, ein wenig gegenseitig geschenkt hatten, sagte ich zu ihr: »Judith, ich muss mit dir reden. Ganz dringend.«

»Ist es etwas Ernstes?«, fragte sie.

»Ja«, antwortete ich.

»Hat es Zeit bis morgen?«, fragte sie.

»Ja«, erwiderte ich und schluckte.

Das Fenster

»Was grinst du denn so? Hast du im Lotto gewonnen?«, begrüßte mich meine Mutter, als ich heimkam.

»Darf man denn nicht mal gut gelaunt sein?«, gab ich etwas mürrisch zur Antwort. Aber es stimmte: Ich war endlich mal wieder glücklich an diesem Tag.

»Willst du was essen? Ich habe noch was übrig«, lud sie mich ein. Ich nickte und ließ mich im Esszimmer auf einen Stuhl fallen.

»Isst du mit?«, fragte ich.

»Nein«, meine Mutter sah plötzlich müde aus. »Ich fahre noch zu Torsten. Dem geht es nicht gut.«

»Hm«, machte ich und nickte. Meine Mutter holte das Essen.

»Mama«, rief ich ihr in die Küche nach.

»Ja«, schallte es zurück.

»Du hast mir doch als Kind immer Geschichten erzählt, oder? Von Geistern und so.«

»Ja«, antwortete meine Mutter und trug einen dampfenden Topf herein. »Wie man das mit Kindern so macht, nicht?«

»Ja«, sagte ich.

»Und du hattest immer schreckliche Angst als Kind«, lachte meine Mutter. »Du wolltest immer bei mir schlafen, bis du nicht mehr ins Bett gepasst hast.«

»Ja«, sagte ich.

»Jetzt iss!«

Eine Weile sah sie mir zu, dann packte sie die Ungeduld und sie fuhr los, ins Krankenhaus, Torsten besuchen.

Ich räumte meinen Teller ab und ging nach oben in mein Zimmer. Auf dem Treppenabsatz stand ein großer Ficus. An einem seiner Äste baumelte verloren ein vergessener Weihnachtsstern. Ich schmunzelte. Plötzlich fiel mir Sonnenauge wieder ein. Sonnenauge, die damals einfach verschwunden war. Hatte ich damals wirklich geglaubt, sie sei erfroren?, fragte ich mich. Irgendwann hatte mir Torsten erzählt, wie sie sie gefunden hatten, Kai und er. Mit den zurückgelassenen Kleidern am Leib und mit Augen, in die man nicht mehr hineinschauen konnte. Mit Kai hat sie später nie wieder ein Wort gesprochen.

Ich ging in mein Zimmer, löschte das Licht und legte mich auf das Bett. Der Wind blies ganz sacht durch das Fenster, das einen Spaltbreit offen stand. Es tat gut, der Dämmerung zuzusehen, immer weniger zu sehen, immer stiller zu werden und nur zu denken. Wenn ich so in mich hineinhorchte, spürte ich nichts. Keine Angst, meine ich, nur Stille.

Morgen würde ich es ihr sagen, dachte ich. Oder übermorgen. Einfach sofort, wenn wir uns sähen. Es war egal, wann, denn ich wusste, ich würde es tun. Die Ruhe in mir gab mir Kraft. Es schien mir nicht wichtig, ob Judith sich dann von mir trennen würde oder nicht. Ich würde es aushalten. Einfach, weil ich der Stimme gefolgt wäre, die mir sagte: Sei wahrhaft.

Da hörte ich draußen ein Geräusch. Ein Steinchen an meinem Fenster. Vielleicht ist es Judith!, dachte ich im ersten Moment. Das ist gut, schoss es mir durch den Kopf, dann sage ich es ihr jetzt gleich. Ich stand auf und ging hin. Vor dem Fenster schwebte ein Gesicht. Es war nicht Judith. Ich erschrak, aber nicht so schlimm. Es war mehr wie ein Schrecken, der betäubt, nicht wie einer, der einen schreien lässt. Ich wich zurück, das Fenster wurde ganz aufgestoßen.

»Hallo, kleiner Bruder«, sagte die schlanke Gestalt und schlüpfte ins Zimmer. Da saß er vergnügt auf dem Schreibtisch, ließ die Beine baumeln und grinste mich an.

»Hast gedacht, du bist mich los, was, kleiner Bruder?«, fragte er.

»Hallo, Kai«, sagte ich dumpf.

»Entspann dich, kleiner Stopf«, sagte er ausgesprochen fröhlich. Er kniff die Augen zusammen, hob den Kopf ein wenig und sah mich so eine Weile an.

»Keine Sorge«, sagte er dann. »Ich bin gekommen, um mich mit dir zu versöhnen.« Als ich darauf nicht antwortete, fügte er hinzu: »Was hältst du davon?«

»Das ist gut«, sagte ich.

»Sei nicht so misstrauisch«, sagte er vergnügt. »Ich habe keinen Grund mehr, dich zu hassen. Ich habe aufgehört.« Und damit sprang er vom Schreibtisch und durchquerte mit langen Schritten das Zimmer.

»Ist unten Bier?«, fragte er mich, schob mich beiseite und ging hinunter.

Ich folgte ihm.

»Wie geht's dir denn? Du hast jetzt eine Freundin, hat Mama erzählt. Stimmt das?«

»Das stimmt schon«, sagte ich.

Kai riss den Kühlschrank auf, durchstöberte ihn, fischte sich von hinten ein abgelaufenes Bier von unserem Vater heraus, knallte die Tür wieder zu und setzte sich an den Küchentisch. Wir hatten das Licht nicht angemacht, es war dunkel, ich setzte mich Kai gegenüber.

»Öffner?«, fragte er. Ich verneinte. Da biss er das Bier mit den Zähnen auf. Er nahm einen tiefen Zug und bot mir die Flasche an.

»Ich trinke nicht«, sagte ich.

»Okay«, er zuckte mit den Schultern.

»Ja, erzähl mal von deiner Freundin!«, forderte er mich auf.

»Nee«, sagte ich bestimmt.

»Dann nicht.«

Kai sah mich an. Wir musterten uns eine Weile in der Dunkelheit über den Küchentisch hinweg. Schließlich hob Kai die Flasche an den Mund und trank das Bier in einem Zug leer.

»Ich muss wieder!«, erklärte er und stand auf. Als er an mir vorbeiging, klopfte er mir auf die Schultern. Dann war er schon an der Haustür.

»Ach so«, hörte ich ihn noch einmal zurückkommen. »Ich hab ja was vergessen.« Ich drehte mich zu ihm um. Da stand er, lässig in den Türrahmen geklemmt, die leere Flasche baumelte an seinem Zeigefinger.

»Nur damit du es weißt, Kleiner«, begann er, »ich habe deiner Freundin alles erzählt. Das mit dem Fenster, meine ich. Jetzt weiß sie es.«

»Ja«, sagte ich und stand auf. »Jetzt weiß sie es.«

Kai war gegangen.

»Wann? Wann hast du es ihr gesagt?«, hatte ich ihm noch in die Nacht nachgerufen, aber er hatte mir nicht mehr geantwortet. Ich wählte Judiths Nummer, aber es hob niemand ab. Auch am nächsten Vormittag ging niemand ans Telefon. Als ich nachmittags vor ihrer Tür stand, öffnete mir ihr Vater. Judith sei weg.

»Weg wohin?«, fragte ich.

Aber ich bekam keine Auskunft. Judith war verschwunden, und sie hatte mir nicht einmal einen Brief hinterlassen.

Als ich wieder nach Hause kam, traurig und erschöpft und verzweifelt, sah ich schon von draußen Besuch hinter den hell erleuchteten Scheiben des Wohnzimmers.

Ich schloss auf und erwartete, Stimmen zu hören, aber ich hörte nichts. Ich ging durch den dunklen Flur und schob die Tür auf. Drinnen saßen um einen Tisch meine Eltern, Esther, Kai und eine Frau, die ich nicht kannte. Meine Mutter musste nichts sagen, mir war sofort klar, dass mein Bruder Torsten gestorben war.

Mir sahen fünf Augenpaare entgegen. In ihnen schien mein ganzes Leben zu liegen, jeder Vorwurf, jeder geheime Moment meiner Seele, so kam es mir vor, schien mir in ihnen entgegen. In Kais Augen war so viel Vorwurf, als wäre ich allein schuld und als hätte er alles richtig gemacht. Meine Mutter sah mich nicht mehr, ein Film, ein Schleier lag vor ihren Augen, sie war nur noch sie selbst, ganz tief in sich selbst, in ihrem Schmerz versunken. Mein Vater schien mir in die Seele zu sehen. Er war mir näher in diesem Moment, als er es je gewesen war. Als hätte alles, was ich in den letzten Jahren vor mir aufgebaut hätte, plötzlich Risse bekommen, als könne er durch meine Mauern hindurchstrahlen und mich sehen. Aber als ich noch einmal hinsah, merkte ich, dass das nicht alles war, sein Blick ging weiter, weiter durch mich hindurch. Er blickte von weit, weit oben auf alles herab, als suchte er ein großes Muster in dem allem. Oder als hätte er es schon gefunden. Und als wäre ihm das genug. Genug, dass er das

Muster sah. Die beiden Frauen sahen mich an, als wäre ich der Fremde. Als wäre ich in eine geheime Beratung, in ein intimes Gespräch geplatzt oder hätte gestört oder wäre zu klein, ein Kind, das den Tod nicht begreift und das nicht eingeladen ist, etwas dazu zu sagen. Was machten sie überhaupt hier, sie gehörten nicht hierher. Die fremde Frau saß auf meinem Platz, auf meinem Stuhl, wandte den Blick von mir und wieder den anderen zu und wollte eben etwas sagen. Als hätte ich sie unterbrochen, als hätte ich ihren wichtigen Gedanken gestört.

Der Zorn schoss mir in den Kopf. Ich hätte kein Wort ertragen, keinen Blick mehr, drehte mich um und verließ das Zimmer. Im Flur war es dunkel und kühl. Der Wind wehte durch ein geöffnetes Fenster herein. Ich warf meine Tasche fort, streifte den Mantel ab und sank nieder auf die alte Couch, wo ich stumpf sitzen bleiben wollte. Meine Gedanken sortieren, meinen Atem beruhigen. Meine Blicke hingen am Boden fest, ohne etwas wahrzunehmen. Ich schüttelte den Kopf, versuchte, wach zu werden, überhaupt zu begreifen, was geschehen war. Aber es gelang mir nicht.

Ohne zu wissen, was ich tat, schob ich meine Hände in die Ritze zwischen Lehne und Sitzfläche. Ich dachte nicht nach, tastete gedankenlos nach Flusen und Krümeln. Und plötzlich kam mir etwas zwischen die Fingerspitzen. Etwas Rundes, Kleines, etwas, das hier nicht hingehörte. Ich klaubte es hervor. Verwundert sah ich es an. Es war eine Perle. Sie schimmerte dunkel und schien das Licht fast zu verschlucken, das auf ihr spielte.

Wie kommst du denn hierher?, fragte ich mich.

Und dann geschah es.

In diesem Augenblick explodierte das Sofa. Das Polster platzte, und ich flog weg. Das so lang gespannte Kissen barst, es riss und warf mich in die Höhe. Ich prallte gegen die Decke, aber es hörte nicht auf. Ich schrammte an der Wand entlang, zum geöffneten Fenster hin. Mit ungeheurer Wucht wurde ich hinausgeschleudert. Ich schlingerte in den schwarzen Himmel hinauf.

Das ging so schnell, dass mir der Atem wegblieb, die Luft wurde mir von den Lippen gerissen und aus den Lungen gesaugt, meine

Arme ruderten und fanden keinen Halt mehr, meine Beine schlenkerten unnütz hinterher, und ich flog. Immer weiter, bis ich ganz oben war, unerbittlich hin- und hergeworfen in der puren, wesenlosen Gewalt der Luft. Und da schwebte ich plötzlich hoch über allem.

Ich sah das Haus weit unter mir. Es war, als hätte es kein Dach mehr, denn ich konnte hineinschauen. Sah den Rest meiner Familie um den Tisch gekauert sitzen, und Wort um Wort, Satz um Satz auf die Blase ihrer Trauer häufen, wie Gewichte, damit sie nicht hochsteigen könnte, damit sie klein blieb. Klein, überschaubar und irgendwie zu bewältigen.

Ich sah Esthers Liebe zu Torsten. Ich sah sie im Krankenzimmer an seinem Bett sitzen und seine Hand halten. Er richtete sich mühsam auf und flüsterte etwas. Sie musste ganz nah an seinen Mund heran, um zu verstehen, was er wollte. Aber dann fuhr sie auf, und ich sah, dass sie lachte. Wild lachte. Torsten deutete auf sein Nachttischchen. Sie nahm etwas heraus, eine Schere, und hielt sie sich an den Kopf. Torsten nickte heftig – so gut er eben noch konnte. Und Esther schnitt sich eine Locke ab. Erst ringelte sie sich die Strähne um den Daumen, dann gab sie sie ihm. Schob ihm das kleine Nest in die Hand, und er schloss seine Finger darum.

Aber schon konnte ich nichts mehr sehen, alles verwirbelte sich, wurde zu farbigen Streifen aus Geschwindigkeit und Rausch.

Ich überflog die Stadt, sah die Landschaft, die in kleine, fahle Vierecke zerschnitten war, und segelte schließlich mit ausgebreiteten Armen über Wälder und kleine schwarze Spiegel, die Seen waren, und über die winzig-schmalen Bänder der Landstraßen.

Der Regen peitschte mir ins Gesicht, meine Kleider klebten an meinen Gliedern, und ich glitt auf einer Strömung wie auf Wasser durch die Nacht.

Da war ein Lichtschein in der Ferne.

Ich bemerkte, dass ich mit den Armen rudern konnte, es war, als könnte ich durch die Luft schwimmen; das tat ich und trieb mich voran. Unter mir war eine Landstraße, und von dort drang auch der Lichtschein herauf.

Ich ließ mich hintreiben und sah schwarzen Rauch und Flammen, die aus einem Auto quollen.

Unten ging ein Mädchen einen Hügel hinab, auf das brennende Wrack zu. Die Schatten, die das Feuer warf, zuckten über ihr Kleid.

Ich ließ mich tiefer sinken, trudelte abwärts und hing schließlich so niedrig in der Luft, dass ich in den Wagen hineinsehen konnte.

Da saß Robbie. Er hatte seine Hände um das Lenkrad geschlossen. Die Flammen schlugen aus seinem Gesicht.

»Robbie!«, sagte Merle.

Sie sah seinen Mund, der Worte formte, aber es kam nichts heraus. Seine Hände, dachte sie, warum nimmt er sie nicht endlich vom Lenkrad.

Aber das ging nicht. Seine Hände waren es ja gewesen, die nicht losgelassen hatten, als er in die falsche Richtung gefahren war, weg von dem Weg, den man für ihn geplant hatte.

Er hatte laut geschrien und die Augen aufgerissen, aber seine Finger hatten sich ruhig und sicher um den Tod geschlossen.

»Was soll ich jetzt machen?«, fragte sie ihn und sah ihn mit Tränen in den Augen an.

»Leben«, sagte er. »Das ist das Einzige, was zählt, lass dir das von mir sagen.«

Sie schwieg und sah zu Boden.

»Du bist doch nicht schuld an meinem Tod«, sagte er leise.

»Doch«, brach es aus ihr heraus.

Da nahm er seine Hand vom Lenkrad und wollte ihr über die Wange streicheln, aber sie zuckte zurück, weil er sie verbrannte.

»Was hast du mir damals am Bahnsteig sagen wollen?«, fragte er.

»Nichts«, antwortete sie. »Dass ich ein Kind von dir bekomme.«

Er lachte bitter: »Und ich habe gedacht, du wolltest dich von mir trennen.«

Sie schüttelte den Kopf. »Nie«, sagte sie.

»Das hättest du mir sagen sollen. Vielleicht wäre dann alles anders gekommen«, sagte er, aus seinem Mund und seinen Nasenlöchern quoll der Rauch.

»Ich hab das Kind verloren«, sagte sie.

Sie schwiegen. Dann versuchte sie, ihn zu küssen, aber es ging nicht, weil sein Mund voller Flammen war.

»Man darf sich halt einfach nicht so viel herausnehmen auf dieser Welt«, sagte er und ließ den Kopf fallen.

»He, ich rede noch mit dir!«, rief sie, aber sein Nacken blieb ein gespannter Bogen, hinein in die Dunkelheit zwischen seinen Füßen.

Ich machte eine schnelle Wendung und schraubte mich wieder in die Höhe.

Vielleicht war es das, was mich immer so an Merles Geschichte gerührt hatte, dachte ich, das Gefühl, mein Leben und ihr Leben liefen nach demselben Prinzip ab. Nach irgendeinem Prinzip, das es nicht zuließ, dass man glücklich wurde. Und schon ging es weiter. Tief unter mir sah ich auf einmal den Marktplatz. Da war der Kirchturm, schön sah er aus. Er glänzte warm im Licht der Strahler. Ich erkannte die Dorflinde und auch den Brunnen. Einen Brunnen mit einem leeren Sockel. Das erinnerte mich an irgendetwas. Ja, an eine Geschichte, die man mir einst erzählt hatte. Mir fiel das Märchen von dem Jungen aus Stein wieder ein.

Plötzlich dachte ich an Kai. Wenn ihm das alles passiert wäre: Judith. Die Sache am Fenster. Die Geister. Das wäre eine völlig andere Geschichte geworden. Aber eben nicht meine Geschichte. Es musste doch eine Erklärung geben, warum gerade ich immer so verzagt und voller Angst gewesen war …

Was war der Grund?

In diesem Augenblick gingen plötzlich die Lichter aus. Die Scheinwerfer erloschen und zogen die Wärme und Freundlichkeit von dem riesigen steinernen Finger des Kirchturms zurück.

Ich strauchelte haltlos nach unten, auf den gigantischen Bau der Kirche zu. Immer näher, sodass ich schon fürchtete, dagegenzuprallen. Aber im letzten Moment konnte ich mich retten. Ich streckte die Arme aus. Ein dickes, ungeheuer kaltes Eisen schlug mir gegen die Handflächen. Mit einem verzweifelten Rudern der Arme und irren Schwüngen gelang es mir, mich daran festzuhalten. Es war das

Turmkreuz, an dem ich hing. Mein Herz schlug mir in den Hals hinauf, hüpfte, es drängte in meinen Mund, nein, das war Galle, die in mir aufstieg und in hässlichen Spritzern zwischen den Lippen hervorquoll.

Scheiße, dachte ich. Scheiße!

Nicht fallen, nur nicht fallen!

Ich schrie um Hilfe, wusste, dass das sinnlos war, mein Speichel fiel mir aus dem offenen Mund, ich keuchte, sah der Spucke nach, die nach unten fiel, Fäden zog, glitzerte, verschwand.

Da bemerkte ich auf einmal unter mir eine Bewegung. Ein Junge hastete über das regennasse Pflaster. Seine Schritte machten kein Geräusch. Er sah sich verstohlen um, dann setzte er seinen Fuß auf den Brunnenrand. Der leere Sockel schien ihn anzuziehen.

Er stellte sich hin und sah über den Platz. Es sah aus, als hätte er dort schon immer gestanden.

Wie schön musste sich das anfühlen, dachte ich plötzlich, der kühle Stein unter seinen Füßen.

Da spürte ich schon die Kühle des Steins. Sie kroch in meine Zehen, fuhr meine Beine hinauf und weiter, bis sie mein Herz erfasste.

»Nein!«, schrie ich, weil meine Finger taub wurden, »geh von dem Sockel runter!« Ich begann abzurutschen.

Ich sah etwas am Rande des Platzes. Ein Schatten, eine Gestalt tauchte aus der Dunkelheit hervor und ging leicht wie ein Geist auf den Jungen zu. Es war ein Mädchen. Sie lächelte, ihr weißes Kleid bewegte sich in der Nachtluft.

»Lass mich da hin!«, sagte sie zu dem Jungen.

Meine Blicke verschwammen, ein Dunst legte sich über meine Augen und ein alles auslöschendes Grau wollte mich ganz erfassen.

»Nein!«, schrie ich wieder.

»Doch«, sagte sie leise, aber bestimmt, »ich mach das für dich.«

Der Junge reichte ihr seine Hand, sie ließ sich hochziehen, dann schob sie ihn zur Seite. Sie stieg auf den Brunnen und stellte sich auf seinen Platz.

Auf einmal bekam ich wieder Gefühl in den Händen und schaffte es, mich irgendwie festzuhalten.

Aber in diesem Moment hörte ich einen entsetzlichen Schlag. Es war die Turmglocke! Es hörte sich an, als wäre ich mitten in der Glocke! Der Schall raste donnernd durch meinen ganzen Körper wie ein Zug durch einen Tunnel. Es war so laut, dass es jeden Gedanken aus mir hinaustrieb. Das ganze Turmkreuz vibrierte, das Zittern ging in meine Finger über, in meine Arme und in meine Beine, als versuche der Turm mich abzuschütteln.

Das Mädchen unten auf dem Sockel erstarrte mitten in der Bewegung, ihre Gestalt wurde grau. Ich sah, wie der Stoff ihres Kleides von unten her in einem Schwung knisternd versteinerte.

Die Glocke schlug zum zweiten Mal.

»Aber das kann ich doch nie wieder gutmachen!«, rief der Junge erschrocken.

»Du kannst sowieso nichts gutmachen«, hörte ich das Mädchen wie von Ferne antworten. Dann wandte sie den Blick fort, und ihre Augen begannen grau zu werden.

»Das kannst du doch nicht machen!«, wollte ich eben hinunterschreien, aber da verließ mich meine Kraft. Ich kreischte auf, mein Herz wollte zerspringen. Halten!, befahl ich mir selbst, halten! Aber es ging nicht mehr. Ich rutschte hinab, schrie, schlitterte die Steile der Schindeln hinunter, und nur wie durch ein Wunder fanden meine verzweifelten Finger wieder etwas, um das sie sich klammern konnten. Meine Arme wurden fast aus den Gelenken gerissen, alles knackte und schmerzte, aber ich hielt. Noch einmal hatte ich mich gerettet. Ich hing an der Dachrinne des Turmes, deren Rand sich furchtbar weit nach unten bog.

Auf dem Platz ging etwas vor. Die beiden, Junge und Mädchen, sahen zu mir nach oben. Sie halb erstarrt, fast schon leblos, der Junge weinend, wandten sie mir das Gesicht zu.

Nicht aufgeben, dachte ich.

Ich sah auf die Uhr unter mir. Drei Uhr. Drei Uhr nachts! Das war doch die Frist aus dem Märchen, schoss es mir durch den Kopf.

Der dritte Schlag der Uhr! Gleich musste er kommen, ich würde fallen!

Ich hatte mich mit den Ellbogen in die Rinne gehievt, aber nun ließ ich mich wieder zum Ziffernblatt hinuntersacken. Wenn ich mich ganz ausstreckte, kam ich an den Zeiger. Ich erreichte die Spitze mit den Zehen und drückte dagegen. Ich schwang meine Hüfte, um besser zudrücken zu können. Es klappte. In der Uhr klickte es, und der Zeiger rastete ein, eine Minute vor der Zwölf. Ich hatte es geschafft. Noch einmal versuchte ich es, und es gelang. Ich drückte den Minutenzeiger mehr und mehr zur Seite, bis ich keine Kraft mehr hatte. Schlaff hing ich da und wusste, jetzt würde es gleich aus sein. Ich sah hinunter. Unten auf dem Sockel war niemand mehr. Der Junge und das Mädchen waren verschwunden. Meine Finger bogen sich auf, weiter und weiter.

Gut so, dachte ich. Vielleicht sind die beiden jetzt am Fluss, vielleicht laufen sie Hand in Hand durch die Gassen.

Gleich würde ich fallen. Auf einmal tauchte auf dem Marktplatz schon wieder jemand auf. Was war denn hier los? Warum holte denn niemand Hilfe? Ich zwang mich, hinzusehen, aber meine Augen waren schon verschleiert vor Angst und Anstrengung. Trotzdem erkannte ich die Gestalt: Es war Judith. Sie winkte mir zu und lächelte mich an.

»Halte durch«, rief sie herauf. Sie bückte sich nach etwas, das vor dem Brunnen auf dem Boden lag. Sie hob es auf und zeigte es mir. Obwohl ich so weit entfernt war, erkannte ich es. Es war die Perle, die auf ihrer Handfläche lag.

»Was soll das?«, fragte ich keuchend.

»Das ist sozusagen –«, sie zögerte.

»Rede doch weiter, verdammt!«, schrie ich.

»Das ist sozusagen der Grund.«

»Der Grund wofür?«, rief ich fast verzweifelt.

»Der Grund, warum du so ein schlechtes Timing in Gefühlsangelegenheiten hast«, lachte sie. »Vielleicht ist es der Glaube, schuldig zu sein. Oder irgendeine Angst vor dem echten Leben. Was auch immer.«

»Ah ja«, schrie ich bissig. »Danke für die Therapiesitzung. Kann ich das Ding jetzt haben? Ich hab nur leider keine Hand frei.«

Da rief Judith – und ich hörte ihre Antwort so klar, als stünde sie direkt vor mir: »Komm doch zu mir und hol sie dir!«, und sie breitete weit ihre Arme aus.

In diesem Moment ließ ich mich fallen.